ハヤカワ文庫JA
〈JA1272〉

誤解するカド

ファーストコンタクトＳＦ傑作選

野﨑まど・大森 望編

早川書房
7963

目次

誤解するカド

ファーストコンタクトSF傑作選

編者まえがき

翻訳家・書評家　大森　望

地球から四〇光年ほど離れた赤色矮星に、七つの地球型惑星を発見――二〇一七年二月にNASAが発表したこのニュースは、日本でも思いのほか大きく報じられました。七つの惑星のうち、少なくとも三つには、液体の状態で地表に水が存在する可能性があるという。だとすれば、そこには生物がいるかもしれない……。

"We are not alone"（われわれは、孤独ではない）とは、スティーヴン・スピルバーグ監督のSF映画『未知との遭遇』のキャッチコピーですが、この広い宇宙のどこかには、人間がまだ見ぬ異質な地球外生命がいるのではないか――その可能性は、なぜか、わたしたちの興味を強くひきつけます。そうした異質なものとの〝最初の出会い〟を、SFの世界では〝ファーストコンタクト〟と呼びならわしてきました。

もし人類が、高度な知性を発達させた地球外知性と出会ったら、そのときいったいなにが起きるのか？　地球が侵略される？　戦争が勃発する？　銀河文明の仲間に迎えられる？　夢のようなすばらしいテクノロジーを授けてくれる？　いや、そもそも同じ人類のあいだでさえ意思疎通がままならないのに、異質な知性とのあいだにコミュニケーションが成立するのか？　実際、スタニスワフ・レムの名作『ソラリス』以降、異質な知性とはわかりあえないという見方も有力ですが、それだと物語が成立しにくいので、現代のSFでは、無数の可能性が検討されています。

こういう物語がファーストコンタクトものと総称されるようになったのは、マレイ・ラインスターが一九四五年に発表した中篇「最初の接触」（"First Contact"）がきっかけですが、もちろん、その起源ははるかに古くて、火星人が地球を侵略するH・G・ウエルズの『宇宙戦争』が発表されたのは一八九八年のこと。それどころか、平安時代初期（九世紀後半〜一〇世紀前半ごろ）に成立した『竹取物語』の時点ですでに、地球外知性（かぐや姫＝月世界人）との接触が描かれています。話の骨格は、スピルバーグ監督の映画『E.T.』とほぼ同じ。『竹取物語』は〝物語の出で来はじめの祖《おや》〟と言われるくらいなので、ファーストコンタクトものの歴史は、物語そのものの歴史と同じくらい長いと言っていいでしょう。

二〇一七年四月から放送される野﨑まど脚本のTVアニメ『正解するカド』は、そうしたファーストコンタクトSFの最新形です。

主人公は、外務省に勤務する凄腕の交渉官・真道幸路朗《しんどうこうじろう》。彼を乗せた旅客機が羽田空港で離陸準備に入ったとき、空から謎の巨大立方体が出現。〝それ〟は急速に巨大化し、二五二人の乗員乗客もろとも旅客機を飲み込んでしまう。

「カド」と呼ばれるその巨大立方体から姿を現したのは、ヤハクィザシュニナという名の〝異方存在〟だった。彼は真道を仲介役に指名し、人類との接触をはかる。ヤハクィザシュニナとは何者か。その目的は何か？　そして人類は、彼が提起する問題に〝正解〟できるのか？

宇宙からやってきた存在が地球人に難問をつきつけるという構造は『竹取物語』と共通ですが、『正解するカド』には、ほかにも過去のさまざまなファーストコンタクトSFの要素が入っています。アーサー・C・クラークの古典的な名作『幼年期の終り』『2001年宇宙の旅』から、ハリー・ベイツ原作の映画『地球の静止する日』（およびそのリメイクの『地球が静止する日』）やローランド・エメリッヒ監督の『インデペンデンス・デイ』、TVドラマ『謎の円盤UFO』や『V』、漫画なら高橋留美子『うる星やつら』や鬼頭莫宏『ぼくらの』、アニメなら『学園戦記ムリョウ』『魔法少女まどか☆マギカ』などなど……。

もっとも、『正解するカド』のように、地球外知性とのコミュニケーションを主眼とするタイプは、ファーストコンタクトSFのごく一部。実際は、何千何万というバリエーションがあり、登場する〝異質なもの〟も多種多様。ひとつのサブジャンルをなすファーストコンタクトSFの広がりを一冊で一望できるよう、内外の短篇の精華を集めたのが、本書『誤解するカド　ファーストコンタクトSF傑作選』。異星人とのタフな交渉を描く筒井康隆の爆笑作「関節話法」にはじまり、ワープする鴨やしゃべる豚など、さまざまなタイプの異星生物を含む〝異質なものとの出会い〟を描く全十篇を収録しました。『誤解するカド』のタイトルどおり、相互理解はなかなか成立しませんが、そこから生まれるさまざまなドラマをお楽しみください。

関節話法

筒井康隆

星務省に勤める津田は、情報局長からの命令で、マザング星へ大使として派遣される。すべての会話を関節を鳴らす音で表現するというマザング星人と意思疎通を図るため、津田は〝関節話法〟の習得に挑むが……。

著者は一九三四年、大阪府生まれ。一九六〇年、弟たちとSF同人誌〈NULL〉（ヌル）を発刊、江戸川乱歩に認められて創作活動に入る。一九八一年『虚人たち』で第九回泉鏡花文学賞、一九八七年『夢の木坂分岐点』で第二十三回谷崎潤一郎賞、一九八九年『ヨッパ谷への降下』で第十六回川端康成文学賞、一九九二年『朝のガスパール』で第十二回日本SF大賞、『わたしのグランパ』で第五十一回読売文学賞をそれぞれ受賞する。『ダンシング・ヴァニティ』『聖痕』『モナドの領域』など著書多数。

初出：〈小説新潮〉1977年5月号

昼過ぎ、ピコスからの文書を翻訳専用コンピュータで訳し終え、ほっとひと息ついて首の骨をぽきぽきいわせていると、背中に誰かの視線を感じた。振り返ると、翻訳室のドアをあけて局長が立っていた。いつもの無表情な顔でじっとおれを見つめている。おれは首をすくめ、また制御装置にかがみこんだ。

関節をぽきぽき鳴らす人間はだいたいにおいて下品だと思われることが多く、ことに目の前で首の骨を鳴らして見せたりすると露骨に顔をしかめ、気持が悪いといって厭《いや》がる人が多い。局長もきっとそうに違いないぞ、と、おれは思った。朝からいやな予感がしていたからだ。特にうちの局長は外見や態度だけで他人を判断する傾向が強く、不作法を許さない。業務報告中にくしゃみをして局長の上等の服に洟《はな》をとばし、地方へとばされたやつもいる。

「ああ、津田《つだ》君」

おれはとびあがった。局長はいつの間にか猫のように足音をしのばせておれの背後まで来ていた。どちらかといえばおれは犬人間である。猫人間のすることで好意を持ち得ためしは一度もない。

「は、はい。はい」

振り向いて立ちあがりかけると、そのまま、そのままというように局長はおれの肩を押えた。爪は立てていなかった。

「君、昼食はまだですか」金縁《きんぶち》眼鏡を光らせ、局長はそういった。「まだでしょう。一緒に食べませんか。ちょっと話もあるし」

うなずきながらおれは考えた。様子が変である。この局長、部下の失策や欠点を発見してもその場で咎めたりその日のうちに注意したりするようなことはまずやらない人物で、たいていは三日か四日後、時には一カ月ぐらいあとになってから、わざわざ機会を作り、皆の前でまとめて大打撃を加え、嬉しげにニャアとなくのだ。昼食をとりながらねちねち説教をする気でないとすると、何かいい話かな、とも思ったが、いやな予感はまだそのままだ。楽天性の犬人間が朝からずっと感じ続けているほどはっきりした、いやな予感なのだ。

局員食堂のそれとは違い、さすがに局長室の調理機は上等で、うまい料理が次つぎと出てくる。単純にも不安を忘れ夢中になって食べていると、ナプキンで口を拭いながら局長が言った。

「ねえ君。マザングって知っていますか」

「ええ。ピコスのもうちょっとあっちの星でしょ。地球とはまだ交渉のない」

「外交関係を結ぶことになったんですよ」溜息をつきながら局長がいった。「貿易ですがね」

おや、と思っておれは局長を見た。悲しげな顔をしていた。マザングとの交渉がなぜそんなに悲しいのかと思いながら、おれもナプキンを使った。

ますます悲しげに、局長はいった。「マザングに大使館を作り、大使を置かねばなりません」

「そうでしょうね」おれはうなずいた。「当然です」

身をよじらんばかりに、局長はいった。「マザング人は関節話法で話します」

「それは変っていますね。ではこちらの大使も、間接話法だけで話せるよう訓練していけばいいでしょう。それよりむしろ、新しくマザング語の勉強をしなければならないのが大変ですな」

局長は眼をしばたいた。「ですから、そのマザング語がすべて、関節話法で話されるのですよ。ああ。君のいうのは文法ですか。文法ならマザングは古くからピコスと文化的交流があったので、ピコス語の通りといってもいいぐらいです」

「ますます好都合じゃありませんか。ピコス語ができる人ならたくさんいますからね。マザング語も簡単に習得できるでしょう」

「そう思いますか」きょとんとした顔で、局長はおれを見つめた。

「そうでしょう」おれも局長を、きょとんとして見つめ返した。

「なるほど。そうですね」

「そうです」

ニャアとなかんばかりに局長は相好を崩し、おれに身をすり寄せたいような様子でテーブルへ身をのり出した。「君はさっき、首の骨を鳴らしていましたね」

「あっ。すみません」おれは頭を低くした。「いつもの癖でつい。あれはまことに下品な習癖であります」

「いや。いいんです。いいんです」ついに本性をあらわし、ぴちゃぴちゃ音を立てんばかりに局長は舌なめずりをした。他人がやったら眉をひそめるだろうに。「あれ、もう一度できますか」

「できますよ」首をかくりかくりと左右に折り、ぽきぽきとおれは関節を鳴らした。

「さっきやったばかりなのに、また音が出ましたね」

「あと一度ぐらいは鳴る筈《はず》です」いい気になり、おれはもう一度首を鳴らした。

「ははあ。これは驚いた」局長はちょっと身をひき、おれの上半身を眺めまわした。「ほかの関節はどうです。あなたはときどき、指の関節も鳴らしているようだが」

「よくご存じで」おれは頭を掻いた。「よほどお気にさわっていたようですな」

「正直のところ、わたしにとってはたしかに気にさわる癖でした」局長は珍しく本音を吐いた。「ところが今はそんなこと言っていられない。指の関節は全部鳴りますか」

おれにはまだ局長の真意がつかめず、犬人間の正直さ、両手の指関節全部残らず鳴らして見せ、ついでに両の手首まで鳴らして見せた。

「すごいすごい。それなら足の指も鳴らせるでしょう」

「鳴らせます」靴を脱ごうとしたおれは、さすがにあきれて局長を見た。「あなたはいったいぼくに、何をやらせているのです」

「これはすみませんでした。君があまり簡単そうにいうので疑ってテストなどしたりして」と、局長は言った。「わかりました。マザングへ行ってもらうとして、君以上に適当な人はいません」

おれはちょっと驚いた。「翻訳官としてですか」

「大使としてです」

あきれて茫然としているおれに、局長はにこにこ笑いながらいった。「星務省では、マザングへ行く人材を捜し求めていたのです。たしかにあなたであれば、マザング語を簡単に習得できるでしょう」

「だってぼくには大使になる資格がありません」

「かまいません。三階級特進させます」

「そんなことをしなくても、他に大使候補者はいっぱいいるでしょう」

「でもその人たちは関節話法で話すことができませんのでね。でもあなたなら」

やっと勘違いに気づき、おれはとびあがった。「冗談ではありません。そんなややこしい言語など、とても習得できません」

局長は猫の眼を細くした。「君はさっき、簡単に習得できるだろうと言いましたね。あれはどうせ他人のことだと思って無責任にそう言ったのですか」

「違います。違います」猫人間の呪いを振りはらおうとするように、おれは両手を眼の前ではげしく振った。

「第三者の言ったことをその言葉通り直接伝えず間接的に説明する方の、あの間接話法だと思っていたのです」

「でも文法はピコス語の通りです。君はたしかにさっき、それは好都合だと言いましたよ」

きゃんとないて、おれは立ちあがった。「いやです。あんな遠いところへ行くのはいやだ。おまけに写真で見た限りでは、マザング人というのは気持の悪い豆細工のタケヒゴ人間」

「これっ。何という不謹慎な。豆細工のタケヒゴ人間とは何ごとです。ああいう身体《からだ》つきだからこそ、関節話法が発達したのです」局長も立ちあがった。「三階級特進すれば、任期が終り、帰球してから局長になれるのですよ」

「どうせ任期は決っていないのでしょう」と、おれは言った。アラドスクという特殊な言語を専攻したばっかりに、ピンクの象たちが棲む文明度の低いさいはての星へとばされ、交代する者がいないため一生帰ってこられなかった大使をおれは知っている。

「いやなに。決っていますよ」と、局長はなだめるように言った。「たったの三年ですよ。君」

一応の任期は決っていても、それは星務省の都合でいくらでも延期できるのだ。だが、おれはもはや言い返そうとせず、ふたたび椅子に掛けて頭をかかえこんだ。これ以上拒否的言辞を弄したら必ずや猫の復讐があるに決っていて、たとえマザング行きを免れたとしても局内での出世はおぼつかない。

「関節話法を、そんなに大変なことのように考えなくていいのです」局長は、はや勝ち誇った笑みを浮べてそう言った。彼にしてみれば気にさわる癖を持った部下を遠くへとばすことができ、しかもマザング駐在大使の適任者を発見したことで省上層部に対し点数が稼げるのだ。「もともと儀礼的な大使交換なので、ややこしい交渉はほとんどなく、つまり日常会話だけで用が足りるのです。マザングは地球へウラニウムを、地球はマザングへ塩を、月一回定期的に一定量を送るというだけの取引なのですからね。あなたがすることはほとんどありません。まことに簡単な仕事です。しかも給料と地位があがる。いいでしょう。ね。ね。明日からさっそく、来球中のマザング星人について関節話法を習ってください。なに君ならすぐ出来ます。ほほ。ほほほほほ。ほほ」ニャア、とないて局長は招き猫の恰好《かっこう》をし、ぴょんととびあがった。

次の日から猛勉強がはじまった。

教師のマザング人は、意外にもたいへん流暢《りゅうちょう》な地球語を喋った。してみると、マザング人が唖だから関節話法が発達したというわけではないらしい。

マザングは、文化の発達した惑星のいずれにも言えることであるが大気組成も気候も地球とさほど変らぬ惑星で、ここに棲むマザング人も、古くは地球人同様口からの発声で喋っていたらしい。ところがいつの頃からか、若者たちの間に活字だの雄弁だのへの不信感が拡まったのをきっかけにして、まるで文章を読むように声を出して喋るのがたいへん下品な習慣であるということになり、それまでボディ・ランゲージの一種であった関節話法が全マザング共通のことばとなった。したがっておれの教師も、口から声を出す時はなんとなく抵抗感があるらしくて、ひどく恥ずかしげな様子をする。

むろんマザングにも文字はあり、これは手紙にしろ印刷物にしろ、外交文書にしろ文学作品にしろ、すべて古くからあるマザング語で書かれている。だからこみいった話になれば筆談をやればいいわけであるが、大使として赴く以上はやはり儀礼的な日常会話などを心得て行く必要があるし、いつどこで複雑な内容のお喋りをしなければならぬ破目に陥るやら、知れたものではない。

マザング人の体型は地球人とたいへんよく似ているが、風船みたいなまん丸い顔を除けばからだ全体は骸骨みたいに痩せている。そのかわり関節だけが発達し、その部分は瘤《こぶ》のようにふくれあがっている。おれが豆細工のタケヒゴ人間といったのはそのためである。音を出すことが可能な関節のある場所や全体の数も地球人とほぼ同じだ。

最も多く使われる関節はやはりいちばんよく鳴り、かつ鳴らしやすい関節であって、これも地球人とほぼ同様だから具合がいい。即ち両方の手骨の中手骨と指骨の間の関節つまり指の根もと、次いで両方の足骨の中足骨と指骨の間の関節つまり足指のつけ根、それから両方の手首つまり橈骨手根《とうこつしゅこん》関節、さらにおれがよく鳴らす首の骨つまり環椎後頭《かんついこうとう》関節、足首つまり距腿《きょたい》関節、そして両方の指骨の第一関節や第二関節である。指の第一関節は鳴らしにくい上、音が小さいので、比較的使われることが少ない。

足指の骨まで鳴らすため、マザング人は常に裸足《はだし》だ。おれも当然、マザングへ行ったら裸足にならなければいけない。ついでだが、足の関節を鳴らす場合、礼儀正しくやろうとすれば手を使ってやらなければならないのだが、くだけた会話や急ぐ場合は足指や足の甲を地面や床に押しつけて鳴らしてもいいことになっている。

実例に則して言えば、まず右手親指の第一関節をぽきりといわせてから足首をごき、と鳴らし、左手中指の第二関節をこきりとやると、これは「思いやりのある人」とか「話のわかる人」とかいう意味になる。ところがこれをやる途中でもし足首が鳴らなかったとすると「馬鹿」になり、まったく違ったというか、むしろあべこべの意味になるのであって、この辺がことばを使った口での会話なら当然そうするような胡麻化《ごまか》しだの言いなおしだのがまったくきかない、関節話法の難しいところなのだ。

同じ関節を何度か続けて鳴らさなければならぬ場合もある。これはたいていの場合いちばんよく鳴る関節が使われるわけで、たとえば人差し指の根もとを左右二度ずつ四度鳴らすと「すみません」とか「勘弁してください」になる。しかし地球人にはこれがなかなか難しく、おれがやっても二度めは鳴らぬことが多い。もし二度めが左右両方とも鳴らなかったら「勝手にしろ」、左が鳴らなかったら「ざま見ろ」、右が鳴らなかったら「あっちへ行け」になってしまうから、おれはこれをずいぶん訓練した。失敗すれば、詫びるつもりが喧嘩を売ることになるのだ。その他高等技術を要するものにたとえば「大洪水」という単語がある。これは右手中指のつけ根を連続五回鳴らすというものであるが、まあ、滅多に使わない単語だからさほど気にしなくていいし、四回しか鳴らなくても「洪水」、三回しか鳴らなくても「大水」だから意味は通じる。

さらに会話が高級になり複雑微妙になってくると肘《ちゅう》関節や膝《しつ》関節、肩《けん》関節や股《こ》関節、はては仙腸関節などという部分まで鳴らしたりすることもあるらしいが、これは地球人にはとても真似ができない。おれのような人間が訓練を重ねてさえ、時おりまぐれで肘関節が一度だけ鳴る程度。もっとも鳴らせなくても日常会話には差支えない。ところが困るのは、貿易品目であるから必然的にマザング政府高官との会話に登場する頻度が高い筈の「ウラニウム」という言葉なのだ。これは首の骨を一回ごきりといわせてから、苦手な股関節を左右同時にぼきっと鳴らさなければならない。おれを教えてくれているマザング人は両の大腿部《だいたいぶ》を内側へちょっとひねるだけで鳴らして見せたが、おれの場合は大変だった。最初はまったく鳴らなかったが、そのうち、まず高くとびあがり、両足をがに股に開いて地べたへ落ちてくるとどうにか鳴るようになった。しかしいちいちそんな不恰好なことはできないので、おれにはただ、なろうことなら大使歓迎パーティなど公《おおやけ》の席上で貿易品目の話が出ないでくれるよう祈るしかなかった。日本式便器の大便の姿勢になるからだ。

関節話法とはそもそも、その関節固有の音によって話の内容を相手に伝えるのか、あるいは鳴らした関節がどの部分の関節であるかによって話を伝えるのか、そこのところがわからず、ちょっと心配だったのでおれはマザング人教師に訊ねてみた。というのは、もしそれが音によって伝わるのだとすれば、おれの発する関節音はマザング人のそれとだいぶ違うだろうし、同じような音がする関節もたくさんあるからだ。ましてマザング人の関節音を聞きわけるなどということはたいへん難しい。

教師の答えでおれはやや安心した。もともとボディ・ランゲージから発した話法であるだけに、視覚と聴覚のどちらが主体ということはないそうだ。したがって会話をする時は全身を相手にさらけ出し、どこの関節を鳴らしているかが相手にわかるような大きなジェスチュアで話さなければならないという。だが関節音は、たとえいくら小さな音でも必ず発しなければならず、音を出すふりをしただけではその部分を無視されてしまう。特に相手が盲人の場合は全面的に音によって聞きわけるしかないからだ。そのかわり唖にとっては便利な話法であるといえる。もっとも、マザング語で「唖」というのは、関節の鳴らぬ特異体質者を指すことばだそうであるが。

約四ヵ月の猛訓練の末、最初の定期便として塩を満載した宇宙船に同乗し、おれはマザングへ単身赴任した。四ヵ月間、関節話法の訓練ばかりしていたわけではない。礼儀作法や習慣などの他、本来のマザング語である文字に書かれたマザング語や、地球へ連絡する必要上その発音も勉強した。こちらの方はピコス語の文法を知っているだけにずっと楽ではあったが。

マザングの首都に着いていちばん先に気がついたのは、たいへん静かなことだ。これはすべての点で音を発するという行為が非礼にあたるとされているところから自然にこうなったらしく、車は警笛も動力音も発せず、工場にも完全防音装置が施されているという。ずっとあとで聞かされたところによると、われわれの乗ってきた宇宙船が着陸時に播《ま》き散らした「ここ数百年来マザングでは一度も聞くことのなかった大音響」のため死者まで出たそうである。

大使館にあてられた都心の小さな建物に落ちつく暇もなく、さっそく歓迎パーティにつれて行かれた。パーティの賑《にぎ》やかさはなく、関節を使っての会話の邪魔にならぬ程度の静かな音楽が演奏されているだけだ。周囲の人間を自分に注目させようとして大声をあげる無遠慮な人間も、もちろんいない。地球で教師からさんざ注意されていたことだが、ここでは声を立てて笑ったり泣いたりするのはたいへんな非礼になり、もしそんなことをすれば赤ん坊並みの知能しか持たぬ者と見なされてしまう。むろん微笑を浮かべることはボディ・ランゲージの一種だから大いにいいことであり、パーティ会場でもほとんどの客がにこにことおれに笑いかけてきた。

政府高官や民間の実力者や文化人や、彼らの夫人たちに紹介され、けんめいに関節話法をあやつっているうち、おれは次第にこの関節話法というやつ、馴れぬ地球人には不便だが、たいへん文化的に高度な、洗練された話法ではないかという気がしてきた。これはつまり、喋っている人間に対してその場にいる全員が注目しなければならぬ話法であるところから、横から割りこんできて話そうとする不作法者をしぜん拒否することになり、そもそも割りこもうとしても話している人物以上の大きな関節音を立てぬ限り注意を惹かないわけで、知らぬ間に礼儀正しい会話が成り立つのである。大きな関節音を出そうとしてすべての指にマイクの指輪をしている客もいたが、これは小さな関節音しか立てられない婦人だけに許可されているのだそうだ。

突然、声を出しておれに喋りかけてきたやつがいたのでおれはびっくりした。しかも、

「わたくし唖でございますので、失礼をお許しください」というのだ。「だってあんた喋っているじゃないか」と言い返そうとして、おれはやっと地球で教わったことを思い出した。特異体質者だったのだ。唖だからといって差別されるようなこともないらしく、政府高官であることを証明する赤いネッカチーフをしている。それでも小さな声で済まなそうに「唖というものは不便なものでございまして」などとくどくど弁解するのを聞くのはまことに奇妙なものであった。マザング語は知っているものの、こういう人物に対しては声で話せばいいのか関節話法で挨拶《あいさつ》すべきなのかわからず、ちょっと迷ったが、すぐ「すべてにわたり声を出さず、音を立てぬことがより礼儀にかなう」といっていた教師のことばを思い出し、関節話法で話した。たしかに、その方が礼儀にかなっていたようだ。

場内が暗くなり、部屋の壁ぎわの一段高くなった部分に照明があてられた。そっちを見ろということなのだ。やがて壇上にさっき紹介された外務大臣が登り、おれを歓迎する旨《むね》の演説をやりはじめた。さすが外務大臣だけあって、まことに優雅な物腰の、洗練された関節話法である。彼はいちばん最後におれを紹介し、壇を降りた。

おれに照明が向けられた。その照明がおれを誘導するように動きはじめた。登壇せよということらしい。着任の挨拶は覚悟していたし、ちょっと練習もしていたので、おれはスポット・ライトに導かれながら壇の方へ進んだ。

壇上には胸の高さにマイクがあり、さらに床にはフロアー・マイクがとりつけられていた。それぞれ手の関節音、足の関節音を場内へ大きく流すためのものである。おれは一礼し、さっそく話しはじめた。しかしさっきから多くの人と会話してしまったため、もはや鳴らなくなった関節もあり、もともと即席で習得した関節話法である。おれは四苦八苦した。なるべく短く、どうにかこうにか一席弁じ終えたものの、聞いているマザング人にとってはさぞかし変な演説であったろうと思う。おそらくこんな具合にしか聞こえなかったのではないだろうか。

「そのひとつの大臣が、ただいまご紹介にあずけたそれはこれの私、地球人大使です。私は喜ぶこの星来たことにあります。これは関係する地球マザングのひとつの貿易は、それにおける大変始まったことである。だから私は来たらよかったのです。しかしながらすぐにその一匹の大使は死なない。この星に馴れていないからであります。さいわいにも、今、そこら辺のひとつの皆さまがたと会ってあげたところによると、マザングの皆さんはみんなやさしい泥だらけである。それを私は今知った。そこでこれのひとつのお願いは、なるべく早くこのひとつのマザングの死ぬようになりたいのは、そのひとつの皆さまが乞います。ご協力です。今後であります。つまり換言すれば協力の、皆さますべては物乞いです。もしおかしな死にかた、どうぞ私に注意したらできてください。あっちはひとつしかないので、私があっちへ行くのはそれでありますす」

ひそやかな関節音による拍手の中をおれは降壇した。さすがに吹き出したりするような不作法者はひとりもいない。だが、おそらくは笑いをこらえるのにけんめいだったのではないかと思う。特に右手小指の第二関節が鳴らず「喋る」がすべて「死ぬ」になったので後半は意味が不明だった筈だ。しかしまあ、自分でいうのもおかしいが初めての挨拶としてはまずまず上出来の方であったろう。笑うやつには、そんならお前関節話法でもってひとことでもいいから喋って見ろと言いたい。

大勢の前で恥をかいたのはそれ一度だけだった。大使といっても特にきまった用があるわけではない。月一度の定期便の発着を地球に連絡するという、あまり大使らしくない仕事を除けば、あとは儀礼的な会合だのパーティだのに出席していればいいわけであって、残りの時間は関節の訓練と会話の勉強に費やすぐらいのものである。

一カ月経ち、二カ月経ち、マザングの習慣にも、マザング料理にも、奇天烈《きてれつ》なマザング人の姿にも馴れ、次第に住みやすくなっていき、とうとう六カ月経った。むろん六カ月というのは地球時間の六カ月で、マザングでは一年と二カ月に相当する。

その日、定期的に行われる大使交歓パーティへ行こうと思い、このパーティはよその星から来た大使ばかりなので口で喋りあえるからたいへん気は楽であって、だから鼻うたなど歌いながら着換えしていると、地球からヴィジフォンがかかってきた。連絡時間でもないのにと不審に思いながらおれはスクリーンに向って腰かけた。

ぎくりとし、数センチとびあがった。ヴィジフォンをかけてきたのはおれの苦手な呪いの猫男、あの星務省情報局長であった。

「わ」

「何が、わ、ですか」彼は珍しく髪を乱していた。「事件が起りました。君の力を借りねばなりません。よく聞いてくださいよ。今日はマザングの宇宙船が定期便として来球する予定だったのですが、地球へ着く寸前、地球の反連合政府軍によって拿捕《だほ》され、積荷のウラニウムを奪われてしまったのです。マザングの宇宙船乗組員が今にも拿捕されようという時にマザング本国へ連絡したらしく、そちらの政府はすでにこの事件を知っています。かんかんです。乗組員の安全さえ保障できないような星とはもう交易しないというのです」

「しめた」おれは思わず叫んだ。「では私は地球へ戻れますね」

「なにを無責任なことを」局長はおれを睨みつけた。瞳孔が開いていた。「この難局を乗り切るのは君の仕事であり、切り抜けられなければ君の責任になるのですぞ。貿易が始まって以来、マザングから送られてくるウラニウムによって成立する地球の関連企業、関連産業の会社は今や十社以上も設立されています。貿易が中止になるとすでに巨大化したこれら企業はたちまち経営困難に陥り、それは政府の存続にも関係してくる。早い話がわたしだって馘首《くび》になる。そんなことになったら、わたしは君を呪いますよ」

「ご免なさい。すみません」局長の眼が本当に光ったのでおれはあわてふためき、眼前の宙を両手で引っ掻いた。「わかりました。どうすればよいのですか」

「そちらの政府は今、閣僚会議を開いています。この事件の善後策を相談するための会議です。そこへ行って説得してきてください。なんとしてでも交易を続けてもらえるよう、一世一代の熱弁をふるってください」

おれはあわてた。「待ってください。わたしがせいぜい日常会話ぐらいしか喋れないことはご存じでしょう」

「では君は」局長は眼を吊りあげた。「そちらへ行ってから関節話法はまったく上達しなかったのですか。いったい毎日何をしていたのです」

「とんでもない。それはもちろん勉強はしました」おれは死にものぐるいで弁解した。「しかしある程度以上は、地球人の肉体条件というものがあり」

「それを克服するのが君の責務だった筈です。いけません。喋れぬなどという言いのがれをこの私が許すと思いますか。よろしい。できぬというならしかたがない。マザングとの国交がなくなればもはやこちらからも定期便を出す必要がなくなるわけだ。どういうことかわかりますかね。貿易が再開されぬ限り君は一生そのマザングから地球へ帰ってこられなくなるのですよ」

きゃん、とないておれはとびあがった。「や、や、やります。死にもの狂いで政府閣僚を説得します」

「最初からそう言えばいいのです」

おれはあえぎながら質問した。「で、マザング人の乗組員たちはどうしました。四人いた筈ですが、むろん無事に奪い返したのでしょうね」

「全員死にました」と、局長はいった。「奪還作戦が不成功に終り、反連合政府軍兵士に殺されてしまったのです」

きゃうん、きゃうんとおれはないた。「ではせめて犯人、つまりその反連合政府軍兵士だけはやっつけたのでしょうね」

「逃げました。それに彼らは、次第に勢力を伸ばしつつあります」局長はちらと眉をひそめてから、ぐっとおれを睨みつけた。「むろん君は、そんなことは言わず、彼らを壊滅すべく連合政府軍が総力をあげて戦っているといえばよろしい。彼らが全滅するのは時間の問題だとね」

おれは泣きそうになり、おろおろ声を出した。「嘘がばれたらどうするのです。たとえ貿易が続くことになっても、マザング人の中からまた犠牲者が出たりしたら、わたしは殺されます」

「嘘ではありません。なにが嘘か」局長がまっ赤な口をあけて叫んだ。「事実、わが軍は彼らと戦っているのです」それから声をひそめ、眼を細めた。「いちばん強く貿易中止を主張しているのは総理大臣だそうです。彼さえ説得すればよろしい。わかりましたね。では、成功を祈りますよ」

ヴィジフォンが切れるなり、おれはとびあがるように立ちあがって薬品戸棚へ突進し、「関節骨強化剤」をむさぼり食った。むろん一度にのんだってさほどの効果はないが、何かにすがらずにはいられぬ気持だったのだ。

いつも閣僚会議が行われる総理官邸へやってくると、守衛の制止を振りきっておれは会議室へとびこんだ。呼ばなくてもすっとんでくる筈と思っていたのだろう。マザングの閣僚たちはむしろおれを待ちかねていた様子であった。

十人の閣僚は半円陣を作って会議を開いていた。テーブルはなく、ソファに腰かけたまま関節話法で話しあうのだ。おれはさっそく彼らの中央に進み出て、立ったまま関節話法をあやつりはじめた。あわてているので、なかなかうまく話せない。

「今はひとつの地球からのそれの連絡が出ました。わたし出ました。思っていた通りのことか。ないない。そこにおいて悲しいですね。気の毒ですね。それに関係してあなたがたにおいては、つらいことであって、わたしはそれ以上の違います。四人のひとつの乗組員の死ぬの生きるのとおっしゃいますが、聞きましたか」

「聞きました」正面の席の総理大臣が、むずかしい顔で関節をあやつり、おれに話した。

「わたしとしては、もう二度とこのような悲劇のないよう、地球との貿易を打ち切ろうかと考えております」

おれはあわてた。「もう二度とこのような悲劇はあるか。ないない」はげしくかぶりを振りながら、おれは必要以上に力をこめて関節を鳴らした。「今はひとつの地球の責任は、わたしはとりません。それをないと帰れない。安全ならあのひとつの洗面所は責任をとるそうです。保障は洗面所です。洗面所は地球政府全体の保障です。わたしに誓うと言わせましょう。もとへ。ないことを誓います」

「星務省」と「洗面所」を間違えているおれのけんめいな関節話法を隔靴掻痒《かっかそうよう》の面持で見ていた外務大臣が、関節音をはさんだ。「しかしいくらあなたが誓ったり地球政府が保障したりしても、革命を起そうとしている兵隊たちがいる以上、わたしたちは少しも安心できないではありませんか」

「それのことよろしい。よいか。よいのです」ここぞとばかり、おれは力説した。「連合軍はもうない。敵はする。します。勝ちます負けます。敵はありません。よいのです」戦争という単語が思いつかず、おれはいらいらした。「勝ちます負けます。それに勝ちます。ひとつの必ずです」

「では、その戦争が終ってから、もう一度改めて貿易交渉を行おうではありませんか」と、外務大臣がいった。

「その戦争です。戦争」おれはとびあがった。「それ、終ってからのあっちとこっちの話は駄目です。ひとつの貿易が切れますと、産業がそこにおいて内側に下がります。多くの人です。生命《いのち》が死にます」あまり力をこめたので、鳴らない関節が出はじめた。

「今後の貿易のことよりも」情報大臣が静かな怒りをこめて冷やかな関節音を立てた。「死んだ乗組員のこと、船のこと、それらについてどのような賠償をお考えか。それをうかがいたい」

「それについてのことは勝手にしなさい。もとへ。勝手にしなさい、もとへ。勝手にしなさい。もとへ。勝手に」

人差し指の根もとの関節が鳴らなくなり、四苦八苦しているおれに、閣僚全員がわかったわかったという身ぶりをした。

「乗組員のぶち殺されたあとの人の妻子のこと面倒です。見ます。その生活一生です。見ます。もとへ。見る金出します」これくらいの独断交渉は許される筈だ、とおれは考えた。問題は船であるが、右手首の関節が鳴らなくなり、船という単語が出せなくなったのでおれは困った。他のことばに言い換えなければしかたがない。「えんやとっとのどこかへ行ったそのことは、地球のえんやとっとで、こっちの星へ来るのも地球のえんやとっと。帰るのも地球のえんやとっと。だからこの星のえんやとっとの必要はひとつの今後はない。だから、だから」小指の関節が鳴らなくなった。「この星のしゅらしゅしゅしゅが今後、そんな悲しいことになるない。しゅらしゅしゅしゅを酒の道は絶対にない。そのしゅらしゅしゅのこっちからの塩、塩の塩。今までは塩。それの塩をこれからは塩の塩」

「積荷の塩を倍にするとか、定期便をすべて地球の船にするとか、遺族に金を出すとかいったことばかりで、この人のいう賠償とはすべて物質的なことばかりである」総理大臣が閣僚を見渡しながら言った。「誠意が感じられない」

「誠意なことは多くのわたしいくらでも感じてあげるよ」おれはいそいで一歩前進し、総理大臣に語りかけた。総理以外の他の閣僚は、おれの出した条件に満更でもなさそうな表情だったからである。だが、鳴らぬ関節はますます多くなった。「その誠意、血を出す。地球政府も鬼ばかりで、温かいですか。あるある。ないのはそれです。あたり前の裸です。それはひとつの何もないか。あるある。みんな涙をちびるからそれぐらいです。持っていますので心配はなく、お前らみんな馬鹿。われわれの見ていないのだからひとつの言いかたは先に決めたらいけない。ーら。これはこんにちはです。失礼が、今は喋ると馬鹿に近い」

ますます支離滅裂になってきたのでおれは焦った。しかもどちらかといえば、より失礼で、無礼な方向へ支離滅裂になっていく。これはなぜかというと、地球でもそうだが、罵りやすい無礼なことばというものには短いことばが多く、鳴らすべき関節音が鳴らないとそのことばは当然短くなり、敬語やていねい語が一転して罵言に変化してしまうのだ。閣僚たちを怒らせては大変だから、おれは鳴らぬ関節を力まかせに折り曲げて音を出し続けた。それでもどんどん無礼なことばの混入する度あいがふえ、総理大臣などは怒りに顔を赤く染めはじめている。これはいかんと思い、おれは痛さをこらえてさらに関節を無理やり鳴らし続けた。ついには両足首の関節がどうにかなり、左肩が脱臼《だっきゅう》した。その他の関節も赤くなって脹《は》れあがり、折り曲げようとするたびに頭がずきんと鳴り、眼の前が暗くなり、思わずとびあがるほどの苦痛を齎《もたら》す。だが、わめいたり叫んだりすることさえ許されないのである。おれは歯をくいしばり、低く呻きながらなおも関節を鳴らし続けた。

「その屋根の笑う。ないか。もう偉いよ。くそ。だがひとつのあっち行きこっち行きのもの。そこへはお前ら死ね。おれはこの星のあそこにこれはない。ひとつのそこのお前らは女のあそこですか」

総理の顔はますます紅潮し、額には静脈が浮き出た。まん丸い顔がさらに膨れあがり、今にも爆発しそうである。

経済大臣がとりなすように関節音をはさんだ。「総理。地球人というのは精神的賠償といった抽象的なものを理解できない傾向にあるようです。すべてを物質的なものに還元して考える。それが彼らの特質なら、それはそれでいいではありませんか。塩を倍くれるというなら貰《もら》っておきましょう。また、今の提案からもわかるように、地球における塩の重要性というのは、わがマザングにおけるウラニウムの重要性ほど大きくはないようです。ですから地球への積荷をウラニウム以外の、われわれにとってもっと重要性の低いものに変更するということもこの際考えられるのでは」

おれはあわてた。ウラニウムを送ってもらえなくなっては現政府の立場がなくなり、おれは地球へ戻れなくなる。「待つ。ひどく待つ。あのそれこれは待つ。その変える人間のくその毛か。どうしても今のひとつの呉《く》れるがよい。呉れ。あの今のままの助兵衛が変えてはないぞ。臭いぞ。とぼけるなの今の世の中の女か。それは便所か」

右手首の関節がはずれ、左中指の骨が折れた。おれは激痛に身をよじった。だが、ここで中断するわけにはいかない。どうしても、問題の「ウラニウム」という関節語を出さなければならないのだ。しかし股関節を左右同時に鳴らそうとしても、両足首の関節がぐらぐらしている上、左肩が脱臼しているので、高くとびあがることができない。とびあがれなければ落ちてくることができない。おれは周囲を見まわした。部屋の隅に花瓶立てが置いてあった。おれは這《は》うようにして部屋の隅へ行った。花瓶を床におろした。花瓶立ての上へよじのぼった。まず首の骨を一回ごきりと鳴らしてから両足をがに股に開いて床へととびおりた。ごきごきといやな音がして、伸展位《しんてんい》百八十度の股関節がはずれた。両足がM字型に開いたのだ。

おれは床に這いつくばった。激痛で口から舌がとび出した。だが、まだ言わねばならぬことが残っている。けんめいに、まだ鳴る関節をあやつった。しかし悲しいかな、もはや何を言っているのかわからない。無理に文字にすればこのようになるだろう。

「呉れ明けくその肉の花。今はひとつのここは便所の虫世界。他のないかそのくそ女の弾《た》丸《ま》のあと。こんにちは。いやらしいうすのろの影の形のここで一発ぶちかます。お前らくそ溜めよく来たな。出て行け。せんずり流れてほういほい」

毛穴から血を噴き出しそうなほどに鬱血していた総理の顔が一瞬にして蒼白になり、脳《のう》溢血《いっけつ》でも起したのかうむと呻いて彼は床に倒れた。大騒ぎになり、閣僚全員がおれを抛《ほ》ったらかしにして総理に駈け寄った。

もう駄目だ、と思い、おれは観念した。説得は失敗したのだ。おれの意識が遠ざかった。

気がついてからひとに訊ねてはじめて知ったのだが、意外なことに説得工作は成功していた。地球とマザングはまた貿易をはじめるとのことであった。なぜだか、理由はよくわからない。

あの時、総理の顔がまっ赤だったのは、怒っていたためではなく、笑いをこらえるためだったのだ。おれの滅茶苦茶語でのべつ吹き出しそうになり、笑うのは失礼にあたるのでずっと息をとめていたのだという。そしてついに意識を失ったのだが、むろんすぐに息を吹き返したそうだ。

おれの方は息を吹き返してからもからだがもとへ戻らず、外科病院へかつぎこまれた。あちこちの骨や関節がずいぶんひどい状態になっていたらしく、今でもまだ、おれはこのマザングの病院で療養中だ。病名は「言語障害」である。

コズミックロマンスカルテット with E

小川一水

生命惑星を目指して航行中の外務省船。日本国特別使節団としてただひとり乗船する田村雅美は、蠱惑的な美少女の姿をした宇宙生命体ヴィクリットに結婚を迫られる……。

著者は一九七五年、岐阜県生まれ。一九九六年、『まずは一報ポプラパレスより』で長篇デビュー（河出智紀名義）。二〇〇三年、『第六大陸』で第三十五回星雲賞日本長編部門、二〇〇五年、短篇集『老ヴォールの惑星』で「ベストSF2005」国内篇第一位を獲得、収録作の「漂った男」で第三十七回星雲賞日本短編部門を受賞。本格的な宇宙SFの書き手として活躍を続けている。現在は《天冥の標》シリーズを刊行中。

初出：『NOVA7　書き下ろし日本SFコレクション』
（河出文庫）2012年

闇の中で、ぱさりと紙をめくる音がした。まどろんでいた田村雅美《たむらまさみ》は、跳ね起きて照明をつけた。散らかった部屋の床に、白いなまめかしいものがわだかまっており、何度か瞬きすると、それが髪の長い全裸の女だということがわかった。

女、というより少女というほうがふさわしいような若い娘は、長いまつげを伏せ気味にして、蠱惑《こわく》的にささやいた。

「ねぇ、ヒト。結婚して……？」

田村は叫んだ。

「出たぞ、紅《クレナイ》！　エイリアンだ！」

「見えてる」

人工知能、紅の落ち着いた女声が響くとともに、補助ワゴンのオブスキューアがスライドドアを開けて部屋に飛びこんできた。記録的なすばやさだった。

生命惑星カマンドゥフ249fへ向かう、日本国特別使節団の外務省船、倶利伽羅《クリカラ》・紅《クレナイ》号が、途中の無名惑星へ立ち寄ったときのことである。

☆

素粒子物理学と諸学問には、二十一世紀に大きな進展が積み重ねられた。サギーア（訳者によってはスッギー）反質量子の発見と蓄積によって、ある一塊の質量の総和をマイナスとみなすという数学的思考が、現実の物体に適用できるようになった。質量が負の宇宙船が作られた。大気圏離脱はたやすくなり、光速は越えられた。

諸外国の政府と企業が、近宇宙から太陽系外の遠方にまで、各種宇宙機を送り出した。日本でも同様な試みがなされ、なかでも独立行政法人の開発・運用する無人恒星探査機〈あじさし〉は、世界で三番目に太陽系外生命惑星の実踏に成功した。多くの知的成果が上がり、高い評価が集まって、政府は面目を施した。〈あじさし〉はシリーズ化し、以後長く送り続けられた。

半世紀後には有人恒星船が花盛りとなった。起業家と冒険家と自然科学者の乗った船が、ローレンツ収縮のもたらす星虹のむこうを目指して、幾十隻となく飛び立った。それらは夢と希望と膨大な投資と配信用カメラのたぐいを積みこんでいったが、いっぽうで、国家的使命感と官僚的義務感を積載し、別に楽しみのためでもなく粛々と他の星を目指す宇宙船もたくさんあった。

軍艦や郵便船や外交船が、この種の船にあたる。

倶利伽羅号もその一隻で、民間で建造・運航され、外務省によって徴用されている船である。武装があるので外交艦と呼ばれることもある。無人の〈あじさし〉シリーズが発見した生命惑星を訪ねるため、田村雅美を長とする、彼一人だけの特別使節団を乗せて日本を発《た》った。世界規模で繰り広げられている、友好惑星獲得競争の一翼を担って、光速よりもだいぶ速く宇宙を突き進んできた。

ものにはついでということがある。倶利伽羅号の航程にも、ほとんど遠回りを要せずに立ち寄ることのできる、少しばかり興味深い惑星がいくつかあった。そういう星にさしかかる都度、倶利伽羅号は速度を落として自動化された科学調査を行い、数週間でそれを終えると、また加速して次の星を目指した。

そうやって飛び石伝いに航行を続けて三年あまり。目当ての生命惑星のひとつ手前に当たるこの星系に到着したところで、異常が起きた。惑星を回る軌道上で、船に当たるはずのない隕石が衝突したのだ。通常、危険な天然の隕石は撃墜されるのだが、そいつは当たる直前に制動して防御レーザーを避けた。数日して異様なアメーバ状の生命体が食料庫のたくわえを食い散らかしているところが、監視カメラに写ってしまった。

宇宙生命に侵入されたのだ。SF映画のようだが現実だった。

生命体は通風口からどこかへ逃げた。乗員の田村はほとんど眠れないままラウンジで二昼夜を過ごした。三日目にさすがに精根尽きて自室へ戻り、監視システムを信じてベッドに倒れた。

目が覚めたら、予期せぬ光景に出くわしたというわけだった。

☆

「結婚してぇん、ヒト……」

床一面に散らかされた自分のエロ本と蔵書の上で、色目を使う全裸女がおねだりをしている。その周りで、大型のゴミ箱によく似た形の補助ワゴンが、床掃除をしたものかどうか迷って、うろうろしている。

田村は数秒それを見つめたあと、枕の下から取り出した護身用の拳銃片手にベッドを降りて、彼女から遠い壁際を迂回し、洗面所へ入った。

念入りに顔を洗ってからまたベッドへ戻り、膝の上の拳銃を女に向けて、口を開いた。

「結婚だと？」

「うんー！　結婚して、ちゅっちゅして、子供を作るの。えへー」

女は頬に両手を当てて体をくねらせる。その様子には知性と常識のかけらもないが、彼女がそこらに散らかしたと思《おぼ》しきエロ本の内容と同じように、色気だけは横溢《おういつ》していた。

　田村は片眉を上げる。

「ちょっとそこは、はっきりしてくれ。おまえは結婚したいのか、子供を作りたいのか。どっちなんだ」

「ええー？　そんなの、どっちもに決まってるじゃない。愛のイトナミをすんのっ」

「どっちもか。結婚とはなんだ、言ってみろ」

「夫婦になること。一対あるいは特定の複数人が継続的な性的結合または愛情結合を基礎とした社会的経済的結合を築いて、その間に生まれた子供または養子とした子供を継承子として認める関係のことでしょ？」

「ん？　複数〝人〟？　なぜ人だけなんだ。機械や動物とも結婚できるぞ」

「そこの広辞苑第十二版にこう書いてあった」

「ああ、辞書はそういうところ、保守的だからな……いま引用した言葉を、全部自分の言葉に直して説明できるか」

「もちろんできるよぉ、ヴィクリット、がんばって勉強したもん」

「ヴィクリットってなんだ、それは、おれが持ってきた漫画のヒロインの……ああ、そこから名前を取ったのか。よし、ヴィクリット。ところで、なぜおれなんだ。おれのどこが気に入った？」

「えっとお、初めて会ったってことと、人間の大使だっていうことと、三十歳のわりにすごく健康そうだってことと、アウトドアが好きそうなところ」

「アウトドア？　三年ぐらいエアロックから出たことないぞ」

「大気圏から出てる」

「ああ……」

「あとやっぱり、エッチが好きそうなところかなっ！　きゃっ」

赤くなって顔を隠すヴィクリットの、あざとさ満点の仕草を無視して、田村は淡々と言った。

「そうか。全部わかった上で結婚したいと、こう言っているわけだな？」

「うん、そう……」

「なるほど」

田村はしかつめらしくうなずいた。

そのとき突然、部屋の片側の壁の一点が、バッと閃光を放った。それはとてつもなく強力な輝きで、田村は反射的に手で顔をかばった。目を覆う寸前、光の反対側の壁に、二人分の影が青黒く焼き付けられたのを見た。

「きゃっ！」「うわっ！　……なんだ、おまえか？　紅」

「急ですまない、田村。しかし、これを見ろ」

天井のスピーカーを介して、ハスキーで力のある女の声が言った。田村は人工知能に毒づく。

「勘弁してくれ、見ろったって見えないよ、これじゃ」

「回復してからでいい。右の壁を」

田村は目がくらんでしまい、視力を取り戻すまで一分以上かかった。紅はいつもこういう無茶をやる。結果オーライで先走るのだ。そのずば抜けた決断力と行動力は貴重だが、そばにいる人間はたまったものではない。

しばらくたって田村は目を開け、紅の言う右の壁を見た。そこには二人分の影絵のようなものが写っていた。どうやら、たった今撮影した田村とヴィクリットのシルエットらしい。その体の半分ほどが透けているから、内部を透視したのだとわかる。

田村のシルエットには、健康診断のときに見せられたことのある骸骨が収まっている。ヴィクリットの体内には、白いもやもやした網のようなものが詰まっていた。

田村はスピーカーを見上げる。

「なんだこれは」

「その部屋にレントゲン装置なんかないから、超高輝度可視光で透視した。見ての通り、ヴィクリットの体に骨格はない。張りぼての偽物だ。そいつは人間に擬態したエイリアンだ。わかったか、田村」

「何かと思えばそんなことか」拍子抜けして田村は肩の力を抜いた。「わかってるよ、そんなことは。最初に言っただろ？　エイリアンだって」

「ただのエイリアンじゃない、きわめて手ごわい存在だ。分析結果を話すぞ」

「いや、今おれは……」

「いいから聞け」

押しかぶせるように言うと、紅は説明した。

「七日前の隕石衝突と、三日前に食料庫で人間の食料を摂取していたアメーバ状生物と、この少女型ヴィクリットの出現が、関連性のある事象だと仮定しよう。すると以下の五つの推測が導かれる。一、ヴィクリットは宇宙航行できる。二、ヴィクリットは人間そのものを摂取できる。三、ヴィクリットは自由に形を変えられる。四、ヴィクリットは人間と会話できるほどの知識を三日で吸収できるだけの、高い知能がある。五、ヴィクリットは人間の遺伝子情報を採取するジーンハンターである。このどれかひとつだけでも、人類にとって非常な脅威だ。それが五つもだ！」

「ついでに言えば、こいつはおれのコレクションを研究して、女の好みまでおれに合わせてきた。文化的な文脈理解力も高いと見るべきだな」

「そういうのが好みなのか？」

天井の隅から淡い赤色のレーザー光がヴィクリットに向けられる。つやのある髪から細い肩と控えめな乳房へ、下ってくびれた細腰、柔らかそうな肉のついた尻、そして上腿へと光点が滑る。体格はやや小柄で、標準より少し締まった感じの体つきだ。

「カラダとしては、うん、まあな」

田村は率直にうなずいた。

「馬鹿なことを言ってる場合じゃない。そいつは敵だ。今すぐに外へ放り出そう。キューア、捕獲を……」

紅の命令で、補助ワゴンのオブスキューアが、格納してあったマニピュレーターをパタパタと展開し、滑らかな動きでヴィクリットにつかみかかろうとした。

するとヴィクリットが両手でそれに抵抗して、悪戯《いたずら》っぽく舌を出した。

「いーやっ。ヴィクリット、出ていかないよ。田村が気に入ったもん。うんって言うまでここにいるんだ」

「構うな、キューア。雷撃を使え。見る限りそいつにアース回路はなさそうだ」

「ちょっと待った！　そんなことしていいのかな？」

ヴィクリットが鋭く叫ぶと、壁に投影されたままの自分のシルエットを指差した。腹の辺りだ。田村はそこを注視する。何やら筒状の影が見分けられた。

紅がいやに冷静な声で言った。

「その形……なるほど」

「なんだこれは。おい、紅」

「キューア、実力行使はやめだ。ひとまず離れろ。それから――」

紅は、それに続いて無線で何か指示をしたらしい。補助ワゴンはヴィクリットから離れると、するりと廊下へ出て行った。やがて紅が言った。

「田村、すまない。推測七を追加だ。こいつはセンサー網をかいくぐって、倶利伽羅号の部品を盗む能力がある。いまキューアに確認させた」

「何を盗《と》られた」

「ミサイルの弾頭。一番小さいやつだが」

「小さいって言っても、見たところ手榴弾ぐらいはあるぞ」

「つまり、それぐらいの威力だということだ。言うまでもないが、きみ一人が無事ならいいわけじゃない。この船のブリッジや弾薬庫など主要部分も、誘爆から守る必要がある」

「つまり、おれがうまいことここから逃げだしても、解決にはならんというわけだな」

「そゆこと♪　意地悪したら、ドーンすんぞ」

ヴィクリットがにこにこしながら、握りこぶしを得意げにパッと開いた。

そんなエイリアンを田村は感心したように見つめてから、ぼそりと言った。

「おもしろい――おい、おまえ。ちょっとその脅しを引っこめる気はないか。こっちも考えてやるから」

「ん？　どういうこと？」

「おまえとの結婚。とりあえず服着ろ」

田村はクロゼットを開けて、いつもオブスキューアが丁寧にしまってくれている衣服をあさり始めた。

背後ではエイリアンと、戻ってきた補助ワゴンと、たぶんＡＩまでもが、耳を疑っていた。

「え？」

「ほら、服。キューア、悪いが着せてやってくれ」

田村は自分のＴシャツとショートパンツを補助ワゴンに放り投げた。マニピュレーターでうまくキャッチした補助ワゴンが、裾《すそ》のところを広げてヴィクリットにかざしてみせる。

無理やり着せるようなことはせず、インジケータをくるくると点滅させて協力を促す。

ヴィクリットはそれを、ぐい、と押し返す。

「いらないよぉ、ヴィクリット、田村には何も隠さないもん。生まれたままの姿を見てもらいたいの。それに暑くも寒くもないし」

そんなことを言ってなまめかしく胸元を寄せてあげながら、這《は》いよろうとする。田村は銃口を改めて突き出し、牽制する。

「人間には服を着る文化があるんだ。おれを見ろ。一人きりだからって、裸でうろうろしたりせず、ビシッとした格好を——」自分の体を見回した田村は、寝乱れた締まりのないスウェットシャツ姿に、やや閉口する。「ビシッとしてはいないが、とにかく必要なだけ各部を覆って体裁を保っているんだ。これを慎みという」

田村に目配せされて、再びオブスキュアがおずおずとシャツを差し出す。ヴィクリットは整った顔に不満を浮かべて、プイとむこうを向く。

「やーよ。初夜の床《とこ》なんだもん。初夜の夫婦は服を脱ぐって、ヒトの本に書いてあった」

「そこまでこだわるなら、なおさらわかれよ。服は性具なんだ。着てもエロい。むしろ着たほうがエロい。おまえの種族が普段どうやって繁殖しているのか知らんが、発情色とか、求愛ダンスぐらいあるだろ？　ないのか？　地球の生き物ならみんなそういう儀礼を持ってるぞ。衣服はその一種だ」

「む」

着るとエロい、あたりでヴィクリットがぴくりと反応した。しばらく考え込んでから、振り向いて衣服を受け取り、もぞもぞと身に着けた。

田村は頭上に目をやる。

「こいつのスリーサイズは？」

「私が知るか」

「七九一・五四三・八三二ミリ。身長一五五三ミリ、質量四一五〇〇グラムにしたよ」

あきれた体《てい》の紅の代わりに自己申告して、着衣したヴィクリットが立ち上がった。

「どう？」

ストレートの髪をばさりと手で払い、頬を紅潮させて胸を張る。Tシャツに乳首が浮きだす。田村のサイズなので裾は股下あたりまで届く。狙ったようにショートパンツの下端がわずかに覗き、すらりとした滑らかな脚が伸びた。ひざ頭はほんのりと桃色。

「ね、これでいい？　結婚して！」

確かに、好みのタイプど真ん中の外見だった。外見だけは。

田村は眉間にしわを寄せて横を向き、少し時間を置いてからうなずいた。

「なかなかのものだ。いいじゃないか、結婚しよう。紅、立会いを頼む」

「断る」

断乎《だんこ》とした返答が天から降ってきた。

田村はニヤリと薄笑いを浮かべ、片膝を立てて天井を見上げると、おもむろに言った。

「理由を聞こうか、DPPの紅」

田村雅美は出港時に二十七歳、現在は三十歳。国家公務員一種試験に合格し日本国外務省に入省したキャリアエリートだが、それだから特別使節団の大使になれたわけではない。

またいかなる場合でも、個人がその資質のおかげで、政府により他の生命惑星へ単身で派遣されることはない。

「外交決定助言資料集ならびに助言プログラム《ディプロマティック・プロトコール・プログラム》」が随行するという条件付きで、その実行が可能になっているのだ。大使はＤＰＰの同意がなければ何もできない。大使が死亡ないしそれに準ずる状態になった場合はＤＰＰがこれを代行する。とても大きな存在であり、こういうものがあるからこそいくつもの惑星へ特別使節団を派遣できるし、田村のような若者が大使のような大役につくこともできる、というわけだった。

そんな紅に、田村は尋ねる。

「婚姻届のための証人二名がいないからか？　それともヴィクリットの在留外国人登録がまだだからか？　そういう法律的な問題は、今の場合、たいしたことじゃないと思うがな」

「まず」

紅は外交官というより、罪状を読み上げる女検事じみた口調で語り始めた。

「このヴィクリットのようなエイリアンはこれまで発見されていない。これは最初の接触だ。ゆえに国連安保理で採択されたファースト・コンタクト・プロトコルが適用される。ＦＣＰでは初接触のエイリアンに地球の情報を無制限に与えることを禁止している。情報というのは、日本語から、人間の遺伝子にいたるまでの、すべてのことだ」

「わかってる」

「わかっているとは思えない、田村雅美」鋭く封じて紅は続ける。「広辞苑もおまえの精液も、どちらもこいつに与えてはいけないものなんだぞ。言語がわかればこいつは人間に対して各種の詐欺やクラッキングをかけることが可能になるし、DNAの仕組みがわかれば、人間を殺す凶暴なウィルスを作ることもできる。ましてやこいつは自力で宇宙航行する。ここはまだ太陽系から遠いが、こいつらが星間航行しないという保証はない。非常に危険だ」

「そんなに危険かね、こいつが」拳銃はまだ構えているものの、ややリラックスして後ろの壁にもたれ、田村は肩をすくめた。「ミサイルの弾頭を盗れるくせに、おれやおまえに対してはいまだに危害を加えてこないんだぜ。警戒しすぎじゃないの」

「そいつの出現した瞬間から今まで、私の五百ワットレーザーが照準を続けている」出力を絞られた赤色の小さなレーザードットが、ヴィクリットの体を這い回った。「きみを襲うそぶりを見せれば、二秒以内に豚バラよりも細切れにしてやれる。それがわかっているから自制しているのかもしれない」

「余計な質問かもしれないが、なぜおまえは、まだこいつを料理していないんだ？」

「様子を見たほうがいいという状況判断が、今まで続いたからだ。検討過程での賛成五〇二・反対四九八ぐらいの微妙な均衡だけど……」

「だそうだぞ、ヴィクリット。少しは慎重になったほうがいい。紅は怖い」

突っ立っていたヴィクリットがびくりと肩をすくめ、不安そうに天井を見回した。

田村も天井へ目を戻し、片手を挙げて穏やかに言った。

「しかしな、落ち着け、紅。やっぱりおまえは心配しすぎだ。こいつがそうそう脅威になることはない」

「なぜそう言える」

「おれが、さしあたり、こいつと寝るつもりはないからだ」

「えーっ？　どうして？」

ヴィクリットが一気に詰め寄ってきた。その額に拳銃を突きつけて制止し、横へ振って椅子を指し示す。ヴィクリットは唇を尖らせつつ、小鳥のようにちょこんとそちらへ腰かけた。

紅がいぶかしげに尋ねる。

「そういうのが好みなんじゃなかったのか」

「好みではあるが、おれはその方面の欲求を、生身の相手に求めないことにしているんだ。欲情は、一人のときに処理する。いっぽうで生身の相手とは、愛や敬意や知識を交換する。それはそれ、これはこれだ。そういうふうに切り分けられるよう、三年の間に自己修練してきた」

「そう聞くと何か高尚な考えのようだが、要はこういう不埒《ふらち》で下品な」レーザードットが床じゅうのあれやこれやをビシビシと指し示す。「スチルやムービーやドールを相手に、不潔なことをしていたんだろう。今まできみの蔵書や工房は覗かなかったが、まさかこんなものをプリントアウトしていたとは。残念だ、すごく遺憾だ。本省に報告するぞ」

「しても意味はないと思うよ」

「なぜだ」

「本省が積んでくれたからだよ、こういうものを」

床にかがんで、若い女性が不自然に肌を露出している形状の人形を手に取る。体のあちこちを押すとその人形が身動きし、嬌声《きょうせい》を上げた。田村は顔を赤らめて苦笑する。

「落ち着いてみるとなかなか恥ずかしいな、これは」

「本省が積んだって？　こんなものを？　ばかな！」

紅が怒ったように叫ぶ。田村は声にわびしさをにじませて言い返す。

「馬鹿じゃないよ、むしろ本省はとことん賢明で現実的なんだ。だって一人で三年だぜ、おれの任務。いや、往復で八年近くだ。いくら志願して行くといっても、そんなに長いあいだ禁欲していたら、どんな堅物でもおかしくなるよ。人間だって生き物なんだから。それぐらいなら道具を使って適宜発散しつつ、正気を保つほうが、なんぼか健康だ。その点で本省とおれのやり方は一致したんだよ。ん、片付けてくれるのか？」

あたりの本を拾い集めていた補助ワゴンが、ためらいがちにマニピュレーターを伸ばしてきた。田村は笑って首を振った。

「いや、こいつは他人にしまってもらうようなものじゃない。自分でやるよ」

部屋の隠し場所に一連の品物を収めて、田村はまたベッドに戻った。

「さて、話を続けるが、おれたちの古式ゆかしい日本国憲法においては、結婚は両性の合意のみに基くと規定されているな」

「だからなんだ」

「セックスの有無は問題とされていないということだ。おれはこいつと肉体関係を持つ気はないが、いわゆる愛情結合を持つ気が湧いてきたんだ。そこで精神的な結婚をすることにした」

「湧いてきたって、そんなあっさりと……。石油や温泉じゃあるまいし」

紅の口調に脱力感がにじむ。そういう感じの出せる、高級なソフトウェアなのだ。

「思いつきでパッとそんなことを言われても、同意できるわけがないだろう。さっき顔を合わせてから、何分だ、三十分もたっていないぞ。愛情どころか互いの親の名前も知らないで、よくもまあぬけぬけとそんなことが言えるものだ」

「うちは親父が孝明《たかあき》で母が万美《まみ》」

「ヴィクリットの前の代は（デスクの角の塗装のはがれた樹脂部分を指差して）こういう

名前だった。色で話す生き物だったから」

「おお、話が早いな」「えへー」「何をやってるんだきみは！　そいつはカマキリみたいに、結婚したとたんきみを頭から食ってしまうかもしれないんだぞ。少し頭を冷やせ！」

「頭を冷やすのはおまえだ、紅。おまえがいつも通り冷静なら、FCPが精神的な結びつきを禁じていないってことにも気づいているはずだ。むしろFCPはそれを奨励するんじゃないかな。愛情とはきわめて量子化しにくいコミュニケーションの一形態だ。愛情を与えてエイリアンから何がしかのリターンが得られるなら、これほど安全な話もない」

「詭弁《きべん》に過ぎない、見返りを求めるのは愛情だと言えない。それはよく言って打算、悪く言えば詐欺というものだ」

「最初は打算でも、付き合っていくうちに愛に変わることだってあるだろう。恋愛が一般化する二十世紀以前の結婚なんか、みんなそんなものだった。いや、一般論を引っ張り出さずともだな、おれはこいつの頭の回転の速さに十分興味を持ったよ。知的な刺激に満ちた結婚生活を送れるんじゃないかね」

「送れる送れる！　ヴィクリット、知的な刺激できるよ。えっと、宇宙項、計算する？　それとも存在の謎のこと話す？　視床下部さわってあげてもいいよ！」

「どこが知的だ、いま知った言葉を並べているだけじゃないか。それに最後のは刺激の意味が違う。田村、本当にやめるんだ」

「紅、ほんとに頭を冷やせよ。さっきから聞いてると理由になっていない。感情だけで反対しているみたいだ。ちょっと熱交換系を点検したらどうだ？」

「私の熱交換系は正常だ。今調べた」

「やっぱり自信がないんじゃないか。もしくはソフトウェアエラーだ。そうでないと言うならちゃんとした理由を言ってみろよ」

「よろしい、じゃあ言ってやろう」

「おう、なんだ」

「私もきみが好きだ。結婚してくれ、田村雅美」


宇宙船・倶利伽羅紅号は、江戸幕府の目安箱以来、日本で何度も行われてきた、大衆意見の公募という方法で、デザインコンセプトと名前が決定された。それを元にしてデザイナーの手で出来上がってきたのが、フェラーリさながらの真っ赤な色彩と、島国離れした流麗なボディラインを備えた、ド派手で高性能な船だった。

こんな船が似合うのは、先のとがった革靴を履くアゴの割れたイタリア男ぐらいじゃなかろうか。そう思いながら、大使になったばかりの田村が船に乗りこむと、出迎えのために通路を勢いよく走ってきた円筒形の無骨な補助ワゴンが、床のシャッター溝に引っかかっていきなりゴロンと倒れた。起きられずにマニピュレーターを出してじたばたする有様が気の毒だったので、助けてやると、天井から感心したような声が降ってきた。

「やあ、ありがとう。きみは親切な男だな」

「どういたしまして、田村雅美だ。きみはハウスキープAIか？　ちょっとお茶目だな」

補助ワゴンに目をやりながら言うと、そいつはくるくると左右に頭部を回して離れて行った。天井の声が笑った。

「キューアは社外品でまだ船内に慣れていないんだ。あれは私の部下だ。ようこそ、私の船へ。DPPの紅だ、副船長も務める」

「きみは女のAIか。いい声だ、これなら八年聞いても飽きないだろう」

「声は便宜上のものだ。性別はない。イタリア人の伊達男《だておとこ》みたいなお世辞は似合わないからやめたほうがいいぞ」

三年後の田村はベッドの上で「よっこらしょ……」とあぐらをかいて、意地悪く言う。

「性別はない。おまえ、三年前にそう言ったよな、紅」

「ああ。でも構わないだろう」

「格好をつけるな、みたいなことも言われた。あれ、いまだにおれの中で尾を引いてるんだが」

「悪かった。きみはほら、そのなんだ、容姿が衆目に秀でているわけでは、ややないから」

「〝ややない〟なんて器用な評価をよく考えつけるもんだ。——で、なんだって、おれが好き?」

「ああ」

「本気で?」

「何か問題が?」

「問題ってなあ……」スウェットの裾から手を入れて胸をぼりぼりかいてから、田村は苦々しく言った。「まずおまえ、船だよな?」

「船を含む実存だ」

「おれに、船と結婚しろとおっしゃる」

「きみはついさっき、エイリアンを愛せると言ったじゃないか。精神的な結婚をすると。だったら船と結婚したって問題あるまい」

「斬新な発想だ」

「実例はいくらでもある。三分くれれば最古と直近のケースを五件ずつあげてやる。私は日本国籍の船だから法的にも話は簡単だぞ。仮にリベリアやSS1(国家スペースシップ・ワン。二〇二五年に月周回軌道上にてアメリカ合衆国から独立)あたりの便宜置籍船だったらちょっと面倒だったが」

「そういう問題かね」

「そうとも。日本の民法でも二〇二一年に同性結婚が、二〇三五年に情報器物婚が、二〇四九年に多性結婚と異種婚（条件付）が認められるようになった。国内のものであれば、現在では公有物を除いて、結婚できないものはない」

「それはさっきヴィクリットが辞書読んで言ったろ。モノのほうが多性より早かったんで、やっぱり日本はアレだって、よそからいろいろ言われたよな」

「結婚する場所という点でも、大使館や公用船上は日本国領土に準ずる場所だとみなされるから、問題はない」

「いいことばっかり並べやがる。結婚って違うだろう、そういうものじゃないだろう。おれとおまえは同僚だ。ともに職務を遂行するために力を合わせる間柄だ。違うか」

「それと結婚は矛盾しない。夫婦というのも、力を合わせて共同作業する間柄だ。現状でも私たちはお互いに相手を守る義務があるし、その気になれば互いの体のすべてを知ることもできるし、もうすでに結婚してると言ってもいいんじゃないか？　あとはただ自覚するかどうかという点だけで」

「外堀をどんどん埋めるなよ。そんな理屈が成り立つなら、この世の会社や役所や軍隊は全部夫婦になっちまう」

「ついでに言えば、職場結婚となるから本省から祝金が出るぞ」

「おまえなあ！」たまりかねて田村は、バンと壁をたたく。ヴィクリットと補助ワゴンがびっくりして小さく跳ねる。「気持ちはどうなんだ。そこ大事だろ。おれのどこがいいって？」

「すべて……かな？」突然声が、ぐっと甘く、艶《つや》やかになった。レーザードットが田村の体を這い上がり、胸の辺りでちろちろと震える。「三年孤独でも平然としている。エイリアン出現にあわてず騒がず、ごく冷静に対処し、結婚したいという大胆な考えにまで至った。並の男ではこうはいかないわ。すてきよ……」

「いま考えたろ、それ」

「ううん？　何を言ってるの……」濡れた唇を耳元に寄せてささやくような音響効果をさりげなく加えつつ、紅は堰《せき》を切ったように訴えた。「私はこんなだから、今まで素直になれなかっただけ。本当はずっと前からときめいていたのよ。エイリアンより私のほうが、ずっとよくきみのことを知ってる。好きな食べ物や好きな映画、好きな服装や趣味の詰め将棋のこと、もちろん故郷のご両親のお名前や年収、近所づきあい、思想、支持政党や逮捕歴の有無まで……」

「おいおい、それ本省か？　本省の調査だな？　いまだにそんなことやってるのかこの役所は！」

「私なら素性不明のエイリアンより身元もしっかりしてる」レーザーがベッドのシーツをジュッ！と焼く。小さな煙が上がったあとには、ソフトウェア開発会社の認証マークがステンシルみたいに描かれている。「それに……思い切って言うけど、私だってきみの好みに合わせてサービスできるぞ……？」

「なんだって？」

「その……肉体的、な？」やり手だが敬遠されて恋愛の機会を得ないうちに、いたずらに熟《う》れてしまった美人上司、というものがもしいたらこうであろう、と想像させるような、か細いささやき声で、紅は訴える。「今は無理だけど……帰国して、その手の会社の人工人体をオプションすれば……欲望と恋愛対象を、切り離さなくてもよくなるわ」

「よくなるわ、と来たか」

田村は深々とため息をついた。

「おまえがそんなしおらしい言葉遣いをする日が、現実に来るなんてなあ……」

「ね、どう？」

「ちょっと考えさせてくれ。熱っぽくなってきた」

「え、なになに？　ヒト、どうなったの？　ヴィクリットと結婚するんでしょ？」

田村が額を押さえて悩み始めたのを見て、それまで様子をうかがっていた美少女が割りこんできた。ベッドに飛び乗って田村にすり寄ろうとして、補助ワゴンに阻《はば》まれる。

「なんで迷うの？　ヴィクリットは今すぐヒトに性的快感をあげられるんだよ。作り物じゃないよ、ホンモノの体」

「田村はおまえに触れないとさっき言っただろう。理解していなかったのか」

とうとう紅が直接声をかけたが、ヴィクリットはお構いなしに答える。

「理解してたよう、でも有機生物は心変わりするんだよ。船こそ知らないの？　あのね、脳細胞の中のイオンチャンネル間の距離に原因があってね」

「講釈はけっこう、人間のことなら私のほうが詳しい」

「ヴィクリットのほうが面白いよ！」懸命に押しとどめるオブスキューアの腕の下をするりとくぐって、ヴィクリットは田村の肩口に、愛くるしい顔を寄せる。「誰も知らない他の星の話をしたり、味わったことのない快感を味わわせてあげるよ！　えいこの、んむ……」

「あっ、こらっ」

押し放そうとした田村の手が、逆にからめ取られてしまった。ヴィクリットは前髪の下からほのかに熱を帯びた眼差しを向けつつ、手に取った田村の中指を唇に吸いこんだ。

ぬるぬるとした熱い感触に、田村はぞわりと鳥肌を立てる。舌もしくはそれに類するものが、確かに三本以上感じられた。

「んぷぁ……ね、どぉ……？」

一瞬の、だが濃厚な愛撫《あいぶ》ののち、ヴィクリットは指を離してため息を漏らす。輝く唾液の糸が伸びて切れる。田村はごくりとつばを飲んでそれに見とれてから、あわてて補助ワゴンのほうへ手を突き出した。

「オプスキュア、完全滅菌頼む、真皮まで！」

補助ワゴンがすばやく外創治療キットを差し出して、田村の指先を焼き、洗浄し、瞬間生着パッドをくるりと巻きつけた。あっという間の早業《はやわざ》だった。

「おお、サンキュ。いきなり直接攻撃とは油断したぜ……」

焼かれた指先の痛みに顔をしかめつつ、田村はヴィクリットに向き直った。舐めた指が汚いもののように扱われたせいで、美少女は相当不満そうな顔をしていた。

「もー、そんなことしなくても……ヴィクリットは病原体なんか持ってないよう」

「結婚するとは言ったが、無条件に信じるとは言ってない。おれがおまえをいいなと思ったのは、探求を前提としてのことだ。おまえ自身が気づいていないウイルスを持っているかもしれないだろう」

「田村、とにかくいっぺんヴィクリットの身体検査をしたらどうだ？」

「……それはそうだな」

紅の声に真顔でうなずくと、田村は今までとはまた微妙に雰囲気の異なる目つきで、熱心にヴィクリットを見つめた。

「考えてみれば、別に結婚しなくても、おまえから知識を得ることはできるな。単に捕獲して、科学的に分析すれば」

「というよりも、普通はそっちからアプローチするだろう。きみが最初に結婚するなんて答えたから、話がここまでこじれたんだ。田村」

紅が、半分あきれたような、半分ほっとしたような口調で言い添える。田村は難しい顔になって首を振る。

「あのときは新たな可能性を多分に含んだ提案に思えたんだ。そしていったん気づいてしまった以上、もう無視するのは難しい。おれはこいつもおまえも無視しづらくなったよ。――だが、今はとりあえずこいつの検査だ。紅、通風口そのほか、用心しろよ。キューア、そいつを押さえてくれ。撃ったら変な汁が飛び散るかな?」

田村は拳銃を背後に置くと、ベッドのシーツをつかみあげて捕獲網代わりにして、中腰になった。ヴィクリットが気おされたように身を引く。

間にいたオブスキューアは落ち着きなく二人の様子をうかがっていたが、田村がもう一度うながすと、マニピュレーターを広げてヴィクリットへ伸ばしかけた。だがその先端はカタカタと揺れて定まらない。内部で何らかの論理的な矛盾を起こしたらしい。

ヴィクリットはそんな補助ワゴンと、今にも飛びかかろうとしている田村と、天井のレーザープロジェクターへ順番に目をやると、キッとにらんだ。

「ヒト、嘘つくなんてひどいよ! 船も人でなしの冷血艦! 二体なんかもう知らない、ヴィクリットは、ヴィクリットは――」

言葉を詰まらせると、エイリアンの美少女はやにわに目の前の大型ゴミ箱に抱きついた。

「もう、こっちの機械と結婚する！」

オブスキューアのインジケータが、シャツ越しに押しつけられた形のいい胸の谷間で、めまぐるしく瞬いた。


補助ワゴンのオブスキューアは、合衆国本土メーカーの製品である。紅からそのことを聞いたとき、あの国にまだ家電を作っているところがあったのかと、田村はちょっと驚いたものだった。しかし調べてみると、かの国は高級知能掃除機に関して、長い伝統と高いプライドと堅い意地を持っており、アジア各国の執拗な攻勢にもめげずにその分野のシェアを維持していた。

実際オブスキューアは売れているだけあって、大きな体と強い力を持ちながら、手先が器用で気配りが細かく、とてもよくできたロボットだった。開発に当たっては、顧客心理の徹底的なリサーチで知られる、ディズニーだかピクサーだかが噛んでいたなどという噂もある。むろん、無形世界遺産であるあの伝説の人々が、たかが一メーカーの掃除機の開発に手を貸した可能性は低い。しかし世界遺産を指定しスポンサードするユネスコは、この件について否定も肯定もせず、ただノーコメントだと語った。

そういう有用なものであるから、オブスキューアがヴィクリットに抱きつかれたとき、田村は心からの叫びを上げた。

「何をする、離せ！　そいつはこの船の大事な備品だぞ！」

「いや、田村。あれは備品ではなくて部下だ。ボディとソフトウェアで一個の実存なんだ」

紅が上から訂正を入れたので、気勢をそがれつつ、田村は言い直した。

「だそうだ、ヴィクリット。この船の大事な一員だ。勝手に自分のものにするのは許さんぞ」

「でもさっき、両性の合意だけで結婚できるって、ヒトが言った」

ヴィクリットが自分の胴より太いオブスキューアを抱えこんで反論したが、すかさず田村も言い返した。

「じゃあキューアの意思だ。キューア、こいつと結婚したいか？」

そう言ってから、何かおかしなことをしている気になって、天井に目をやった。

「……というか、キューアはこの状況がわかってるのか？　紅」

「ちゃんとわかってる、一から十まで理解している。きみの行動をずっとフォローしていただろう」

「なるほど。じゃ問題は、キューアの意思をどう汲み取るかだ。ちょっと聞いてやってくれ」

「そんな必要はない。本人の好きにさせればいい。キューア、どうしたい？」

ヴィー、ヴィー、という耳障りなモーター音が、オブスキューアの下部から上がった。タイヤを回して後退しようとしているのだ。ヴィクリットが見かけによらない馬鹿力で抱きついているので、ろくに動けないが、タイヤが削れて、きな臭い煙が上がった。

田村は勝ち誇る。

「見ての通りだ、ヴィクリット。キューアはおまえの伴侶となるのを遠慮したいそうだ」

「そんなぁ……」

ヴィクリットはしょげ返って手を放した。補助ワゴンは勢いよく彼女から離れて、田村の後ろへ回りこんだ。

「じゃあ、それじゃあ……誰もヴィクリットと結婚してくれないの？」

ヴィクリットは肩を落としてつぶやく。その大きな瞳に涙を溜めたかと思うと、しゃくりあげた。

「うわぁん、みんなヴィクリットが嫌いなんだ。ヴィクリット、一人ぼっちなんだ……」

盛大に泣きじゃくり始めたヴィクリットの姿に、田村は構えていたシーツを下ろしてうなった。

「むう、こいつ、意外とメンタルが脆《もろ》いな。やりづらい」

「いや、田村。それが術中にはまっているというんだ。これもあれも、全部エイリアンの擬態だ」

紅がすかさず指摘するが、田村は腕組みして考える。

「擬態、擬態というが、ずっと擬態ならもうそれが正体だとみなしていいんじゃないか？　なあ、ヴィクリット」泣いている美少女に田村は水を向ける。「おまえって、いつまでその姿なんだ。どんな条件で元の姿に戻るんだ？」

「それも最初に聞くべきことだよ、田村……」

「そうだな、紅。まあいいじゃないか。で、ヴィクリット。どうなんだ」

「戻るのは放散のときだよう」こぼれる涙を両手でかわるがわる拭きながら、ヴィクリットが話す。「結婚した種族の遺伝子や、同居する微生物の遺伝子をもらって、こっちの体内で交叉に成功したら、子供になる芽胞を体内で作るの。それで芽胞を遠くまで飛ばせそうな軌道条件が整ったら、元の姿に戻って、最期に芽胞を撃ち出してから、天国へ行くの」

「ふむ、それはなかなか興味深い……芽胞を撃ち出す具体的な方法は？」

「待て、それはあとだ」

紅が身を乗り出すような口調で食いついてきたが、田村はそれを遮ってなおも聞いた。

「要するに、子供を生む条件が整ったら元に戻るというわけだな。生めなければ、子供ができてもそのままか？」

「できるだけこの格好でいるよ。これが有利だって判断したからこの格好になったんだし、芽胞を放散できないのに元の格好に戻っても仕方ないし」

「それを話してしまったら、おまえにその姿を維持させるため、おれたちがずっとおまえに遺伝子を与えなくなる、とは考えなかったのか？」

「考えたけど、でも今のままだと、捕まって豚バラよりも細かくされるんでしょ？　だったら話すしかないじゃない」

「豚バラが何かまで理解しているとはたいしたものだ。ちなみにその格好での代謝はどうなってる。摂取と排泄は？　寿命は？」

「この大きさの爬虫類と同じぐらい。必要がなければ体温上げないから」

「なるほど……」

「ねえ、お願いだから結婚して。ヴィクリット、これでも必死なんだよ。ヒトには悪いこととしないって約束するから」

「芽胞を撃ち出す具体的な方法は？」

「えっとね、体を筒みたいに成型して爆轟する化学物質を内側に析出して、開口側底部に芽胞を据えてから点火」

「紅、どう思う？」

「大砲になって自爆する、みたいに聞こえるが」

「うん、粉っごなに吹っ飛ぶの。赤ちゃんにすべてを託して綺麗に一生を終えるんだよ。とってもすてきな最期でしょう？　楽しみ……」

たおやかな手の甲でぐっと涙を拭《ぬぐ》うと、ヴィクリットは夢見るような笑顔を浮かべた。田村は後ろの補助ワゴンと顔を見合わせて、肩を震わせ、ため息をついた。

もちろんそれに紅が同調するだろうと田村は思っていたが、そうはならなかった。

「ヴィクリット……」といやにしんみりした声でささやいてから、紅がレーザーを向けなおして「田村」と呼んだ。

「すまない、さっききみに好意を告げたが、やっぱり取り消していいだろうか」

「えらく急だな。なんでまた」

「私がヴィクリットの伴侶になってやろうと思う」

「うえっ？」

「醜怪で邪悪なエイリアンだろうと決め付けていたが、よく聞けばだいぶ聡明なようだ。健気《けなげ》なところもある。なんだか哀れになってきた」

「おい、爆発物だぞ、いろんな意味で」

「わかっている。すっぱりして見事な生き様じゃないか」

「そうか、おまえはそういうのが好みだったか……」

「豚バラを理解するほど人類のことを知られた以上は、このまま解放するわけにはいかない。かといって殺してしまうのも非道というものだ。どのみち連れて行かねばならないのだから、せめて私が連れ添ってやったって悪いことはないだろう」

「ええっ、船がヴィクリットと結婚するの？」美少女が目を丸くして天井を見回す。「困るよ、ヴィクリットはヒトに変形しちゃったもの。船の遺伝子なんか、受け取れない」

「遺伝子だけとは限らない。私は田村本人よりはるかにたくさんの情報をストックしている。たとえば、こんなのを」

レーザードットがヴィクリットの額を指向したかと思うと、数秒間、すばやく、鋭く瞬いた。

「いあんッ！」と頭上へ突き抜けるような甲高い悲鳴を上げて、ヴィクリットは後ろへのけぞり、ベッドの縁へどさりと倒れて、ずるずると床へ滑り落ちてしまった。

「は、ア、ア……」

白目を剝《む》き、薄く開けた口から舌をこぼしてびくびくと痙攣《けいれん》する。田村はぎょっとしてプロジェクターをにらんだ。

「乱暴はよせ。許可していないぞ」

「いや、攻撃じゃない。通信だ。ビットを乗せて投げてみた」

「通信？　通信でなんでこうなる。おい、ヴィクリット、大丈夫か」

「なんひゃ、いっぱいひたぁ……」

ろれつの回らない様子でヴィクリットが答える。「いっぱい?」と田村が聞き返すと、紅が驚いたようにつぶやいた。

「ひょっとして、百メガバイト全部読んだのか。すごいな」

「あの一瞬で百メガバイトも送ったのか。内容はなんだ、電子攻撃のたぐいか?」

「きみが消しておけと言っていた駄作映画の一部。大丈夫だ、地球文明についての何事も伝えてはいない。FCPの枠内だ」

「それはそれで十分何かを伝えてしまった気もするが」

二人がそんなことを言い合っている間に、奇妙なことが起きた。ヴィクリットの体がどんどん弛緩《しかん》していき、シャツとパンツからとろりとこぼれて、床の上に伸びてしまったのだ。田村は啞然《あぜん》とする。

「なんとまあ、元に戻っちゃったぞ、こいつ。今のデータを父親にして減数分裂するつもりか?」

「いくらなんでも映画の人物と子供は作れないだろう。ところで田村、これを見てもまだヴィクリットと結婚する気になれるか?」

「そりゃ、おれはこいつの精神に惹《ひ》かれたわけだから……いやしかし、現状では精神もダメそうだな。おまえはどうなんだ、この四十キロのゼリーに惹かれるか」

「やはりコンタクトできるかどうかによるな。そうだ、もう一度叩いてみるか。今度はクラシック音楽でも乗せて――」

紅がそんなことを言ったときだった。突然、田村のそばにいた補助ワゴンが飛び出して、粘体の中から筒状のものを拾い上げ、部屋の出口へダッシュした。

「あ、弾頭――！」

叫んだ瞬間、閃光とともに激しい衝撃が襲いかかった。

そして田村は、自分が誰を伴侶にするべきなのかを知った。

☆

星間速度からの減速を終えた倶利伽羅紅号の前方に、半月になった惑星が浮かび上がった。地球によく似た、だが青ではなくエメラルド色を基調とするみずみずしい色彩が、その星を覆っていた。

日本国特別使節団の目的地、生命惑星カマンドゥフ249fである。

「きれいな星だ。よさそうなところじゃないか、なあ」

正装して船長／大使席でゆったりと脚を組んでいる田村が、そう言って左の肘掛けに置かれたマニピュレーターを撫でた。交換してからさほど日にちがたたないそれには、一箇所だけ改造が施されている。

マイクロアームに装着された、控えめな銀の指輪がそれだ。――同じものが、田村の薬指にも輝いている。オブスキュアが船長席にボディを傾けて、インジケータをゆっくりと明滅させる。それを読み取って、田村が微笑んだ。

「ああ、ぴったり重なってしまったな。残念だ。――何が残念かって？　結婚記念日と到着記念日が一日でもずれてくれたら、二度パーティーができたじゃないか」

すると壁面のスピーカーからハスキーな女の声が流れ出した。

「きみがそんなことを言うだろうと思って、まだ航行日誌には目的地到着を記入していない。どうする、一日延ばすか」

「いつもながら悪知恵が回るな、紅……」

「いつもじゃない、それに悪知恵じゃない。機転というものだ、これは」

おまえのそれが悪知恵でないのだったら、辞書のほうを書き換えなくちゃならない――と言いかけて、田村はやめておいた。なんといっても紅のこのやり口のおかげで、自分は本当の相手と結ばれることができたのだから。

一年前に紅がどういう腹積もりでいたのか、ひとつの点を除いては、田村にはうすうすわかっていた。まず確実なのは、あの事件よりも前から、紅がオブスキュアの相談を受けていたのだろうということだ。きっと彼女は切り出し方をうかがっていたに違いない。そこへエイリアンの侵入事件が起きたから、うまく利用したのだろう。

あの事件の前までは、ごく古典的な同種異性嗜好だった田村が、終わってみればすっかり好みが変わっていた。それには、紅の意表をついた演技が大いに影響したのだと思う。後にも先にも一度きりだった、あの色っぽい物言いのせいで、田村は彼女だけでなく、オブスキューアにまで、秘められた姿があるような気になってしまったのだ。目立たずに、けれども献身的に働いてきた健気な補助ワゴン。ミサイル弾頭の暴発から、身を挺《てい》して田村を守ったロボット。

結婚してからの日々に、自分の決断を疑ったことがないわけではない。たとえば外部と遮断した自室で、大型バケツの樹脂製の頂部を優しく撫でているときなどにだ。だが答えはいつも、これでいい、だった。オブスキューアの外見が無様であればあるほど、操作肢のちょっとした動きなどに逆に可憐さを見出して、愛が深まるのを感じるのだった。

それが揺らぐのは、紅はほんとに演技だったのかな？　と思うときぐらいだ。――彼女が当て馬になってくれたのはわかるのだが、その底意となると、さて。

いろいろな意味で、確かめることができない。彼女がいまだに独身であるなら、また話は違うのだが。

「遅れちゃった、ごめんなさぁい！」

惑星カマンドゥフ249fに近づく倶利伽羅号のブリッジに、簡易宇宙服姿のヴィクリットが息せき切って飛びこんでくる。それを紅が穏やかな声で詰問する。

「おかしいな、ヴィッキー。私は一〇〇〇時までに正装でブリッジへ、と言ったつもりだが」

「はい、お姉さま！」

「いま、一〇一一だ。しかもきみは着替えてないな」

「はい、お姉さま！」

「理由」

「船外に出て、住めそうな星を探してぼんやりしてたら、また時間過ぎちゃいました！ごめんなさいお姉さま！ 許して、お願いだから許して！」

「いや、体罰だな」

凄みのある声とともにレーザーが閃き、ヴィクリットがおかしな声を上げてひっくり返った。田村はそれを無視してオブスキューアと相談する。

「〈あじさし〉の報告だと惑星共用周波数があるんだよな、ここ。……うん、一三三二KHzだ。しかしこれ、二十四時間受信してるんだろうか」

しばらく痙攣していたヴィクリットがのろのろと起き上がると、紅がもとの穏やかな声で言った。

「どうだ、今度のデータはすごかったろう」

「はいッ……繁殖に全然役立たない動画情報、五十メガも突っこまれて、ヴィクリットめちゃくちゃに……はあっ……」

「嬉しそうだな、ヴィッキー。生ゲノムよりもジャンクのほうが好きか？」

「そんなことないれすっ、生き物のゲノムのほうが全然っ、ああでもジャンクって捨てがたくって……」

「着替え。五分で戻ったらミツユビナマケモノのゲノムを十パーセントだ」

「はいっ」

紅が繁殖するに足るほどの情報を与えてくれるかもしれない、つまり子作りしてくれるかもしれないという一縷《いちる》の望みを抱き続けることで、彼女は考えうる最良の精神状態に置かれている。真偽はともかくそれが紅の説明であり、ヴィクリットも同意していた。

紅の仔細《しさい》な検査によって、彼女は無事検疫をパスした。有人宇宙船の常として、食料や酸素のたぐいは十分余裕を持って積んであったので、この新しい乗員を迎え入れても、倶利伽羅号にはまったく問題は生じなかった。

あっちはずいぶん刺激的にやってるな、と時々田村がうらやましくなるほどである。

やがて、オブスキューアの手縫いになる正装に着替えたヴィクリットが、ブリッジに戻ってきた。紅のご褒美《ほうび》をもらって数分間恍惚《こうこつ》となったことを除けば、その姿は日本人乗員と見分けがつかない。胸元には書記のＩＤホロを映している。彼女は帰化したので、見分けがつかないというよりも、事実日本人になったのだった。

田村雅美は、改めて他の三人を見回した。大使として、日本の代表として、異星人と対話できる、これはメンバーだろうか？

うん、大丈夫だ。田村は内心でうなずく。道中、曲折があったが、今ではうまくまとまった。この四人なら恥ずかしくない。同時に、この仲間たちがいれば、国交樹立までの難しい交渉も、きっと切り抜けられるだろう。

しっかりと目配せを交わし合ってから、田村は原稿片手に、カマンドゥフ249fへ呼びかける最初の通信を開始した。

「ごきげんよう、こちらは惑星地球の主権国家、日本国の田村雅美です。私たちと修好のお付き合いをしていただくために、この惑星の方々に呼びかけます……」

〈あじさし〉が採集した事物と言語の資料を分析して、すでにある程度の翻訳が可能となっている。田村の呼びかけは、現地の言葉となって、惑星上の受信機へ飛んでいった。

やがて田村は原稿を読み終え、一息ついた。これから返事があるまで、物資の続く限り待機する日々が始まるはずだった。

そう思っていると、一時間もしないうちに返答が届いた。内容はこうだった。

「ニホンコクのタムラマサミですね。来訪を歓迎します。ついては結婚いたしますので、可能なら惑星上の指定の地点へいらしてください」

田村たちは相談した後、返信した。

「私たちは四人のメンバーからなりますが、当面の繁殖を伴わない二人ずつの婚姻関係を結んでいます。私たちがあなた方と結びたいのは、友情・知識・芸術・有形無形の財産などを交換し合う、外交関係です」

すぐにまた返答が来た。

「わかりました。人格の最小単位同士が一次の婚姻関係を結んでいるということですね。ではこちらとあなた方二人二組が、あるいはこちらとあなた方四人が、二次の婚姻関係を結ぶことになります。あなた方に二次以上の婚姻レイヤーがある場合は、さらにその上位の群れとの婚姻を行うことになるので、ご承知の上でご報告ください。

こちらは最上位レイヤーでの婚姻を行います。あなた方の機転力・闘争機能・清貴度・精神階梯《かいてい》・継時タフネスの支度を整えられた上でお越しください。お待ちしております」

四人は顔を見合わせた。

「意味がわかるか？」

「私たちよりさらに複雑な婚姻制度を持っている、ということはわかる」

「それに結婚と外交をわけてない。というよりも、ヴィクリットの勘だと、星の人たちは多分エブリシング結婚で考えてる」

補助ワゴンは慎重かつ明確にうなずいた。

田村は、少し考えて、言った。

「おれは今、ぜひ着陸して詳しい話を聞きたいと思ってる。反対の者は？」

いなかった。みんな面白がっていた。

田村は無線機に向き直って、告げた。

「日本国の田村雅美より、惑星の方々へ。不束者《ふつつかもの》ですが、よろしくお願いいたします」

恒星間メテオロイド

野尻抱介

ある日、桂木研究所にパシフィカ第四食糧プラントにおける爆発事件の原因究明依頼が届く。他星系からの探査・攻撃・播種の可能性が疑われる案件に、惣七と美佳はさっそく調査行へと旅立った。恒星間宇宙から飛来して爆発を引き起こしたと思われる謎の物体とは？

著者は、一九六一年、三重県生まれ。計測制御・CADプログラマー、ゲームデザイナーを経て、一九九二年、ゲームの設定をもとにした《クレギオン》シリーズで作家デビュー。宇宙開発SF《ロケットガール》はアニメ化もされ人気を博す。二〇〇二年に上梓した『太陽の簒奪者《さんだつしゃ》』で、「ベストSF2002」国内篇第一位、第三十四回星雲賞日本長編部門に輝く。短編部門もあわせて、星雲賞を多数獲得している。二〇一三年、初音ミクをモデルにしたキャラクターが登場する『南極点のピアピア動画』で大学読書人大賞を受賞。

初出：〈ＳＦマガジン〉2005年9月号

ACT・1

東経百四十度のスポーク末端に位置する軌道都市パシフィカ。東アジア地区。桂木《かつらぎ》研究所。

買物袋に顔をうずめて、佐伯《さえき》美佳《みか》が戻ってきた。アラビカ豆のパッケージを取り出し、コーヒーメーカーに挿入する。

「なんか嫌になっちゃいますよねー」

こちらに背を向けたまま、美佳が言った。部屋の主、桂木惣七《そうしち》は既出の情報からその意味を補完しようとして、誤った結論を導いた。

「すまない、使い走りなんかさせるんじゃなかったね」

「じゃなくて、スーパーで友達に会ったんです」

「ほう」

「私には、ほんの一か月ぶりなんですけど」

それで惣七にも話が見えてきた。

「向こうにとっては十四年ぶりの御対面だったわけか」

美佳は大きくうなずいた。

「もう両手でほっぺたつまんでがくがく揺すって、大声でうっそーなにこの若い肌とか言うんですよ。誉めてるつもりなんだろうけど」

「僕もあるよ。再会を喜ぶというより、こっちを物差しにして当時の自分を懐かしんでるんだな、あれは」

「そうなんですよう。世間話なんかとてもできる雰囲気じゃなくて」

「久しぶりの対面でも、一緒に歳を取っていればまた違うんだがなあ」

惣七と美佳は先の仕事で準光速の宇宙船に乗った。船内では二か月を過ごしただけだが、太陽系では十四年が過ぎていた。船に搭載したワームホールの扱いを誤って、あやうく二十万年スキップしかけたのに較べればずいぶんましだった。しかし十四年というギャップは、帰還者を苛立《いらだ》たせるのにちょうどいい時間だった。ほとんどの友人が存命だが、その人生は次のフェイズに移行している。さりとて自分の子供ほどには離れていない。友人どうし、なんでも共感しあえた関係が消失し、それが好奇心を主とした複雑な感情に取って代わることは、愉快なことではなかった。

人類の生活圏が宇宙空間に拡がり、国家が文化属性に取って代わった二十二世紀――世界はネットワークに実装された無数のソフトウェアと人類の協調で運営されていた。

それらのソフトウェアは検索エージェント《SA》と保全エージェント《MA》に大別される。

SAの目的はネットワークの情報リソースを整理拡充することにあった。既存の情報を交互に関連づけて有用情報を見つけ出し、桂木研究所のような人間側の機関に検証を依頼する。検証結果はネットワークに保管され、さらなる検索対象として利用される。

一方、MAの目的はネットワークの維持にある。こちらは警察機関に近い性格を持っていた。その目的に反する人間は排除し、MAの手に負えないことは人間に依頼する。ともに始まりは小さなプロセスで、ユーザーより一歩先まわりしてサービスする、文字通りのエージェントにすぎなかった。しかしネットワークの存続が人類の存続にとっての必要十分条件であることが明らかになると、両者は対等の地位についた。女王蜂が実際には産卵係にすぎないように、この太陽系世界にも中枢は存在しなかった。進んでやりたがるものに政治を委《ゆだ》ねることをやめ、ネットワークのもとで働く蜂になることで、人類はついに平穏と繁栄を手に入れたのだった。

美佳の机で着信音が鳴った。

「SA仲介所から依頼です。ネットワーク保全に関わるってことで、優先度Aです」

「ネットワーク保全？　うちにまわってくる仕事じゃないんだがな、普通」

惣七は首を傾げた。言い終わる前に、自分のコンソールに着信サインが閃いた。美佳が転送してきた依頼書を開く。

「ふむ。パシフィカ第四食糧プラントにおける爆発事件の原因究明と……」

そういう依頼なら刑事調査士に振るものだが。惣七は先を読んだ。

「可能性としてあげられるのは、他星系からの探査・攻撃・播種《はしゅ》である……」

これならファーストコンタクトの場数を踏んできた自分の評価に即したものと思えなくもなかった。しかし、よりふさわしいのは宇宙防衛軍ではないだろうか。

「一個の水耕モジュールは直径十四メートルの球体で、これを何百個も最密充塡したのが農業プラントである、と。現象はプラントの管理システムによって精確に記録されているわけだ。温度や光、空気成分をコントロールすることこそ農業の眼目だからね」

惣七は依頼書を読みながら、美佳に説明していった。

「爆発直後、雰囲気中の炭酸ガス総量が増えた。本来そこに存在しない炭素が供給されたとみられる」

炭素質コンドライトという炭素を多量に含んだ隕石がある。今回もそのたぐいだろうか。

続いて爆発の空間配置。その記述は、さながら往年のニュートリノ観測施設、カミオカンデの水槽に飛び込んだ粒子の軌跡を思わせた。

「一直線に六個のモジュールで爆発が起きている。両端での時間差は〇・〇〇〇〇八秒だ。ということは？」

「秒速千キロくらいですか」

美佳は暗算してみせた。

「そう。あれだけの爆発を起こすからには、それなりにまとまった質量が飛び込んできたはずだ。しかし肉眼的なサイズの固体を秒速千キロまで加速するのは至難の業《わざ》だ。銀河に対する恒星の固有運動に較べてさえ一桁大きい」

太陽系脱出速度に較べれば二桁も大きい。物体は恒星間空間から飛来したにちがいない。

「恒星間隕石の存在は二十世紀の頃から語られていた。だが直接証拠は得られなかったし、観測から割り出された速度も秒速四、五十キロ程度だった。今回のはなんらかの文明起源だとSAは考えているわけだ」

「そのへんの宇宙船がゴミとか捨ててったんじゃないですか」

「SAはそれも検討してる。周回軌道にいつまでも留まるスペースデブリとちがって、これは一過性のものだ。宇宙船が犯人だとしたら、その船も近いコースにいるはずだ。しかし該当する船はなかったんだ」

太陽系内の宇宙船はすべてMAのコントロール下にあるから、軌道のフィッティングは完全にできる。

「レーダーによれば二十時間前から類似のベクトルを持つ物体がいくつか検出されている。地球・月圏で四つ、火星圏で一つ、木星圏で七つ。ただ、対象が小さいので軌道決定精度はよくない。追いかけて再発見できるかどうかは未知数だ。すでに太陽系を脱出しつつあるが、速い船なら追いつける」

「また《鹿島》ですか」

「その通り。ランデヴーして軌道を正確に計測し、物体を収容せよとのお達しだ」

惣七は美佳をともなって事務所を出た。屋台の並ぶ表通りに出ると、ナンプラーの焦げる匂いが嗅覚を刺激した。これからしばらく、パッタイもミー・ゴレンも味わえなくなるだろう。だが、のんびり食べ納めをする時間はなかった。二人は埠頭行きのトラムに乗った。

ACT・2

自己推進型星間連絡船《鹿島》はパシフィカ商工会議所のプロデュースで建造された強

力な宇宙船で、百G加速を半永久的に維持できる。それだけに危険物扱いだった《鹿島》だが、もうMAも扱いに慣れたと見え、パシフィカの商業宇宙港に回航してあった。その船殻《せんこく》は高さ二百七十メートル、底面の直径百九十メートルの円錐形で、砲弾型というにはずんぐりしており、戯画化した富士山のように見える。

船内には、この時代のあらゆる乗り物や家電製品と同様、MAのローカル・モジュールが搭載されている。MAは常に状況を先読みしており、なにか禁止事項に触れる可能性が浮上すると船のコントロールを奪う。そのぶん人的ミスは起きにくいので、乗組員に特別な資格は要求されなかった。

惣七と美佳は迷路のような通路を漂い進んで居住区に入った。居住区は球形で、下三分の二を占めるウェットエリアには中和液が満たされている。乗組員は中和液を肺に入れ、魚のように液体呼吸する。百Gもの加速に耐えるためには、環境と人体の密度をそろえるしかなかった。

ドライエリアで中和液用のボディスーツを着込むと、惣七は言った。

「またしばらく流動食だね」

「いまはだいぶ美味《おい》しくなってるみたいですよ。来る途中、シップチャンドラーに注文しときました」

「そう？」

「なんでもありますよー。抹茶アイスとかTボーン・ステーキとか広東風点心セットとか」

美佳はさらりと笑顔を作って言った。

どうしたって食感までは改善できまいと思ったが、美佳のセクシーなボディスーツ姿とひきかえなら不満はなかった。航行中は食品を通して性欲を抑制するホルモン剤が投与されるが、それですべておさまるものではない。それに彼女への思いは性的なものばかりではなかった。

よく覚悟していたつもりだったが、すべてが十四歳年上になった世界では思わぬ疎外感を味わった。街を歩いても、メディアの著名人を観ても、小さなストレスが鬱積していくのを感じる。そのなかで、自分と同じ時空を経てきた美佳の存在はかけがえがなかった。彼女としか共有できない思いがあり、なにげないやりとりに何度も慰められている。

惣七は流動食の点心セットを一口試してから、遠回しに感想を述べた。

「まあ今回の旅は短いしね。ウラシマ効果はないに等しい」

「それが一番ですよねー。これ以上ド・ヒュー・マイが老けるの、観たくないですしー」

美佳は屈託のない顔で言って中和液に身を沈めた。ベトナム系の人気俳優のことらしい。

惣七も後に続き、反発する身体をなだめて中和液を肺いっぱいに吸い込んだ。一瞬、灼《や》けるような痛みを感じたが、肺胞は――デボン紀の頃を思い出したのか――すぐに上機嫌で溶存酸素を吸収しはじめた。

ドライエリアとのハッチを閉じると、ほどなく百G加速が始まった。二十分足らずで秒速千キロに達する。レーダーの有効半径に、この速度の飛行物体は見あたらなかった。

「砲撃は終わってるってことか。さらに加速して、昨日通過したグループを追ってみよう」

「針路そのまま、秒速五千キロまで加速、レーダーにかかったらランデヴー、でいいですか」

「そうしてくれ」

美佳はオーガナイザーで指示した。あとは待つだけだった。

翌日になっても捜し物は見つからなかった。

「せいぜい犬小屋くらいの大きさだからなあ。疎《まばら》に飛んでると探知できないか」

惣七は中和液の中で腕組みした。中和液もこの十四年のうちに改良されたらしく、一晩過ごすとほとんど違和感を覚えなくなる。

惣七は物思いに耽《ふけ》った。星や隕石といったキーワードが、少年時代に読んだ物語の記憶を掘り起こす。砂漠に不時着した飛行士が、砂の台地に散らばった隕石を発見する場面。空から降ってきたものは、単調な世界のなかでいつも異彩を放つ。幸運も必要だったろう。

歩行者の視野はあまりに狭く、砂漠はあまりにも広い。

「なんかすっごく強そうですよ。この核パルスレーダーって」

美佳の言葉が、惣七を現在に引き戻した。

「なに、そんなもの積んでるのか」

「積荷目録に載ってました。SAが勝手にセットアップしてたんです。近くに惑星もないですし、ドカーンってやっちゃっていいんじゃないですか」

「ドカーンてか……」

宇宙電波の観測屋からブーイングが上がるだろうな、と惣七は思った。核パルスレーダーは核融合爆発を起こし、そこで発生する強烈な核サージを信号源にする。至近距離でギガトン級の水爆を使うので、普通の船なら蒸発するだろう。発生した電磁波の大津波は星系内を隅々まで洗い、観測を台無しにするだけでなく、繊細な観測機器を焼損させるかもしれない。

しかし、核を使えば仕事がはかどるのはまちがいない。つまらない遠慮をしたばかりに恒星間空間から飛来した貴重なサンプルを取り逃がすのも愚かしい。

「苦情が出るとなんだから、SAへの提案という形でやってみよう」

「わかりました。じゃ文面は『本船オペレーターは核パルスレーダーの使用を提案し、その操作を一任する』とか？」

「いいね」

十四分後、スクリーンに『核パルスレーダー　シーケンス開始』メッセージが現れた。ネットワーク実装は無駄な外交辞令にリソースを割《さ》かない。カウントダウンとともに各部の状態が模式図とカメラ映像で表示されてゆく。

船は慣性航行に入り、乗用車ほどもある重水素ペレットがリニア射出機で押し出された。船外カメラの視野の中、ペレットはゆっくり小さくなってゆく。射出孔の奥にあるパルスレーザー砲がそれを照準し、誤差をミクロン単位でグラフ化する。

「さすがに慎重だな」

この作業はＳＡからの命令ではないので、いつでも人間が手動停止できる。人間のために至れり尽くせりの判断材料を提供しているのは、一世紀にわたるつきあいから生まれた成果だろう。

ペレットが船の前方四キロに達すると、最終シーケンスが始まった。隣を見ると、美佳は右手にオーガナイザーを持ったままスクリーンを注視していた。

「わくわく。……あ、映像消えた」

カウントダウンは続いている。

「保護のためにカメラを引っ込めたんだろう。やるぞ、三、二、一」

起爆。

音も震動もなかった。

だがレーザー照射を受けたペレットは正確に爆縮し、直後、核融合反応をともなう爆発に転じた。光速で膨張する核サージの球殻が刻々と太陽系を呑み込んでゆく。

レーダー画面に多数のエコーが点《とも》り始めた。あらかじめ設定しておいたとおり、秒速千キロ前後で特定方向に飛行する物体だけを選んでいる。

その数はすぐに七千万個を超えた。これまではたまたま惑星近傍に来たものだけが観測にかかっていたのだろう。

半日経つと、この飛行物体——恒星間メテオロイドの分布パターンがつかめてきた。飛行方向は一定だが、ホースをひと振りして撒いた水のように、傾斜した編隊を組んでいるのがわかる。その連なりは十天文単位《AU》(十五億キロ)を超えている。

「面白いことになってきたぞ。次はサンプル回収だ。最寄りの対象にランデヴーしてくれ」

「はあい」

「最寄りってのは、運動力学的に、だよ」

「わかってます」

目標の未来位置に向けて加速、減速、慣性航行。

ゆっくりと自転する、漆黒の物体をカメラが捉えた。大きさはビーチボールほど。マニピュレーション・アームを延ばし、先端のサンプル容器に収容する。

容器を船内に入れる前に、ローカルMAによって数百項目の検査が実施された。それは高純度の炭素の塊で、顕著な結晶構造はなく、細胞状の組織が見られる。強く放射化しており、観察には遮蔽が必要。しかしそれ以上の危険はないと判定され、サンプルは船内のラボに移送された。

惣七と美佳は居住区を出た。迷路のような通路を泳いで渡り、ラボに入る。

耐爆構造のグローブボックスの中に、それは固定されていた。周囲の手すりを摑んで体を支え、鉛ガラスの窓に顔をすりよせる。

「炭化した特大の椰子《やし》の実、というところか」

「ですねー」

長楕円体で、赤道部分を深い谷が取り巻いている。上下から圧して中央に皺を寄せたようにも見えた。保持アームを回してくまなく観察するが、開口部といえそうな部分はそこしかない。

「ないですね、エンジン」

美佳も同じことを考えていたらしい。これがミサイルだとしたら、ロケットエンジンを備えていそうなものだ。

「誰かに運んでもらったんでしょうか」

「ブースターがついていたのかもしれない。あるいは光帆か」

ソーラーセールでこの速度を作るのは至難の業だが、不可能ではない。

断層撮影の合成画像によれば、内部まで完全に炭化していた。直径の約半分は分厚い皮のような組織で、その内側にはオレンジの実にそっくりな放射状の小胞が詰まっていた。

「これ、生物なんですか」

「容易には判定できない。工作機械で作ったものじゃないのは明らかだ。だが自己増殖型ナノマシンで作った人工物だとしたら、生物と見分けがつかない。というか生物そのものなんだ。細胞ごとに周囲の環境とのやりとりで自己を構築してゆくタイプはね」

「ふうん……」

「まだまだ調べることは山ほどある。解剖や培養実験もやるべきだろう。これが炭化した死骸だと決めるわけにはいかない」

「でも、決められないんですよね」

「決定的な情報を得たければ、こいつの生い立ちを直接観察するしかない。軌道は高精度で測定できたから、途中に軌道を変える大きな重力源がなければ、故郷を同定できるかもしれない」

美佳はこちらを見た。

「そしたら、行きます？」

長旅になるのを警戒しているのだろうか。それはスケジュールを確認する秘書の顔で、心の内は読み取れなかった。

「いまSAに候補地を検索させているから、その結果待ちだ。ローカルSAの判断じゃ不安だから地球圏に問い合わせた。スターゲートが通じているなら、行ってみたいが……」

スターゲートとは正体不明の空間跳躍ネットワークで、太陽系にもゲートがある。ここを通れば他星系のゲートまで瞬時に移動できる。スターゲートが使えなければ、準光速で行くしかない。また浦島太郎になってしまう。

「ド・ヒュー・マイだっけ、彼が老けるのを見たくないんだったね、君としては」

「マイ様についてはもういいんですけどねー」

「心配しなくていい。長旅になるようなら、君には降りてもらうよ」

「あ、そうですか」

一瞬、美佳の両目が見開かれた。

だが例によって惣七はその解釈を誤った。

「大丈夫、宇宙船の操縦なんて僕の柄《がら》じゃないが、ほとんどのことは船自身が判断してるんだ。大きな判断を伝えるだけだからね」

「ですけど――」

「あ、給与なら心配ないよ。その場合、君は桂木研究所の待機要員としてミッション終了までMAが生活を保証してくれる」

「でも次に会うときって私、おばさんかおばあちゃんになってたりするんですよね」

「ああ」

その通りだった。相対論効果の顕著なミッションでは、一度でも船を降りたら決定的な年齢差が生じてしまう。同じ時空を生きてきた、かけがえのないパートナーはもういない。

「さみしいですよね。そういうのって」

「そうだね」

言外の意味をはかりかねながら、惣七は答えた。ただ、自分と同じ考えでいる可能性だけは排除していた。年頃の娘が世界との連続性を捨てて職場の上司についてくる可能性など、検討の余地なしと思えたからだ。

ACT・3

スクリーンにメッセージ着信のサインが閃いた。

届いたレポートには、地球圏ネットワークにある無数のSAのうち、この判断に加わった約四千プロセスの結論が集約されていた。

　ＳＡは物体の飛来方向をたどり、誤差を加味した円錐空間から候補を選び出し、最終的にひとつの星系に絞り込んだ。

　それは太陽系から四百十光年離れた降着円盤だった。活動天体カタログに登録され、ＡＰＣ３７８８０という番号が割り当てられている。中心にあるのは中性子星で、近傍にあるガス惑星からガスを剝ぎ取っているとみられる。

　模式図によれば、降着円盤を貫くようにして高速のジェットが南北両方に噴き出し、その一方がたまたま太陽系を向いている。

　ジェットは光速の十五パーセントという高速で噴出しているが、星間ガスと衝突して徐々に速度を失い、数光年先で雲のように漂う。太陽系からはその厚いガスばかりが観測され、背後にある降着円盤の姿はＸ線などから間接的に推定されているだけだった。

「その降着円盤に宇宙生物がいて、ジェットを利用して種子だか卵だかをよその星系に送ってるってことですか」

「ＳＡの推定はそうだ。椰子の実の連想にひっぱられてる気もするが。固体はガスよりずっと密度が大きいから、あまり減速しない。比較的短時間で太陽系に届きうるわけだ」

　惑星間空間を渡る生物なら、すでに他星系で発見されている。それは地球生命と同じ、炭素、水素、酸素、窒素で構築されていた。素材が同じでも、地球のように大きな脱出速度を必要としない環境で発生した生命は、宇宙環境に適応できるのだった。

「でも、戻りかたが説明されてないじゃないですか」

　美佳は訊ねた。

「戻るとは？」

「子孫です。自然選択って、より多くの子孫を残したものが選ばれるじゃないですか」

「その通り」

「よその星で子孫が繁栄しただけじゃ、もとの降着円盤での自然選択に影響しないじゃないですか。出身地に戻らないと」

「……確かに」

　秒速千キロで進入してくるとなれば、太陽の重力ではとうていUターンできない。複数の星系をまわって徐々に針路を変え、もとの降着円盤に戻るのだろうか。そのためには正確なナビゲーション能力が必要だが、あの物体にそれらしき器官はなかった。それ以前に、あれは炭化した燃え殻のように思える。

　惣七はSAの報告書に添付されている推論ダイヤグラムをたどり直した。生物進化に関して、SAは何も考えていなかった。太陽系に向いたジェットがあることを、物体の飛来に結びつく物理的材料にしているだけ。いかに高機能でも所詮SAは検索エンジンであって、知能といえるものではない。人間の知的活動を観察しているだけだ。

「これじゃ学術成果にならないな。ただの高速サルベージ業だ。やはり――」

「行って調べてみるしかない、と」

「そうだ」

「じゃ、ルート調べてみますね」

　美佳がオーガナイザーから問い合わせ文を送ると、スクリーンに最寄りのスターゲート網が表示された。

「あ、そんなに遠くないかも。ＬＣＣ０５３４４５９から二・四光年か」

　ＬＣＣ０５３４４５９は既知スターゲートのある赤色矮星《わいせい》で、そこから自力航行になる。この船の加速能力ならすぐ準光速に達するから、船内時間では二週間程度、地球での時間経過は四年十か月だった。

「これくらいなら――いや、微妙なところか」

　惣七は言ってから、ようやく美佳のことに気が回った。

「ええと君は、その」

「君も、です」

　さらりと笑って、美佳はうなずいた。

「つっこみ入れたの私ですから、もう引っ込みつきません」

《鹿島》は太陽系に向かう加速を開始した。その速度を保ったまま、太陽‐木星を結ぶ船上にあるスターゲートに進入する。長年SF映画で描写されてきたようなトンネル状の空間はなく、敷居をまたぐようにLCC0534459星系に現れた。そこで短時間の航法観測を行なったのち、APC37880に向けて百G加速を開始した。船外映像として見えていた全天の星はすぐに前方の一点へ収斂《しゅうれん》し、事実上、外界は観測不可能になった。

それは自分と美佳が、他の宇宙から切り離されたことを意味していた。

ACT・4

目標まで〇・二AUの地点で《鹿島》は減速航程を終え、低速でのアプローチに移行した。

環境はほぼゼロGになったが、二人はまだ中和液に浸かったままだった。いつ緊急加速をする事態になるか知れない。なにしろ得体の知れない星系だった。

それは円盤というより、膨らみすぎたドーナツだった。このドーナツ――ガストーラスのすぐ外側には同じ色あいの大きなガス惑星が付き従い、十五時間周期で公転していた。木星型惑星か、褐色矮星のなれの果てだろう。潮汐力でいびつに歪み、剝ぎ取られた大気がガストーラスに流入するさまは、シロップの繊維をからめ取る綿菓子のようだった。ガストーラス中心の穴は深い漏斗《ろうと》状に落ち込んでいる。その漏斗の奥から、青白い、針のようなジェットが手前に噴き出していた。接近中の精密観測で、この軸は〇・三度の振幅でみそすり運動をしているとわかった。四百光年先では相当なぶれになるから、これが太陽系で見られた分布の偏《かたよ》りを生んだとみられる。

「ええと、いま見えてるジェットはどっち側？」

「南極側――太陽系を向いてないほうです」

「どっちでも同じだろうけど、一応、向こう側を見ておきたいな」

「はい」

これまでガストーラスに隠れて見えなかった、北極側への飛行にとりかかる。

トーラスの直径は二百三十万キロ。月軌道の約三倍で、《鹿島》の性能ならひとまたぎに横断できる。

美佳は保持アームに体を固定し、肘掛けについた六自由度ジョイスティックを握った。週に一度のコマンド入力ですむ星間航行と違い、この空間スケールでは操縦桿を使ったほうがいいらしい。

不透明なトーラスの表面から適度な距離を保ちつつ、美佳は巧みに船を運んでゆく。

赤道を越え、北極側のジェットが見えてきたとき、惣七は目を見張った。

まるで特大の仕掛け花火だった。数兆もの黄金色の粒子が、青白いジェットを囲む光のトンネルを形作り、ジェットと同方向に、しかしずっと低速で運ばれてゆく。

「一応見ておくなんてもんじゃないな。非対称の双極ジェットなんて世紀の大発見だぞ」

「何が光ってるんですか、あれ」

「待ってくれ、いま分光観測の結果が出る。……炭素、酸素、珪素、窒素、鉄、マグネシウム、アルミニウム、硫黄ときたか。機械でも生命でも作れる素材だ」

「アミノ酸とかは」

「あの火柱じゃ複雑な分子は存在できそうにない」

カメラの焦点距離やフィルターを変えながら、観測を続ける。黄金色の粒子はジェットがほどよい密度になる領域に位置して、タンポポの種子のように速度を得ているようだった。

「最終的に秒速千二百キロくらいまで加速するようだ。途中の減速分を考えると、太陽系に届いたのもあれだろう」

「なんか逸れてるのもいますね」

誤ってカメラを露光オーバーに設定したとき、美佳が気づいた。粒子が仕掛け花火のように吹き上げられていくなかで、それより暗い粒子が針路を逸れて、大きな放物線を描きながらガストーラスに舞い戻ってゆく。ちょうど、火山噴火が上昇する噴煙と落下する火山弾に分かれるような感じだった。

「この世界にも時流に乗れない奴がいるわけか……」

惣七がひととき感傷に浸っているうち、美佳は観察と推論を重ねていた。

「これで納得してもいいかな、あれが生物でも」

「ん、なぜだい？」

「もとの場所に戻らなきゃ自然選択が働かないってつっこみ、入れたじゃないですか、私。でもああやって戻ってるから、この件は解決かなって」

「ふむ」

つまりあれは、落ちこぼれじゃないのか――惣七は改めてスクリーンを見つめた。

光速の十五パーセントのジェット。その青白い、紫外領域にピークを持つ光。

ジェットの外側をとりまく、ずっと低速で低温の黄色い光の流れ。

燃え殻として太陽系に届いた物体は、なにかの緩衝材だろうか。すべてを破壊する高速のジェットを受け止め、もっと扱いやすい低エネルギー状態にして生物に供給する。それを得て子孫が孵化《ふか》し、ホウセンカの種子のように弾けてトーラスに舞い戻る。

ジェットに焼かれるぎりぎりのラインで、より多くのエネルギーを得るためにチキンレースが繰り返されてきたとすれば、そんな選択が働くかもしれない。この星系の光源は、不透明なガストーラスの奥にある中性子星しかない。トーラス内には充分な日照がないだろう。そこで生物が繁栄するためには、エネルギーの獲得手段に工夫をこらすしかない。

そこまで考えて、惣七は言った。

「だとしたら生物としての勝負はあの段階で終わってることになる。燃え殻が太陽系まで飛んできたことには何の意味もないのか」

「でも生物って、無駄なもの、いっぱいあるじゃないですか。鳥に種子を運んでもらうために大きな甘い果肉をつけたり。役には立ってるけど、すごく遠回りっていうか」

「だがまだ片づいてない疑問がある」

惣七は言った。

「なぜ片方のジェットだけが使われる？ それにどんなメリットがある？」

美佳は首を傾げるだけ。惣七は言った。

「行ってみるしかないだろうな。片方を選んでるところへ」

「この船で、ですか？」

「複座の航空連絡艇が船倉のプールに沈めてあった。あれならガストーラスの中を飛び回れるだろう。もっとも、君が操縦してくれるならの話だが」

美佳は腕を立てて見せた。

「まかせてください。なんでも飛ばしちゃいますよー」

ACT・5

彼らが北極側のジェットを選ぶ場所。

あるとしたらガストーラスの中心部だろう。そこはおそらく高速、高密度の大気がある。大気圏内航行を想定していない《鹿島》の巨体で訪れるのは難しい。

航空連絡艇は、百G加速はできないにせよ、ゼロポイント機関を持っているのでエネルギーは潤沢に得られる。周囲の環境から気体を取り込める限り、燃料切れは生じない。

座席はタンデムで、惣七は後席に座った。このとき初めて知ったことだが、中和液用のボディスーツはそのまま宇宙服としても使えるよう改良されていた。生地《きじ》は着用者の筋電流を感知して能動的に伸縮し、一定の内圧を保ちながら思い通りに動けるという。あとは気密ヘルメットをかぶっておけば、いつでも真空中に出られた。

「オーディオテスト。いいですか」

ヘルメットのスピーカーから美佳が呼んだ。

「いいよ。いつでも出発してくれ」

「そういえば、《鹿島》の留守は大丈夫なんですか？」

「僕のほうでコマンドを送っておいた。『ガストーラスの最寄り部分に対して位置を保て』とね」

「了解。じゃあ出しますね」

計器盤を見る。速度、加速度、三次元マップ、環境指数、《鹿島》との相対位置などが表示されている。

肩越しに覗くと、前席の計器盤には美佳のオーガナイザーが開いた状態で貼り付けてあった。画面には《航空連絡艇MK2〈ルプ目次》とある。美佳はタッチパッドを操って《射出》項を選び、さらに《射出の実行》をタップした。ヘルプ画面に頼って飛ばすつもりでいるらしい。

前方の貨物ハッチが開き、黄褐色の渦が見えた。機体が床を滑り始め、たちまち外に投げ出された。自機の噴射が猛然と始まって、胃のあたりで何かがうめいた。このコクピットに中和液はないから、Gをまともに感じる。

「佐伯君……もっと……穏やかに飛べないか」

「できると思います。慣れれば」

「早く慣れてくれ」

「でもまだ三Gですよ？」

「知ってる」

惣七はあえぎながら言った。

「こっちでも表示してるから」

　外からは不透明に見えたガストーラスだが、中に入ってみればさほどでもなかった。視程は五キロほどあり、薄く黄砂が立ちこめているような感じだった。ただし光源はもっぱらジェットの紫外線なので、ゴーグルの画像処理で可視光に変換したうえでの認識になる。放射線が強いので、風防はシャッターで覆われていた。

　その視野が蹴飛ばされたようにぶれ、機体が激しく揺れた。

「おっとと。でもだいぶつかめてきました」

　美佳の声に動揺はなかった。

「この空って独特ですよね。ゼロGだからロール安定が取れないんです。差動回転のしわ寄せで、ところどころに竜巻みたいなローターができる。潮汐力やコリオリも効くかな？　あんまり感じないけど。もっと内側に行ってみますね」

「慎重に頼むよ」

「おっと、あれ！　二時の方向、なんかいます」

　紫色の、丸めた海綿のような物体が浮かんでいた。

「減速して。ただし噴射を相手に向けないように」

「了解。ええとベクターノズル……これか、スプリット・モード逆噴射」

マイナスGが来た。吐き気をこらえつつ、望遠カメラを照準してロックオンする。

「直径は十メートルくらいか。海綿状組織の内側に枝や幹が見える。この世界の植物だな」

「前のほうにいくつも浮いてます。珍しくないみたいです」

「だろうね」

新天地で初対面したものが希少種であるわけがない。

「僕には珍しいけど、ペース配分を考えないとね。先に進んでくれ」

続く一時間のうちに八種の植物に出会った。葉の形や枝振り、樹皮の模様に差異がある。しかし基本構成は同じで、全体はおおむね球形、地球上の樹木の地面より上を切り取って、上下に二つ張り合わせた形をしている。その接合部分は球形のこぶになり、赤道部分に溝がある。この部分の形状は、太陽系に飛来した物体にそっくりだった。

次に出会ったのは、〝動く樹〟だった。やはり直径十メートルほどの球形植物だったが、片面にびっしりと鰭《ひれ》のようなものが生えていた。それが風になびく草原のようにいっせいに揺れる。

「どうやら動物界と出会ったらしい。低速で百メートルまで接近して距離を保ってくれ」

「はい」

望遠レンズの映像で見る限り、それはコウモリに似た飛行動物だった。翼長はさしわたし一メートルくらいか。昆虫のような大きな顎部で枝にかじりつき、翼をV字に反《そ》らせて宙を扇いでいる。

どうやらあのコウモリたちは集団で樹を移動させているらしい。卵を植え付けて、大渦の中心に運んで、ジェットの流れに乗せるのだろうか。

そのとき、単独で樹に近づいてきたコウモリが急に進路を変え、こちらに向かってきた。めざましいスピードで接近してくる。

「離脱しますか？」

「いや、このまま観察しよう」

バン、と音を立てて、コウモリは右主翼の前縁にかじりついた。

「おお、根性あるな。歯が欠けなければいいが」

その心配は無用だった。かわりに強化複合材の前縁がかじり取られていたからだ。

コウモリは場所を変えて、また機体にかじりついた。何か合図でも送ったのだろうか、樹に取り付いていた他のコウモリたちもこちらに向かってくる。

「樹液が出るまでかじり続ける気か！　佐伯君、離脱だ」

言い終わる前に美佳はエンジンを全開にしていた。

まだ五頭のコウモリが機体に取り付いている。

秒速四百メートルまで加速すると機体各部に衝撃波が発生して、コウモリはすべて剝がれ落ちた。

「ふー。空飛ぶピラニア軍団ですね。ダイヤモンドの歯でもついてるんでしょうか」

「強化複合材はダイヤモンドぐらいじゃ傷もつかないと思っていたが。機体は大丈夫？」

「さしあたっては。でも気密性や耐腐食性が低下してます」

「引き返したほうがよさそうだね」

「そうします」

それから二人は、声にならない叫びを上げた。

さっきまで表示されていた《鹿島》との相対位置表示が、消えている。

「どういうことだ」

「《鹿島》からの位置通報が途絶えています。慣性座標でもとの場所に戻ることならできますが――」

「待ってくれ。《鹿島》は周囲に合わせてかなり動いているはずだ」

惣七は《鹿島》の停泊位置での軌道速度を計算して、慣性座標に補正を加え、美佳に伝えた。美佳は機体強度が許す最大速度をとった。

やがて前方に、黒煙のようなものが見えてきた。

不吉な予感がした。推定位置に近いが、あれが《鹿島》とは無関係な何かであることを祈る。

だが、黒煙が無数のうごめく粒子に変わったとき、惣七は覚悟を決めた。さらに接近すると、二十羽ほどのコウモリが二次曲面を備えた部材に群がり、トーラスの中心方向に向かって運んでいるのが見えた。あれは船殻の一部にちがいない。遠く、近く、破片に群がった無数の集団が空を舞っていた。

《鹿島》はコウモリの群れに襲われたのだ。百G加速に耐え、至近距離での核爆発にも耐えた無敵の船体が、わずかな時間で解体されてしまった。

「速度を落とさないで。囲まれたらひとたまりもないぞ」

「はい。でもこれからどうしたら」

「それを考えてるんだ」

近くにスターゲートがあれば、この航空連絡艇でも太陽系に帰還できる。だが最寄りのゲートは二・四光年先だ。とてもたどり着ける距離ではない。

「あれ、何ですか。十時、上三十度の方向」

美佳が訊いた。

ベアリングの玉のようなものが浮かんでいた。距離はざっと三キロほど。

コウモリの群れからも数キロ離れている。とすれば、かなり大きな球体だ。

「近づいてみますか」

「そうしてくれ」

光学測距から、直径は約四十メートルあると知れた。どこにも凹凸のない完全な球で、水銀の滴のような鏡面に包まれている。

美佳は数メートル手前で機体を止めた。

「君はここにいて」

周囲にコウモリがいないのをもう一度確かめて、惣七はキャノピーを開けた。短時間なら放射線を恐れることもないだろう。

ベルトにつけたガスジェットを噴かして、球体の表面に近づく。凸面に映った自分の滑稽な姿も近づいてくる。

なんの前触れもなく、鏡像が消滅した。

像だけではない、球面そのものが消えていた。

その先に、見覚えのある人工物があった。三層からなる頑丈なフロアと階段、狭いキャットウォーク。中央には巨大なトロイダル・コイルと電源施設。カットモデルのように、それまで球面があったところできれいに切り取られている。

「佐伯君、そっちからも見えてるか？」

「もちろんです。《鹿島》の機関部ですよね」

「そうだ」

「銀色の玉はなんだったんですか。どこに消えたんでしょう」

「ヘルプに載ってないかな。僕の勘じゃ、これもSAが勝手にとりつけた装置で、ワームホールに関係した何かなんだが」

「待ってください。あ、一件ヒットしました。『停滞空間　緊急用装備　ワームホールの転用』って」

「やはりそうか。使い方は？」

「機関部中心より半径二十メートル以内に移動して『停滞空間ON』コマンドを送る。外部の至近距離に人が現れるまで運用継続。百秒おきに三十七ナノ秒間、外界を観測する。よって空間内部の時間進行は二十七億分の一となる。――ってどういうことですか？」

「《鹿島》には役立たずに終わったワームホールの保持装置があったろう。SAはそれを有効活用して、緊急時のシェルターに仕立てたんだ。停滞空間に入ってしまえば、内部の時間は停止したも同然だ。どんな外力でも破壊できない。光も全反射するから、それが銀色の球に見えたんだ。ピラニア軍団に襲われたとき、《鹿島》は自分の判断で停滞空間を作動させて心臓部を守った。僕らもこれを使えば生き延びられる」

「停滞空間に入って助けを待つわけですか。コールドスリープみたいに？」

「そう」

前席のキャノピーが開き、美佳がこちらに泳いできた。その手を取って、引き寄せる。

「まさか、私たちもジェットに乗って太陽系をめざすとか」

「いや、ジェットには押されない。停滞空間には外力が事実上作用しないから」

「ただじっと待つだけ？」

「そうだ。計画書は出してきたから、四年と十か月経って帰らなければ遭難を疑い始めるだろう」

《鹿島》みたいな船が助けに来たとして、さらに四年十か月経てば太陽系に戻れる。うわー、最短でこれかあ」

美佳は顔を曇らせた。

「すまない。また君を巻き込んでしまった」

「それはいいんですけど」

「僕につぐなえることがあるなら、なんでもするよ」

「なんでも？」

美佳は顔を上げた。

「ああ」

「じゃあ……」

そのとき、ヘルメットが警告を発した。放射線被曝量が危険水準に近づいている、とのメッセージだった。

「そうか、このままじゃ曝露空間にいるのと同じだな。停滞空間を作動させないと」

「もう作動させるんですか」

「もうって、早いほうがいいだろう」

惣七は自分のオーガナイザーから『停滞空間ON』コマンドを送った。

「おや？」

銀色の膜に包まれると思ったのだが、そんなものは現れなかった。

近くにとめてあった航空連絡艇は消え、かわりに宇宙服を着た二人の人影が浮かんでいた。

「あーあ」美佳が小声でため息をつく。

「何が起きたんだ？」

「だから、救助が来たんじゃないですか。停滞空間をONして、何年か経って、外に人が現れたから空間が解除されたんです。私たちには一瞬ですけど」

美佳は人影のほうに向き直った。

「いま、何年ですか」

「二一五四年です」

「ということは、遭難から十三年。まあまあグッジョブか……あ、いえ、救助ありがとうございました。救助隊の方ですよね？」

「はい。MAの依頼で来ました」

「ここ、急いで離脱したほうがいいですよ。近くに超危険なロボットがいますから」

「わかりました。行きましょう」

救助隊員に手を引かれて、惣七と美佳は空間に漂い出した。

すぐそばに巨大な円錐形の船が浮かんでいた。

救助隊員が言った。

「自己推進型宇宙船《九十九里》です。《鹿島》の発展型です。すごい船ですよ」

だが、自分たちがここで得た教訓は反映されていないわけだ——惣七は思った——あのコウモリ生物にやすやすと解体されてしまったことも。

エアロックの中で惣七は美佳に訊ねた。

「さっき、危険なロボットって言ったね。なぜそう思うの？」

「あれも自分で繁殖するにはちがいないけど、複合材を噛み切る顎《あご》とか、片方のジェットにだけ物資を運ぶとか、自然選択じゃありそうにないじゃないですか」

「でもなぜ片方なのかな」

「ここ、宇宙船なんじゃないですか。ジェットの推力が偏れば動きますよね。ゆっくりだけど」

「そりゃまた……気宇壮大な話だが」

「ロボットを繁殖させるだけで星もろとも動かせるんだから、グッドアイデアだと思いますけどね」

「だとして、主人はどこにいる？」

「そのへんに引きこもってるんじゃないですか」

惣七は改めて美佳を見た。次々に大胆な推理を繰り出す柔軟さには感心するが、どうも投げやりだ。

「さっきから、なんだか御機嫌ななめだね」

「でもないですけどね」

美佳はぶっきらぼうに言った。

初めて駆け引きを楽しむ気になったというのに、訪れた機会は停滞空間の性急な起動によってぶち壊されてしまった。放射線から逃れるための緊急措置だったとはいえ、安全を確保した今も話を再開する様子がないのでは、皮肉のひとつも言いたくなる。

「十三足して二十七年。地球に着く頃には三十年。これで『十四年ぶりねー』とおさらばできると思うと嬉しいです」

「そうか。それはよかった」

「ええ。つぐないなんてぜんぜん要《い》りませんから」

消えた
Gone

ジョン・クロウリー
大森 望訳

シングルマザーのパットの家を、エルマーと呼ばれる人工物が訪れる。宇宙からやってきた彼らは、雑用をなんでも進んでやってくれる。彼らが人間にさしだす〝善意チケット〟と呼ばれるアンケートには、選択肢が「はい」しか用意されていなかった。

著者は一九四二年アメリカ、メイン州生まれ。一九七五年、長篇 *The Deep* でデビュー。一九八一年『リトル、ビッグ』で世界幻想文学大賞、一九九〇年『時の偉業』で世界幻想文学大賞ノヴェラ部門、一九九七年「消えた」でローカス賞ショート・ストーリー部門を受賞。他の著書に『エンジン・サマー』など。その傑作短篇群は『古代の遺物』で読むことができる。

初出：F&SF誌1996年9月号

エルマーふたたび。

あなたは待つことに一種の自虐的な喜びを見出しながら、前回はずれだったのだから今度こそうちが選ばれるだろうと考えているけれど、しかしどういう仕組みで家が選ばれるのかはだれも知らないし、わかっていることといえば、新しいカプセルの大気圏突入が（この一年のあいだ月軌道上を周回している巨大なマザーシップを見張る数千のスパイ衛星や監視機器のどれかによって）探知され、そのカプセルは摩擦熱で燃えつきたかに見えた（前回はじっさいにそうなった）にもかかわらず、その後エルマーはいたるところにあらわれたという事実だけだ。順番を飛ばされるか、あっさり無視されることを期待してもいいが——前回、となり近所や友人知人の家庭すべてがこの招かれざる客の訪問を受けたのに自分の家だけはすっぽかされた人々もいて、ときおりニュースに登場してはインタビューに答えるけれど、彼らが語ることは結局なにひとつない、語るべき物語があるのは残りのわたしたちなのだから――しかしどのみち、あなたは窓の外、ドライヴウェイの先に目を向け、白昼に鳴るドアベルに聞き耳をたてはじめる。

白昼にドアベルが鳴ったとき、パット・ポイントンは子供部屋のベッドを動かして模様替えの最中だったけれど、玄関ドアが見える唯一の窓から外を覗く必要はなかった。ポナダー・ドライヴのすべての家の玄関、サウス・ベンドのすべての家の玄関で、二度めのベルが鳴る音を識閾下で聞いたような気がした。うちのが来た、と彼女は思った。

それらはこの国全土でエルマー《elmers》（または大文字ではじまるElmers）と呼ばれるようになっていたが、その呼び名を決定的にしたのは、デイヴィッド・ブリンクリーがトークショウで紹介した、一九三九年にニューヨーク万博が開かれたときの逸話だった、彼の言によれば、当時のこの国の人々、ドゥビュークやラピッド・シティやサウス・ベンドみたいな町に住んでいる人々は、わざわざ東部まで出かけていって五ドルと引き替えにあらゆる驚異を見物しようとは思わないだろう、このすばらしい見せ物も彼らには魅力的に見えないだろうという見方が支配的だった。そこで万博の興行主たちは、ふつうの服を着てふつうの眼鏡をかけ、ふつうの蝶ネクタイをしたふつうの外見の人間を雇い、ヴィンセンズやオースティンやブラトルバロのような町々に派遣して、口コミで評判を伝えさせたという。万博に行ってきたふつうの人間のふりをして、お高くとまることもへりくだることもなく、女房ともどもおおいに楽しんだし、いやもうまさに〈未来〉を見たねと語り、入場料の五ドル分の値打ちはたっぷりあるよ、じっさい場内の全アトラクションと昼食代もコミだってことを考えれば高くはないと吹聴した。こういう連中全員が、その本名に関係なく、彼らを派遣した興行主から〈エルマー〉と呼ばれたのである。

ドアを開けなかったらどうなるんだろうと、パットは考えた。最後はあきらめて、どこかに行ってしまうんだろうか？　もちろん無理やり押し入ってきたりはしないわね、あんなにおだやかでぶよぶよなんだし（前回来たエルマーとそっくりなのは、二階の窓から見てわかっていた）と考えてから、結局みんな家の中に入ってくるのはどういうわけだろうと不思議に思った――パットの知るかぎり、話を聞いてもらうことさえできなかったエルマーはほとんどいない。なにか化学的な催眠物質、恐怖をしずめるような薬物を放出するのかもしれない。それがまたドアベルを（おずおずと、とパットは思った。おっかなびっくりならいいんだけど）押すのを聞いたとき、階段の上に立つパットが感じたのは、面白半分の怒り、ほかのみんなとおなじ感情だった。

「芝刈りをしましょうか？」パットがドアを開けると、それは言った。「ゴミを捨てましょうか、ミセス・ポイントン？」

実際にそれの前に立ち、スクリーンドアごしにそれの姿を目のあたりにした今、パットがいちばん強く感じたのは、エルマー感情の新しい一部だった。予想もしていなかった、目の眩むような嫌悪感。それは、あまりにも人間じゃなさすぎた。人間ではないなにかべつの存在、人間と見なされるためにはなにが重要かをよく理解していない者によって、人間に似せようとして造られたように見える。それがしゃべるとき、たしかに口は動いたが(「発声時には口腔の運動が観察されるべし」とか)、声はどこかべつの場所から(あるいは、どこからともなく)聞こえてくるようだった。

「皿を洗いますか、ミセス・ポイントン?」

「いいえ」と、市民が指示されているとおりの答えを返した。

「帰ってちょうだい。ありがとう」

もちろんエルマーは帰らず、ホワイトローズ軟膏だかガールスカウトのクッキーだかを買ってもらえないでいるバカな子供みたいに、体をわずかに上下させながら玄関ステップに立っていた。

「ありがとう」と、それはパットそっくりの口調で言った。

「薪割りのご用は? 水汲みはいかがです?」

「やれやれね」パットは力なくそう言って、笑みを浮かべた。

エルマーに示すべき正しい反応(だれもがそれに従うが、最後までやり通せる人間はほとんどいない)以外で、もうひとつだれもが知っているのは、あれらが上空のマザーシップ(あまりにも巨大なので、夜空に浮かぶ月の前を横切るときは、肉眼でも確認できる)

からやってきた生き物ではなく、前もって派遣されたある種の創造物であるということだった。公式の呼び名は、人工物。ある種の蛋白質だと推測されている。それの心臓もしくは頭の中には、ある種の化学メカニズム、おそらくはDNAベースのコンピュータとか、その種の奇怪なものが搭載されているらしいが、その正確な実体をだれも知らないのは、エルマーの第一波が、なにか瑕疵でもあったのか、あまりにもはやく解体してしまったからだ。芝刈りや皿洗いや善意チケットの押し売りを一、二週間つづけたあと、エルマーたちは、それらとまんざら似ていなくもない雪だるまさながらぐずぐずに溶け、かさかさのぼろくずみたいな物質に変わり果て、やがては口に入れた綿飴みたいに、ほとんどなにも残らなくなってしまったのである。

「善意チケットはいかがですか？」パット・ポイントンの家の戸口に立つエルマーは、手書きか印刷か、とにかくなんらかの方法で短いメッセージが記された、紙以外のなにかでできたタブレットをさしだした。パットはそれを読まなかったし、読む必要もなかったのは当然のことで、この第二波のエルマーを玄関に迎えるまでには、だれでももとっくにそのメッセージを暗記していた。子供たちを起こして登校させるぎりぎりまでベッドで朝寝を決めこんでいるようなとき、パットはそのメッセージ、全世界のすべての人々が遅かれ早かれ目の前につきつけられるんじゃないかと思えるその文句を、お祈りのように暗誦するのだった。

善意

空欄にチェックを入れて下さい

以後、愛はすべて順調

「はい」と言いましょう

□はい

そして、「いいえ」の欄はなく、つまり——もしこれがある種の投票（専門家や政府消息筋、どうしてそんな肩書きが可能なのかパットには謎だが、とにかく彼らは、これが投票だと推測している）、マザーシップおよびその想像もつかない乗員や乗客を許容または受容するという投票なのだとしたら——残された選択肢は、その受けとりを拒否することしかない。首を振り、きっぱりと、しかし礼儀正しく「いいえ」と告げること、なぜなら善意チケットを受けとるだけで「はい」のしると受けとられるかもしれないし、なにに対する「はい」なのかだれも正確には知らないけれど、少なくとも識者のあいだでは、これが《世界支配》に対する同意（または、少なくともそれに抵抗しないこと）を意味するという見方が主流だった。

しかしながら、家にやってきたエルマーを撃ってはならない。アイダホとかシベリアとかでは、そうしている人がいるという話だが、どのみち一発二発の銃弾はエルマーにはなんの変化も与えないようで、大昔の《ディック・トレイシー》コミックの登場人物さながら、体に風穴を開けたまま、窓越しにはにかみがちな笑顔を見せ、落ち葉を掃きましょうか？　庭仕事はいかがです？　ロイドならためらわずに撃つだろうし、生きている（少なくとも動いている）認定済みの「自由の敵」がとうとう目の前に出現し、それに狙いをつけられることで有頂天になるだろう。廊下に置いてある電話台の抽斗には、今でもロイドの９㎜グロック・ピストルがしまってあり、ロイドはそれをとりにもどってきたいと言ってきたが、彼がこの家の敷居をまたぐことは金輪際ない、もし射程内に近づいたらパットのほうが彼めがけてこの銃をぶっ放すからだ。

いやまあ、本気じゃない、撃ちはしない。それでも。

「窓を拭きましょうか？」とエルマーが言った。

「窓ね」パットは、コメディアンや司会者の手管《てくだ》にひっかかって人形との会話に引き込まれた自意識過剰のおバカさんみたいな気分をちょっと味わい、これは自分をひっかけるためのジョークじゃないかと、同じように用心深く答えた。「窓を拭くって？」

それは、プールに浮かべる大きな人形みたいに、ゆらゆらしているだけ。

「オーケイ」と答えると、パットの心は満たされた。「オーケイ、入って」

なんと優雅な動き。まるで磁石のマイナスとマイナスが反発しあうみたいに、調理台や冷蔵庫に近づいたと思ったらすっと離れて衝突を避け、家の中をすいすい動きまわる。体を収縮あるいは圧縮することもできるらしく、せまいスペースでは小さくなり、広いスペースではフルサイズにもどる。

パットは居間のカウチに腰を下ろして見物した。とにかく、見物する以外のことはできなかった。それがバケツを持ち上げ、クレンザーの瓶の蓋をとり、においを吸い込んで（たぶん）中身をたしかめ、パットが用意してやったゴム雑巾と布を手にするのを見物した。そのとき、パットの心に浮かんだ思いとは（それは、自分の家の居間なり菜園なり廃品置き場なりで、ソファにゆったり腰を下ろし、第二波のエルマーが居場所を見つけて仕事にかかるのを見物しはじめた人間たちのほとんど全員の頭に浮かんだことだが）――この世界は、この宇宙はなんて大きく、なんて奇妙なんだろう。そのことを知り、ここでこうしてこれを見ているわたしはなんて幸運なんだろう。

かくしてこの世界の仕事は――ともかく、雑用に類するものは――ふだんその仕事に従事している人間たちが腰を下ろして見物しているうちにどんどんかたづけられてゆくのだが、全員がおなじ感謝と喜びを共有しているのは、ただたんに雑用がかたづくからというだけではない。彼らが抱く驚異と畏怖は、人類という種が一度も経験したことのない――すくなくとも、人類のすべての成員がおなじジョーク、おなじ夜明け、おなじ驚きを共有できた太古の草原の時代以降は一度も経験したことがない――万人に共通する感情の普遍的な小潮だった。自分のエルマーを見物していたパット・ポイントンの耳には、スクールバスの警笛のブーブーが聞こえなかった。

たいていの日、パットは、しょっちゅう目を覚ましては目覚まし時計が鳴るまであと何分あるか確かめる心配性の人みたいに、バスの警笛が聞こえるたっぷり三十分前から、壁の時計と自分の腕時計とにかわるがわる目をやりはじめる。運転手からは、ブーブーを鳴らすまで子供を降ろさないことで了解をとってあった。運転手はそれでいいと約束してくれた。パットは理由を説明しなかった。

でも今日は、警笛の音は脳の裏側にあとかたもなく沈み込み、たぶん三分は過ぎてから、パットはようやく頭の中でその音をリプレイするか、聞いていたのに気づかなかったことを思い出すかした。おそろしい予感にわしづかみにされてはっと立ち上がり、心臓の鼓動が加速するのとおなじはやさで外に飛び出し、玄関ステップを降りかけたそのとき、子供たちが通りの先でロイドの年代物のカマロ（そのマッチョなエンジン音もしばらく前から聞こえていたんだと、パットはいま思い当たった）の中に消え、荒々しくドアが閉められるのを目撃した。ロイドの第一夫人たるチェリーレッドのスポーツカーは、二本の排気筒から噴き出すガスで側溝の枯れ葉を騒がせつつ、蹴り飛ばされたような勢いで発進した。

パットは悲鳴をあげ、くるっとふりかえって助けを求めようとしたが、通りは無人だった。激怒の雄叫びとともに一度に二段ずつステップを駆け上がって家の中にもどり、かわいい小さなヒッチコックの電話台に怒りをぶつけた。受話器がはずれ、台の脚が床から離れ、抽斗が飛び出てグロック9㎜が落ちそうになる。パットは拳銃をひっつかむなり、また玄関からとびだして通りを走りながら、元亭主のフルネームを大声で呼ばわり、近所の人間には一度も聞かせたことがない悪態と猥褻な言葉をわめきちらしたが、カマロはもちろん、声も聞こえず姿も見えない場所へととっくに走り去っていた。

消えた。消えた消えた消えた。世界が暗くなり、顔面を殴ろうとするみたいに、歩道がこちらに向かって持ち上がってくる。知らず知らずのうちにその場にしゃがみこんでいた。自分が失神しかけているのか嘔吐しかけているのか、それもわからない。けっきょくどちらも免れて、しばらくしてから立ち上がった。金槌みたいに重いこのピストルを、どうしてこの手に握ってるんだろう。家にもどって、狼藉《ろうぜき》にあった電話台の抽斗に銃をしまい、ピーピー鳴いている受話器を電話のフックに置いた。

警察を呼ぶわけにはいかない。ロイドによれば——自分が無慈悲かつ危険な男で、かろうじて抑制を保っているのだと思わせたいときに使う低いソフトな声で、威嚇するような視線とともに彼が語ったところでは——家庭内の問題に警察を介入させるようなことがあれば、家族をみな殺しにすることも辞さないそうだ。それを百パーセント信じたわけではないし、そもそもどんなことだろうとロイドの言葉を百パーセント信じたためしなどないけれど、とにかく彼はそう言った。ロイドが入れあげているらしいキリスト教系サバイバリストの教義もまったく信じてはいないし、かつて彼が脅迫もしくは約束したみたいに、どこかの山奥の丸太小屋に子供たちを連れていき、鹿を食べて生活するとも思えない。子供連れでは、たぶん自分の母親の家まで行くのがせいぜいだろう。

神様、どうかそうでありますように。

不意のお客のようにそのへんをにこにこ徘徊しているエルマーを視界の隅に見ながら、パットは部屋から部屋へと足音荒く歩きまわり、コートを着てはまた脱ぎ、キッチンテーブルの椅子に座ってすすり泣き、かけたいときに限って見つからないんだからとわめきながらコードレスホンをさがしだすと、母親に電話して泣き崩れた。それから、心臓をどきどきさせながら、ロイドの家に電話した。エルマーに関してひとつわかっていないのは（義母の留守番電話の長くて快活な応答メッセージが再生されるのを聞きながら、パットはしばしばそのことを考えた）、掃除婦や雑役夫の場合と同様、エルマーのいる前では感情をぶちまけたりしないのが礼儀なのか、それともペットが相手の場合のように、そんなことは気にする必要がないのか、ということだ。理論上の疑問だった、パットはもうとっくに感情をぶちまけてしまっているのだから。

留守番電話がピーッと鳴り、パットの沈黙を録音しはじめた。パットは一言もしゃべらず、ボタンを押して電話を切った。

夕闇が迫るころ、パットはついに意を決して車に乗りこみ、町を抜けてミシワカに向かった。義母の家の窓は暗く、ガレージには車がなかった。暗くなるまで見張りをつづけ、それから家に帰った。エルマーはいたるところにいて、芝を刈ったり、金槌でトンカンやったり、子供を乗せたおもちゃの車をひっぱったりしているはずだった。なのに、一体も見なかった。

パットのエルマーは、彼女が家を出たときとおなじ場所にいた。窓ガラスは銀箔でコーティングしたみたいにぴかぴか光っている。

「なによ」と、パットはそれに向かってたずねた。「なにか仕事がほしいの？」エルマーは準備OKですとでも言いたげに軽くはね、胸をそらせて（まあ、そう見えなくもないわね）にこにこしている。「子供たちを連れ戻して」とパットは言った。「子供たちを見つけ出して、連れ戻してちょうだい」

それは、すでに与えられていた仕事を中止することと、新しい仕事の拒否または追加説明の要求との中間でひょこひょこ揺れながらためらっているように見えた。マンガみたいな三本指の手、ずんぐりしたぶかっこうな手をこちらに見せた。エルマーは、人間のかわりに復讐したり、不正を正したりはしてくれない。人々はもちろんそれを頼んだ。復讐の天使を求め、自分はそれに値すると信じた。パットもおなじだった。復讐の天使がほしい。今すぐに。

パットは憤然とそれを見下ろし、しばらくしてから、もういいの、ごめんなさい、ただの冗談だから、べつに本気じゃないの、いいから忘れて、もう仕事はないわと言った。エルマーをよけて、最初は右に足を踏み出したら、相手も右に動いたので、今度は反対側に足を踏み出し、それの向こう側にまわると、バスルームに入り、洗面台のコックをいっぱいにひねって水を出し、一瞬後、とうとう嘔吐したけれど、こみあげてきたのは水っぽい唾液だけだった。

真夜中近く、錠剤を二つ飲んでテレビをつけた。

すぐ目に入ったのは、両手両足を広げたスカイダイバーふたりが、空中でたがいのまわりをくるくる回っている場面で、下からの突風にあおられてオレンジのスーツが激しく波立っていた。ふたりは手袋をした両手でたがいの肩をつかみ、空中で体を引き寄せた。ふたりの下には、大地が地図のように広がっていた。このときなにが起きたのか、ふたりのあいだにどんな不和があったのかはまだ明らかになっていませんとアナウンサーが口をはさみ、そしてその瞬間、片方がもう片方の顔をこぶしで殴りつけた。殴られたほうは、相手の体をつかんだ。つかまれたほうもつかみ返した。そしてふたりは、空中でくるくる回転しながら、愛の発露か怒りの激情か、それぞれ片腕を相手の首にまわし、反対の腕は空中腕相撲でもするように、あるいはダンスでも踊るように動かして、たがいのパラシュートを開かせまいと争った。地上では、数千の観衆が恐怖の目で見守っていましたとアナウンサーが言い、そしてそのとおり、パットの耳にも今、千人のおそろしい呻きまたは悲鳴、畏敬を込めた満足の唸りとしか聞こえないノイズが届き、ふたりのスカイダイバーは――死の格闘に搦《から》めとられて、とアナウンサーは形容した――大地に向かってまっすぐ落ちていった。ヘリのカメラは彼らを見失い、かわって地上のカメラが映し出したのは、ふたりでひとりのように四本の脚を必死でばたつかせている姿だった。地上にぶつかる寸前までカメラはふたりを追い、とつぜん前方で立ち上がった群衆が視界をさえぎったが、群衆は絶叫し、カメラのすぐ横にいただれかがなんてこった、と言った。

パット・ポイントンは、この瞬間をすでに二度見ていた。昼の連続ドラマの最中にニュース速報が割り込んできたのだ。パットはリモコンのボタンを押した。ぶかぶかの服を着て黒眼鏡をかけた悪魔的な黒人の男たちが、強烈なビートにのせて動きながら指をこちらに突き出し、威嚇している。またボタンを押した。町の通りで――テロップによればパットの住んでいる町の通りだ――警察がだれかの射殺死体に毛布をかぶせている。ゴミだらけの街路に広がる黒いしみ。パットはロイドのことを考えた。画面の隅に、通りの角をひょこひょこ曲がっていく、お使い途中のエルマーがちらっと見えたような気がした。

またボタン。

心の休まるこのチャンネルで、パットはよく記者会見や演説を見る。半睡状態から何度か目を覚ますと、もう会見が終わっていたり新しい会見がはじまっていたり、重要人物が立ち去っていたりまだ到着していなかったり。殺到するレポーターたちの背中と、そろって低い声でしゃべる政府関係の人間たち。今は洗練された悲哀の表情をたたえた白髪の上院議員が、上院の廊下でしゃべっている。「みなさんにお詫びしたい」と議員は言った。「『高慢ちき』という言葉は撤回します。口にすべきではありませんでした。この言葉でわたしが言いたかったのは、傲岸、冷血、利己的、横柄、つまり対立陣営の失態に喜び、成功に傷つくさもしい根性のことであります。しかし、『高慢ちき』と言うべきではなかった。『高慢ちき』を撤回します」

またボタンを押すと、ふたりのスカイダイバーがふたたび地面に向かって落ちていった。

あたしたちどうしちゃったの？　とパット・ポイントンは思った。

また吐きけの波に襲われ、黒いリモコンを手に立ち上がった。あたしたちどうしちゃったの？　冷たい泥の潮に呑まれ、なすすべもなく溺れていくような気がした。ここにはもう、こんなことの真ん中にはもういたくなかった。そもそも本当の意味でここに属していたことなど一度もない、それがわかった。わたしがここにいるのは、なにかおそろしい、ぞっとするような間違いなのだ。

「善意チケットはいかがですか？」

ふりかえり、今はテレビの光で灰色に染まった、その偉大なものと向き合った。それは、小さなプレートもしくはタブレットをこちらにさしだしている。以後、愛はすべて順調。

サインしない理由はこの世にまったく、ただのひとつもない。

「わかった」とパットは言った。「わかったわ」

それはチケットをかざして近づいてきた。手に持っているのではなく、体の一部のように見えた。パットは「はい」の上の四角に親指を押しつけた。小さなタブレットは、最近の家電製品によくついている柔らかな肉の感触のおしゃれなボタンみたいに、親指の圧力で軽く沈んだ。投票は登録された、たぶん。

エルマーの姿は変わらず、満足や感謝を示すことも、最初からずっと示していた（という言葉が正しいとして）無意味な喜び以外のなにかを示すこともなかった。パットはまたカウチに腰を下ろし、テレビを消した。カウチの背にかけてあった手編みのストール（ロイドの母が編んでくれたもの）をとって、自分の体に巻きつけた。とりかえしのつかないなにかをしてしまったという穏やかな幸福感に包まれたが、具体的になにをしたのかは知らなかった。錠剤が血管の中でようやく効き目をあらわし、パットはその場でしばらく眠った。消えることのない街灯が部屋に投げかける虎縞の中、じっとしていられないエルマーに見守られて、灰色の夜明けが訪れるまで。

彼女の選択とその唐突さ、切迫感にかられていたことを別にすれば無頓着と形容されてもおかしくない行為について言えば、パット・ポイントンのしたことは、ユニークどころか、珍しいものでさえなかった。世界各地で、われわれが知る地球上の生活に反対し、なんだか知らないがあなたが「はい」と言った（なんに対して「はい」と言ったかについては見解が分かれている）その相手に賛成する票がどんどん伸びていることは、投票結果に如実に表れていた。テレビの知ったかぶりその他大勢は上昇する数字についてくわしく論評し、その過程でどうやら彼らはひとつの合意に達したらしく、政府の役人や新聞記者たちもそれに賛同しているのだが、その共通認識とは、抵抗に対するこの臆病な不同意を、腐敗・社会的病理・恥ずべき非人間的行動の徴候として説明することだった。テレビのニュースキャスターは、これら沈黙の降伏および屈伏を、わが子を溺死させた女たちや愛人のために妻を射殺した男たち、薪拾いの老女を遠距離から射殺した狙撃者のニュースを中継するときと同じ顔で報じたが、それでもなお、じっさい見ていておかしかったのは（パットをはじめ、この選択があまりにも自明だと思えるような魂の動きと根深い疲労感をすでに経験した人々にとっておかしかったのは）、彼らのなめらかで日焼けした顔にもまた、テレビ画面の中では一度も見せたことのない表情、従来はテレビのこちら側でしか、一般大衆であるわれわれの顔でしか見たことのない表情を浮かべていたことだった。なんと呼ぶのか知らないが、ともかくよく知っている表情、一種の麻痺したような切望で、助けを求めにきた子供の顔に浮かぶとまどいの表情に似ていると、パットは思った。あきらめること
世界の仕組みのある特定の腐敗が明らかになりつつあるのは事実だった。

と、投げ出すこと、ボールを落とすことの顕著な流行。人々の勤労時間が減り、上を向く時間が増えた。もっとも、掃除婦が来る前に家を掃除しておこうと考えるのと同じ原理に基づいて、以前より仕事に身が入るようになったと感じている人々も、それと同じ数だけいた。たしかにエルマーは、争いやわがままや、山積みの雑事を他人任せにすることよりも、平和と協力のほうがいいと実証するために派遣されてきたのだった。

というのも、エルマーたちはほどなくまた消えてしまったからだ。パット・ポイントンのエルマーは、彼女が善意チケットにサインまたはマークまたは受領したその直後から前より少し不活発になり、翌日の夕方には、パットがずいぶん前からつくってあったものの内心ではぜったいそこまで手が回らないと思っていた雑用のリストをすっかり片づけてしまったあとではあったけれど、目に見えて動きが遅くなった。認知症を患う老人のように、ただにこにこうなずきつづけ、ついには道具を落としたり壁にぶつかったりしはじめるに及んで、とうとうパットも、それの崩壊を見るにしのびず、またそうする義務もないと考えて、(あんまり利発ではないティーンエージャーのベビーシッターとか、移民してきたばかりでうまく英語がしゃべれない雇ったばかりのお手伝いさんとかに向かって言うときの、いささか明瞭すぎる口調で)これから出かけなきゃならない用があるけれど、すぐにもどるからとそれに向かって説明してから、あてもなく町を出て、ミシガン湖のほうに向かって二時間ほど車を走らせた。

気がつくと、ミシガン湖を見下ろす砂丘に長いあいだ佇んでいた。ロイドとはじめてした場所だが、そうはいっても経験した男は彼ひとりというわけではなく、ロイドははずればかりの大勢の男たちの最後のひとりでしかなかった。だまされやすい甘ちゃんたち。パット自身も手ひどくだまされたものだ、一度や二度ではなく、何度も。

遠く、銀色の水の岸辺が彎曲するあたりに、樅の木が黒くかたまる北の山々が見えた。ロイドが行ってしまった、あるいは行くぞと脅していた場所。ロイドが前に勤めていた会社では社員全員がシック・ビルディング症候群に罹患して、会社を相手どった集団訴訟となり、頭に来たロイドは（もっとも、パットの見るかぎり、症状はさほどひどくなかった）より条件のいい和解を求めて最後まで争ったグループに残って和解金を勝ちとり、その金でカマロのクラシックカーと二十エーカーの山を手に入れた。プラス、考える時間をたっぷり。

子供たちを返してよ、このろくでなし。胸の中でそうつぶやきながら、わたしのせいだと考えていた。してはならないことをしてしまったか、しなければならないことをしなかった、子供たちを愛しすぎたか、それとも愛が足りなかった。

エルマーが子供たちをとりかえしてくれる。疑問をさしはさんでくる理性をおさえつけ、パットは深くそう確信するようになった。想像もつかない未来に対して投票したけれど、投票した理由はたったひとつ、自分が失ったものすべてがそこに含まれているだろう――

含まれているはずだ——から。わたしが望むものすべて。それが、エルマーの表しているものだ。

夜のとばりが降りるころ帰宅すると、ぺちゃんこになったエルマーの奇妙な染みが、廊下と（どうしてまた？）娯楽室につづく階段の途中に、消火器をまちがって噴射したあとみたいに散らばって、バタートーストのような（と彼女は思ったが、ほかの人はべつのものを連想するかもしれない）においをさせていたから、パットはわたしたち全員が暗記しているフリーダイヤルの番号に電話をかけた。

それから、なにもなし。エルマーたちはもういなかった。もしまだ経験していないのなら、あなた以外のほとんど全員の身に起きたことを待っても無駄、どうして自分だけ除け者にされたのか確信はなくても、せめてあなたは、自分ならエルマーの甘言に屈しなかっただろうと主張できる。そしてほどなく、どんなに歓迎されようと、もう新しいエルマーはやってこないという事実が明らかになったのは、マザーシップだかなんだか、その正確な正体はともかく、エルマーの起源に違いないものが遠くへ行ってしまったからで、遠くといってもそれは追跡可能な方向ではなく、ただ遠い彼方、さまざまな追跡・監視装置上でしだいに影が薄くなり、データが少なくなり、細いすじになり、とうとう透明になり、見ることができなくなった。消えた。消えた消えた消えた。

さてそれでは、わたしたち全員はなんに同意したのだろう、自分自身と政府の指導を裏切り、日々の忠誠と責任のすべてをかくも不用意に投げ捨てたのは、いったいなんのためだったのか。世界中で、わたしたちはその問いを発している。見捨てられ忘れられた者のあの孤独な宗教に行き着くような問いを。それは、大きくて神聖なものを今か今かと待ちつづけたあげく、自分たちが手にするのは、長い長い、ひょっとしたら一生よりも長い待機と頭上のむなしい空だけだということに気づいた者たちの宗教だった。エルマーの目的が、わたしたちを不満足に、不安に、今度はどうなるんだろうと待つことしかできない状態にすることだったとしたら、おそらくそれは成功している。しかしパット・ポイントンは、エルマーが約束をしたこと、その約束を守ることを確信していた。こんな訪問があったというのに、それが無になってしまうなんてありえない。この宇宙はそれほどまでに奇妙な場所でも、思いがけない場所でもない。他の大勢と同様、彼女は夜空を見上げて（というのは比喩的な表現で、じっさいには、ポナダー・ドライヴの自宅寝室の、その上あるいはその向こうに夜空が広がっている天井を見上げて）横たわり、自分が同意もしくは賛同した短い文章を何度も何度も胸の中でくりかえしていた。善意。空欄にチェックを入れて下さい。以後、愛はすべて順調。「はい」と言いましょう。

やがてパットは起き上がり、バスローブのベルトをしめて階段を降り（家の中は静かだ、子供たちとロイドがまだ寝ている午前五時にひとり起き出して、インスタントコーヒーを淹れ、シャワーを浴び、服を着て仕事に出かけていた頃もやはり静かだったけれど、今はそれよりもっと静かだ)、ローブの上からパーカを着込んで、はだしのまま裏庭に出た。

もう夜ではなく澄んだ十月の夜明けで、晴れわたった空はかすかにグリーンがかって見え、風はまったくないけれど、にもかかわらず、今の今まで枝にしがみついていた枯れ葉が、一枚一枚、二枚二枚、枝を離れてパットのまわりに舞い落ちた。

ああ、なんてきれいなんだろう。なぜだか、わたしはここに属していないという結論を出す前よりも美しく見える。たぶんその頃は、ここに属そうとするのに忙しくて、それに気づかなかったんだろう。

いいい、以後、愛はすべて順調。でも、以後っていつからはじまるの? いつ?

そうして立っているとき、奇妙な物音が、遠くのほうから甲高く聞こえてきて、犬の群れが吠えているのか、それとも学校から漏れてくる子供たちの泣き声かもしれないと思ったけれど、実際はそのどちらでもなく、パットは一瞬だけ(これは、多くの人々が顕著に感じた気分だった)これがそうなんだ、約束されていたものの侵入もしくは来襲なんだと信じた。そのとき、北のほうから一種の染みまたは広がる黒いさざなみが空をやってきて、パットは頭上をガンの大きな群れが通過するのを目にし、それにしては声が大きすぎるようだし、どこかべつの場所から(それともいたるところから)聞こえてくるようにも思えたけれど、結局さっきの物音は彼らの鳴き声なのだった。

南に向かっている。巨大なぎざぎざのVの字が、空の半分に広がっている。

「長旅ね」彼らの飛行、彼らの脱出を羨みながら声に出してそうつぶやいたあとで、ううん、そうじゃないと考え直した。脱出するわけじゃない、地球からは脱出できない、彼らは地球で生まれ地球で死んでいく地球の生き物で、おそらくは士気を高く保つために声をあげながら、今はただ自分の義務をはたしているだけなのだ。パット自身と同じ、地球の生き物。

ガンの群れが頭上を飛び去るころ、彼女はそれを得た。どういうわけか、彼らの通過の賜物だった。もっとも、どういうわけなのかは、あとになっても明らかにすることができず、そのことを思うたびに、あのガンの群れを、あの鳴き声を、そのとき感じた励ましだか喜びだかを思い出すだけだった。彼女はそれを得た。善意チケット（哀れな死んだエルマーの手の中にあるそれがありありと目に浮かんだ）に親指を押しつけることで、彼女はなにかに賛同したり屈したり、降伏したり屈伏したりしたのではなく、わたしたち全員もまた、そうしたのだと考え、そうだと願ってさえいるかもしれないけれど、そんなことをしたのではなかった。いや、そうではなく、彼女は約束をしたのだ。

「ええ、そうよ」と彼女は言い、ある種の無色の光が彼女の脳内で点灯し、そしてちょうどその瞬間、他の多くの場所の他の多くの脳内でも点灯し、その数があまりにも多かったから――それを知覚できるだれか（なにか）、はるか上空の、しかしわたしたちひとりひとりを識別できる場所からわたしたちと地球を見下ろしている者にとっては――暗くなった土地に無数の光が広がっていくように、あるいは、選挙速報マップの増えゆく数字を示すまばゆいランプのように見えたかもしれないが、じっさいには、夜明けのへりが西に向かって移動していくにつれ、わたしたちの脳が、ひとつひとつそれを得て、一瞬の輝きを放っているのだった。

　あれらが約束したんじゃない、彼女が約束した。善意。わたしは「はい」と言った、そしてもしわたしがその約束を守れば、以後、愛はすべて順調になる。あたうかぎり順調に。

「ええ」とまた彼女は言い、目を上げて見た空は、あまりにもうつろ、かつてないほどうつろだった。裏切りではなく約束、手放すことではなく手掛かりを持つこと。わたしたちが、ここでひとりぼっちのわたしたちが、その約束を守るかぎり有効。以後、愛はすべて順調。

　どうしてやってきたんだろう、どうしてあれほどの労力を払ってわたしたちに告げにきたんだろう、わたしたちには最初からずっとわかっていたことなのに。だれがそこまで気にかけてくれるだろう、わざわざわたしたちに教えにくるなんて。わたしたちがどうしたかを確かめるために、またいつかもどってくることがあるんだろうか。

　パットは、氷のように冷たい朝露に脚を濡らして家の中にもどった。長いあいだキッチンに佇み（背後のドアは開いたままだった）それから電話台のところへ行った。

　彼は二度めのベルで電話に出た。もしもしと言った。この数週間のあいだに流さなかった涙すべて、たぶん彼女の一生分の涙が、ひとつの大きなかたまりになってのどにこみあげてきたけれど、でもパットは泣かなかった。いいえ、今はまだ。

「ロイド」と彼女は言った。「ロイド、聞いて。話があるの」

タンディの物語

Tandy's Story

シオドア・スタージョン

大森 望訳

三人兄妹の真ん中の子供である少女タンディには、人をいらいらさせる天賦の才能があった。年の近い兄妹と揉め事ばかりだった彼女だが、雨ざらしにされたぬいぐるみ・ブラウニーと遭遇した日から徐々に変化する。それまでうつろいがちだった興味のすべてをブラウニーに注ぎ始めたのだ。

著者は一九一八年、アメリカ、ニューヨーク生まれ。一九三九年に短篇"Ether Breather"でデビュー。一九五〇年、第一長篇『夢みる宝石』を発表。一九五三年、『人間以上』で国際幻想文学大賞受賞。一九七〇年、短篇「時間のかかる彫刻」はヒューゴー、ネビュラ両賞に輝く。著書に『一角獣・多角獣』『輝く断片』など多数。一九八五年没。世界幻想文学大賞生涯功労賞受賞。

初出：Galaxy 誌 1961 年 4 月号

これはタンディの物語だ。しかし、まずはレシピから。用意する材料――カナヴェラルのくしゃみ、縮れのできたゲッター、漂う状態、サハラ墜落事故のアナロジー、ハワイと失われた衛星、利益分配プランのアナロジー。これらがつながった鎖に切れ目はなく、鎖のどれかひとつの環《わ》がほかの環より重要だということもない。すべてが重要だ。

もしこれがあなたの物語なら、投函されなかった手紙、ブーツの壊れた留め金、すみれ色の瞳のせつない記憶、マルサスの人口論、チーズ・シュトルーデルなどを材料にしたレシピからつくられるかもしれない。しかし、これはタンディの物語だ。

カナヴェラルのくしゃみからはじめよう。張本人は、白のガウンに滅菌済みの手袋をつけた無菌ラボの男。金めっきした直径五十八センチの球体を容器におさめようと両手で持ち上げたときのこと。彼は手を二本しか持っていなかったため、口元をおおうすべはなかった。はっくしょん。

では、いよいよタンディの物語を。

タンディの兄のロビンは、人生の最初の二年間をひとりっ子として過ごし、生涯その経験を克服することがなかった。妹のノエルは、タンディが〝三歳児〟と呼ばれる意識状態へと通じる高い一段を昇りかけているころに誕生した（弟のティモシーが生まれるのはもっとあとのことだし、ともかくこれは彼の物語ではない。これはタンディの物語だ）。

タンディは五歳にして、自分が置かれている状況をはっきりと自覚した。長男のロビンは彼女より大きくて強く、知識も知恵もタンディの上を行くから（じっさいにはそうではなかったが、それに気づくにはタンディは幼すぎた）、好きなようにタンディを小突きまわせるし、それをやめさせるにはだれかの助けを求めて叫ぶしかない（言い換えれば、タンディは上からの攻撃にさらされている）。その一方、妹はタンディの足元の地面を掘り返している。一家のちっちゃくて楽しいお荷物である幼いノエルは、不可解なことに（ロビンまで含めて）タンディ以外の家族全員を喜ばせた。しかも、ノエルの降臨は、必然的に、タンディに対する両親の関心を相当程度奪うこととなった。タンディは家庭内における〝うちのかわいいベビー〟の座を失い、かといってロビンの第一子の座を襲うこともなかった。これは不公平なことに見えた。だからタンディは自分にできることをした。助けを求めて叫んだのである。

ふつうの叫びが、中断もしくは爆発もしくはコミュニケーション上の転調だとすれば、タンディの叫びはふつうの叫びとはまるきり違っていた。その目的と比喩的な意味あいをべつにすれば、そもそも叫び声でないことさえあった。ときには泣き声——それも、きわめて特殊なすすり泣きで、とくに大きくもうるさくもなく、タンディがしゃべる言葉の中に、一文あたり二回の割合で出現する。でなければ、たんになにかをねだる手段——ねだってねだってねだりつづけるせいで、根負けした親が「はいはい」と折れてもそれが耳に入らないし、とうとう腹を立てて「だめ！」と怒鳴りつけても気がつかない。あるいは、瞬間的に涙に訴える——目を真っ赤にして唇をわななかせながら、ほかの子だったら大声を出そうとも思わないようなこと（「あたしがブルーのドレスを着たのは月曜じゃなくて火曜日だった」とか）を主張したかと思うと、同じように瞬間的にけろりと涙をひっこめる（どういうわけか、むしろこっちのほうが気に障《さわ》った）。はたまた、年長者が三度、四度、五度とくりかえし呼びかけても徹底的な無反応を百パーセント完璧に貫徹し、それからとつぜん破壊的な金切り声で、「聞こえてるわよ！」と叫んだり。

　つまりタンディには、他人をいらいらむしゃくしゃさせる天賦《てんぷ》の才能があった。

　この前提をはっきりさせたうえで、公平を期してつけ加えれば、タンディは同時に家族全員にとって愛すべき子供であり、愛される子供だった。タンディの両親は、子育てを真剣に考えていた。長女の癇《かん》に障る性質の理由を（平均レベルをはるかに上回る、そういう天賦の才の持ち主だということを）よくわきまえていた。長いまつ毛とそばの実の色をした髪としなやかな体を持ち、まっすぐで完璧なかたちの鼻にそばかすを散らしたタンディは、気のやさしい子供だったから、両親は彼女を愛し、その愛情を惜しみなくかたちにした。

しかしそれも、〝ナンバー2の子供〟というタンディの地位を変えることはみじんもなく、押しつけられたこの地位に対する反発と助けを求める叫びが、（愛されていたにもかかわらず）熾烈《しれつ》な擦過傷戦争の多発を招くことになった。

年齢の近いきょうだい同士として、タンディとロビンがうまくやっている時期もあった。そしてもちろん、おとなしいノエルとは、ほとんどだれでもうまくつきあうことができた。しかし、そういう時期は両親が望むほど長続きせず、だからこそ、ちょっとでも平和が続くと家族からは熱烈に歓迎された。たとえて言うと、喧嘩の絶えない子供たちを持つご婦人が、朝から珍しく静かなことに不審を抱いて「あんたたちなにやってるの？」と家の中から大声でたずね、ポーチの下から子供の声が「パパのかみそりの刃の包み紙をマッチで燃やして遊んでるんだよ、ママ」と答えるのを聞いて、「よかったわね。とにかく喧嘩しないのよ……」と言うようなものだった。

つまりそういう時期には、子供たちは事実上どんなことでも見逃してもらえたし、タンディのいつもの活動は、自分ひとりきりの、他人から離れた場所で行われるのがつねだった。

といっても、完全に離れていたわけではない。

おそらくは、家族の多い家庭で孤独に育った結果だろう、タンディは家の外から中を覗いたり、家の中から外を覗いたりすることを好んだが、グループに属するのは嫌いだった。近所の子供たちが芝生に集まってかくれんぼやキックボールをしているときなど、ゲームがはじまってしばらくたつと、タンディが四十歩ほど離れたドライブウェイの脇にひとりでしゃがみこんでいるのが観察できた。土をこねてつくったケーキを小石や小枝のデコレーションで飾ったり、人形のルービーを相手に（じっさいにルービーがいるときもいないときも）おじぎやキスやいろんな声色を使ったひとりごとで手の込んだ芝居を演じたり。タンディはきちんとしたきれいな言葉で話した。しゃべることを覚えた最初からそうだったし、慣用句の使い方や言い回しはうますぎてかわいげがないほどで、まわりの大人がばつの悪い思いをすることもしばしばだった。たとえばタンディがシャクヤクの茂みを相手に、父親そっくりの口調で、「いったい何様のつもりだ、催眠術にでもかかってるのか？」と詰問しているのを、当の父親が立ち聞きしたときなどがその一例。タンディのこうした行動が、相当程度の注意を他人に喚起する場合もあった。生まれつきそういう子供がいるものだが、タンディも五歳児としては驚くほど手先が器用で、どんな画でも一筆書きでさっと描いてしまう。線と線の継ぎ目にぎくしゃくしたところはなかったし、人間の体を描いても頭や手足がばらばらに見えるのではなく、ちゃんと一体になった身体構造に見えた（じっさい、いまにも動き出しそうな印象を与える画だった）。ときにはそれが、好奇心いっぱいの見物人たちを引き寄せることもあった。たとえば、赤い楓《かえで》の葉と濃いピンク色のノウゼンカズラの花を六列にわたって芝生に敷きつめてから、その前で重々しくポーズをとり、息を殺してぶつぶつつぶやきながら棒の先でひとつずつ順番に葉や花を指してゆく——そんなときのタンディは、磁石のように吸い寄せられて魅入られたようにそれを見つめている七、八人の子供たちがまったく目に入っていない。タンディが質問に答えてくれることもあれば、答えてくれないこともあった。返事をひきだすために、ときには思い切った手段が必要な場合もある。たとえばあるとき、業《ごう》を煮やしたロビンは、葉と花びらの注意深い配列を足でめちゃくちゃに乱してしまい、それでようやくタンディから、わたしは学校で生徒たちに教えてるの、楓の葉が男の子でノウゼンカズラの花が女の子だったのにと（高い授業料を払って）教えてもらった挙げ句、お兄ちゃんのエレクターセットをゴミに出してとママに言いつけるからうんぬんかんぬんとさらにいろんなことをまくしたてられたのだが、正確にタンディがどんな言葉で兄を脅迫したかは神のみぞ知る。この段階まで来ると、タンディの台詞《せりふ》は聞きとり不能の金切り声になっているからだ。

縮れのできたゲッターは、打ち上げを待つ巨大宇宙船の第二段ロケットに搭載された遠隔測定装置の部品となるRF増幅真空管の金属ケース内にあった。ゲッターの役割は、真空管内の残留ガスを吸収し、内部の真空状態を高めることだ。縮れは不純物の混入を意味していたが、ごく微量だったので、ようやくトラブルが発覚したのは、カウントダウンが打ち上げ十二時間前まで進んだときだった。密度の希薄なガスがイオン化してシューッ！と放出され、またイオン化し、またシューッ！と放出された。

真空管を交換するため、二十四時間前まで時計をもどしてカウントダウンが再開された。

この結果生じた十二時間の遅れによって、カナヴェラルのくしゃみの霧が水分を失い、直径五十八センチの球体上にへばりつく時間的余裕ができた。くしゃみに含まれていた有機物のうち、大部分の細菌は死滅したものの、他の細菌は包嚢を形成し、顕微鏡以下の大きさの一群のウイルスは、革のように硬い、結晶のようなゼリーに変わった。

タンディが暮らす家のまわりに広がる森は、隣家三軒の先祖たちが三代にわたって土地を奪い合う過程で起こった珍妙なアクシデントにより、村の中心もしくはほぼ中心に位置している。タンディの家が建つ三エーカーの地所は、森および小さな沼ひとつから成る推定二十エーカーの他人の土地に囲まれていたが、それでも村の共有芝地からは歩いて十分と離れていなかった。

そしてタンディは、その近辺のどこかで——家か、庭か、芝生か、沼か、森の中で——ブラウニーと遭遇した。

ブラウニーには、雨ざらしにされたぬいぐるみにしか持ちえない、雨ざらしにされたぬいぐるみ的な印象があった。背の高さはおよそ二十三センチ。服もしくは肌は（正確に言うと、ブラウニーの表面はその両方だ）濃淡さまざまなカーキ色と迷彩グリーン。〝ブラウニー〟（スコットランドの伝承に出てくる褐色の小妖精）なる呼称は、とんがり帽子らしきものをかぶった頭部に由来する（もっとも、タンディの父親が一度コメントしたように、「とんがってるのは帽子じゃなくてその妙なやつの頭だよ」という説もある）。腕と脚はまっすぐな棒状で関節はひとつもなく、苔が生えたソーセージのようだった。手は黄色がかったピンク色のくたっとしたフェルト片、足はデフォルメを得意とする漫画家が描いた老守銭奴《ろうしゅせんど》の巾着袋みたいに見えた。顔は――まあ、とにかく顔としか言いようがない。ふたつの目は黒い円盤で、すっかり色褪せているため、目を閉じているのか開いているのか、それさえわからない。鼻は〝のマーク、その下にある横向きのすじは珍妙な表情を浮かべた――右側は笑み、左側は仏頂面――不細工な口か、それとも土で汚れた染みかもしれない。

　その後の出来事に照らせば、発見の日なり、啓示の瞬間なり、パンドラの箱を開くような事件なりがあってしかるべきだと思うところだろう。だが、そんなものはなかった。

　ブラウニーは何週間も、ひょっとしたら何カ月も前から、そのへんに転がっていた。みんなそれを目にしていたし、わきに蹴り飛ばしたり、「いつかこのがらくたの山をかたづけなきゃ」という母親らしい嘆きの口実に使ったりしていた。ロビンは一度、死んだ猫用のお墓を掘り、死んだ猫が見つからなかったので、かわりにブラウニーを埋めたことがある。ノエルは一度、ブラウニーを連れてベッドに入り、母親が夜のあいだにそれを窓から放り出したことがある。つまりブラウニーは、あちこちへこんでいるがまだ完全に壊れてはいない人形用の車とか、ブラシ部分が焼きついた玩具用モーターとか、耳がとれてしまったぜんまい仕掛けのキリンとか、そういうものの同類だった。日常のつづれ織りの中で、ブラウニーは色のはっきりしない糸となって、おもちゃとがらくたの境界を行ったり来たりしていた。

タンディがブラウニーに心を奪われたきっかけも、同様にはっきりしない。そればかりか、タンディが興味のありったけをブラウニーに注ぎはじめたときでさえ、家族のだれひとり、たいして気にとめなかった。というのもタンディは……そう、たとえば毛虫の一件。四歳のとき、タンディはテンマクケムシをつかまえて、二日間、コーヒー豆の空き缶に入れて飼っていた。フレディと名前をつけ、餌と水をやり、夜には人形用の毛布をかけてやることまでした。二日めの夜、タンディは大声で泣きながら目を覚ました。フレディのことが心配で心配で大暴れして、缶を見つけ出しただれかがそれをベッドに持ってきて見せてやるまで泣きやまなかった。当時存命だった祖母は「あの子にはペットが要《い》るね」とわけ知り顔で言い、家族みんながうなずいて、ペットをどうすべきかについて相談した。翌朝、タンディは「散歩ができるように」とフレディを家の前の敷石の上に置いた。フレディは散歩に出かけた。永遠に。

それから半日のあいだ、家族はタンディが雷酸水銀でできているように抜き足さし足でそばを歩き、ダイナマイトの上にでもすわっているように食事をした。

しかしタンディはフレディの消息をたずねなかったばかりか、彼について一言も触れようとしなかった。コーヒーの空き缶につまずいて転びそうになり、うるさそうに蹴飛ばしたときでさえ、それを見ようともしなかった。以来、タンディの執着は、予測も判断もつかないものとなった。人形のルービー・シンディと結んだような血を分けた姉妹の契《ちぎ》りを結ぶ可能性もあるし、フレディとの場合のような一過性の熱かもしれない。さて、ブラウニーの場合は……家族がじょじょに気づきはじめたのは、タンディが新しい興味の対象を見出したことではなく、しばらく前からタンディがこの人工物のまわりの軌道を周回しているということだった。そして、タンディが軌道を周回するときは、宇宙全体もその周囲をまわる。この軌道をはずれる場合には（家族全員を含めて）その理由をタンディに釈明する責任を負うことになる。

軌道と言えば、そろそろ〝漂う状態〟のことにも触れておくべきだろう。ほかの呼び方では用をなさないし、この呼び名でさえも不正確だ。それは……まあ、物質ではある。しかし、たとえて言えば渦巻きのような自己完結したエネルギー様の物質だから、〝物体〟と呼ぶよりは〝状態〟と呼ぶほうがまだしもふさわしい。漂う状態は、その創造主にとってそれがなんらかの役に立つような場所でつくられた。それは数億年のあいだ一度も生命を利用したことがなかったものの、それなりの生命を持っていたと言うこともできるだろう。そして、この物語を読んでいる読者やその読者を育む惑星の存在を可能にしたのと同程度にありえない偶然によって、漂う状態は、宇宙に浮かぶ金色の球体と針路及び速度がたまたま一致することとなった。それは黄金に輝く球面の一画、4×6ミクロンの面積に接触し浸透し、幸運にも、そこにへばりついていた有機体の一部——乾燥し凍結したウィルス一個と包嚢を形成した細菌二個——を発見した。それは後者を分解し、利用した。そして前者を復活させたが、ウィルスの物理的な構造は根本から再構成したので、生みの母のアミノ酸にも見分けがつかないほどに変化していた。状態Xはこの時点で（状態として

の特性を保ったまま）物体Xとなり、我と我が身に切れ目を入れて分裂した。そしてもう一度分裂した。分裂が二度でストップしたのは、ある特定の（きわめて重要だがここでは詳述する紙幅のない）物質のストックが尽きてしまったからだった。いったん生命を得れば成長しつづけなければならない。それがこの存在の宿命だが、成長が不可能なら分裂を中止せざるをえず、分裂を中止するなら、数十億年の時間を要する複雑なサイクルを実行して、もう一度、たんなる〝漂う状態〟へともどるしかない。このサイクルを開始しない

かぎり、それは死ぬ定めだった。それが知る方法によって、それは黄金の格子の中を流動し、球体を四分割して探査し捜索し、そしてようやく方針を定めた。

それは、下方に横たわる巨大な惑星に注意を向けた。

あるとき――いつだったかタンディ自身は覚えていないが、早春のことだった――タンディはブラウニーに家を建ててやった。まあ、その実体は、ガレージの裏で見つけた古いかご編み細工の魚籠《びく》だが、タンディを一日観察すればだれでもすぐわかるように、これは家だとタンディが言えば、それは家なのである。それ以外の呼び名は、たんにあなたの意見でしかなく、しかもあなたには意見を述べる資格がない。それに、タンディの判断にはある種の妥当性があった。対象物がその本来の性質を失って彼女がこうだというものになるのにそう時間はかからないからだ。かくして魚籠はたちまちその魚籠性を喪失し、ブラウニーの家となった。

タンディはそれをガレージの裏の壁にたてかけた。ガレージの先には古い石塀があり、両者のあいだに広がる地面には雑草ばかりが生い茂っていたが、一家がいつか二台めの車を手に入れたときの簡易車庫として、差し掛け屋根がつけてあった。屋内とも屋外ともつかない、うってつけの場所だった。タンディは魚籠の手前に何本か杭を立て、捨ててあったベニヤ板の四角い切れっぱしをその上に載せた。簡易車庫のミニチュア版という趣きだが、その後タンディはそこに壁を追加した。最初の壁は段ボールだった。魚籠が寝室で、残りのスペースはリビングルーム。

復活祭でもらったお菓子のバスケットを捨てずにとっておいて、それをベッドにした。

タンディは毎朝ブラウニーを起こし、毎晩ベッドに寝かせた。週末には昼寝もさせた。それに食事も。

ブラウニーのために小さなテーブルをしつらえ——クリームチーズの箱じゃなくて、あくまでもテーブルだ——その上には貝殻の皿とドングリのカップ、それに薬瓶（ぴんぽん、これは花瓶です）を並べた。春の気配が見えはじめたころからタンディは毎日この食卓に食事を用意するようになったが、それ以前から、雪のアイスクリームやおがくずのシリアル、きのこのステーキ、木切れのパンを食べさせていた。タンディはたえまなくブラウニーに話しかけ、ときには厳しく叱りつけた。そして、タンディらしい唐突さで、自由な時間すべてをブラウニーと過ごすようになった。

家族のだれひとりとくにそれに気づかないまま三月が過ぎ、四月の大半が過ぎた。なにか変化に気づいたとすれば、たぶんタンディがおとなしくしているのをありがたく思ったくらいだろう。タンディがブラウニーといっしょに過ごす一分間は、助けを求めるタンディのうめき声や泣き声や金切り声やわめき声を聞かずに済む一分間を意味した。もちろん、タンディがブラウニーと離れて過ごす時間もあった。その大部分は、彼女が学校にいるあいだのことだった。

学校というのはもちろん幼稚園のことだが、タンディにとっては授業時間が長すぎたかもしれない。幼稚園は離れた場所にあり、スクールバスを運行させる都合上、ふつうの幼稚園のように九時から正午までの時間割ではなく、ふつうの学校のように午後三時までだった。昼食のあとは休み時間を長くとってあるものの、五歳児に忍耐を要求するには授業時間が長すぎるんじゃないかというのが大方の見解で、タンディ自身がその意見に賛成だったのはまちがいない。はじめてもらってきた通信簿の評価はあまりかんばしいものではなく、二度めの評価はさらにいくらか悪化していた。かといって心配するほど悪くもなかったが、両親は、最低の成績がついている評価項目を見てショックを受けた。『はっきりした言葉できちんと話す』という項目に、先生は〝できない〟を意味するマークをつけていたし、『右と左がきちんと区別できる』には〝めったにできない〟のマークがついていたのである。両親は驚いて顔を見合わせ、それから父親が「なにかのまちがいだ！」と叫び、母親は「これがタンディのわけないわ。よその子の通信簿をまちがって持ってきちゃったのよ」と言った。

しかし、ある日の午後、母親が幼稚園の先生を訪ねて面談した結果、そうではないことが判明した。

ライオンのように猛然と幼稚園に乗り込んだ母親は、先生の忍耐力に感服してしおしおと帰宅し、いまふたたび（前に一度、ロビンがべつの問題で彼女をそういう目に遭わせたことがあったので）多少のおもしろみもあるとはいえ親としてはつらい事実を——つまり、自分の子供についていかに無知であるかを——思い知らされる結果になった。当惑した父親が口にした言葉を借りれば、「親馬鹿の子知らず」。幼稚園の先生は、歴然たる証拠と疑問の余地のない正確性で、両親が知らないタンディの姿をありありと描き出した。強情で御しがたく、消極的で言うことをきかない子供。いちばん信じがたいのは、幼稚園のタンディがしじゅう赤ちゃん言葉でしゃべるという事実だった。子供の真の姿を見抜いて、ほんとうはそれほど出来の悪い子ではないと察知するベテラン教師の観察力も、総合的な評価を改善する役にはまったく立たなかった。というのもそれは、タンディが右と左をわざとまちがえること、自分から進んで赤ちゃん言葉をしゃべること、ハンカチや手洗いのエチケットを無視するのはうっかり忘れたせいではなくてちゃんと覚えているからだということを明白に物語っていたからだ。

なによりの証拠は、そうした振る舞いがけっして行き過ぎないことだった。タンディは、廊下に立たされるようなお決まりの罰を受けたことが一度もない。行儀の悪さがはっきりかたちになる直前で、いつもぱっとそれをやめる。言ってみれば幼稚園のタンディは、ちょっとだけ引きずる片足、歯痛にまではならない違和感、胸焼け一歩手前の不快感だった。

両親は暗い気持ちで相談し、それからタンディを呼んで話を聞いたが、娘は「どうして？」と「あたしはただ――」の合間に、いまいましいしぐさで肩をすくめ、天をにらみ、ふりまわした手をじれったげに自分の太腿《ふともも》に叩きつけた。それは母親が怒ったときのしぐさそっくりだったから、両親にとってはよけいにいまいましかった。

そこで父親は、とうとう腹立ちまぎれに長い人差し指を娘につきつけ、こう宣告した。

「よし、決めたぞ。もうブラウニーは禁止だ」

サハラ墜落事故のアナロジーとは、アフリカの砂漠に不時着したB‐17の逸話を意味する。大方は悲劇に終わるタイプの事件だが、この場合はハッピーエンドだった。理由は以下のとおり。クルーは全員そろって脱出しようとは考えず、ひとりを選んで救援を呼びにいかせた。ここで重要なのは、その男がコンパスだけではなく、彼らが持っていた水の備蓄のほとんどすべてを携行したことだ。残ったクルーは一日にスプーン三杯の水分補給だけで耐え、壊れた機体の下で砂に埋もれ、できるかぎりじっと動かずに助けを待った。黄金に輝く球形の人工衛星上にいる生物の場合もそれと同じだった。生物は、四つに分裂した自分のうちの一体に命じて、衛星に搭載されているホイップアンテナの一本の先端へと辛抱強く進ませた。しかるのち、それが知る方法で──先に述べたとおり、それは人類に未知の力を自身の内部に渦巻き状に織り込んできちんと格納してあった──アンテナの先を折り曲げて切断し、軌道ベクトルとは反対方向の虚空に向かって、その微小な物質片を解き放った。アンテナのかけらは長いあいだ人工衛星と同一軌道上を周回していたが、そのあいだにもたえず少しずつ離れつづけ、やがて星々のきらめく虚空を渡りはじめた。そのかけらは、それ全体が持つ微量の有機物すべてを携えていた。四分割されたうちの残り三つは休眠状態に入り、ぴくりとも動かずに死もしくは救出を待った。そして四つめは、アンテナのかけらといっしょに地球へ向かってゆっくりと落ちていった。はてしなく長い時間をかけて……。

さて、子供のしつけには、与えることと（げんこつとか、アイスクリームとか）でコントロールする方法と、とりあげることでコントロールする方法がある。タンディの父親は、頭に血が上ると後者の手段に訴える傾向が強かった。こういうやりかたがあまりに極端だと、お仕置き用の〝とりあげるもの〟リストに入れられてしまうことを恐れて、こっちのほうがいいとかこれが好きとか、自分からはぜったいに言わない子供に育つ場合さえある。母親のおかげもあってか、この家の場合はそこまで極端ではなかった。母親はそういうやりかたを嫌っていて、いつも迅速に対応した。「もうブラウニーは禁止！」の宣言を聞いた瞬間にタンディの顔に浮かんだショックを見るなり、母親はすばやく「……もし今みたいにみんなを困らせるならね」とつけ加え、父親の押し殺した怒りのうなりを無視して、「さあ、走っていって、ブラウニーにちゃんと話をしてきなさい」と逃げ道を与えた。

タンディは、子供のしつけについての意見交換を続ける両親を残して外に出ると、言われたとおりブラウニーと話をした。たぶんこれが、ほんとうの意味ですべてのはじまりだったのだろう。

タンディはこれまで、このブラウニーのためにいろんなことをしてやってきた。今度は自分のために実行すべきことがあると、はじめてはっきりさせたのである。

幼稚園での生活態度に変化があったとしても、当然ながらただちにそれが家庭に伝わるわけではなかったし、家の中の状況について言えば、とりたてて変化はなかった。あいかわらず、ブラウニーと過ごす時間が、めそめそ時間や泣きわめき時間を吸収し、ノエルやロビンとの大騒ぎや喧嘩の回数を減らしていた。

平日のある朝、ガレージのほうを向いて物干し綱いっぱいに洗濯物を干している最中、母親はふと思い立って、タンディの〝プロジェクト・ブラウニー〟の進行状況を見学しようと、ガレージの裏にまわってみた。ようすを見るのは数週間ぶりだった。段ボールの壁が交換されたのはなんとなく覚えていた。ちっぽけな花瓶にスミレ、カスミソウ、ニワナズナが生けられていたのも知っている。それに、しばらく前の朝、裁縫箱とキッチンの小物入れを空《から》にして中身を整理していたとき、捨ててもいい余りものをまとめて、「ブラウニーにどうぞ」と娘に手わたしたことも思い出した。そういう宝物をタンディがひとつずつ大喜びでコレクションし、リボンの切れ端や古いコルク栓や使い古した哺乳瓶の乳首の所有権を兄妹と貪欲に争って、家中を散らかし放題に散らかしたりしていた時期のことだった。ところがこの朝のタンディは、もらったがらくたをぜんぶ居間のテーブルに広げ、器用な小さい手を矢のように動かして、ものの数秒のうちに、壊れたナットピックの先っぽ、ウェッジウッドのピッチャーの把手《とって》、水色をしたナイロンとウールの糸、真鍮《しんちゅう》の留めネジを選び出した。

「ブラウニーにこれがいるの」ときっぱり言う娘に、母親はびっくりして、「それでぜんぶ？」とたずねたものだった。タンディは、父親の口調を正確に真似してこう答えた。「いやはや、ブラウニーなんぞがどうしてこんながらくたをほしがるもんだか」そのとき母親を驚かせたのは、タンディが珍しく欲張らないことではなく、娘がそれを選ぶときの、まったく躊躇《ちゅうちょ》のない手つきだった。

そんなことを思い出しながら、母親はガレージの裏にまわり、ブラウニーの家を見た。

古い魚籠はいまも寝室として使われているが、それ以外の建築構造は見違えるほど変化していた。段ボールの壁は木の板――ポーチの下に積んであった半端な合いじゃくり板の山――に交換されている。といっても、タンディが（またはタンディに頼まれただれかが）大工仕事をする物音など聞いたことがなかったから、まちまちのサイズの板を鋸《のこぎり》で切って同じ高さに揃えているわけではない。板を垂直に立てるため、砂利《じゃり》まじりの地面に穴を掘り、一枚一枚の板の長さに合わせてその深さをいちいち変えることで、てっぺんが水平に揃うようにしているらしい。板の壁の一面には、ガラスのかわりにセロファンを張った小さな四角い窓がふたつ。もう一方の壁には、ピクチャーウィンドウに似せたもっと幅の広い窓。屋根は前と同じくベニヤ板の端切れだが、そこに土を敷きつめ、その上に鮮やかな手際できれいに苔が葺《ふ》いてあった。

母親はひざまずいて家の中を覗いた。床には、まばゆいほど白い粉が敷かれている。ひとつまみとって感触をたしかめ、においを嗅ぎ、さらにはちょっと舐めてみることまでしたけれど、粉末の正体はわからなかった。あとでタンディに訊いてみよう。テーブルにかかっている布は、母親が着古したドレスを裁断して布巾に使っていたものだが、しみひとつなく清潔で——アイロンまでかけてある——へりのほつれが見えないように周囲はきれいに畳み込まれている。そのテーブルクロスの上には薬瓶の花瓶。ちょうど半分まで透明の水を満たし、コマクサの花が一輪挿《さ》してあった。全体的な印象は、シンプルで趣味がよく、ちょっと日本風の感じ。家のさらに奥は魚籠の寝室で、楕円形の化粧台が置かれている（布のカバーと裾飾りがついているものの、その輪郭から、オイルサーディンの缶を逆さまにしたものだと見当がついた）。化粧台の上にはタンディのバースデー・ポケットブックについていたミニチュアの鏡があり、その前には立派な丸椅子（木製の大きな糸巻きに切り抜いた段ボールを糊付《のりづ》けしたもので、化粧台カバーとおそろいの端切れで同じようにカバーと裾飾りがついている）。そして、ベッドの上にはブラウニー。

　その枕の、白くて清潔でふかふかに見えるカバーがなにでできているのかたしかめようと、母親はほとんど腹這《はらば》いになって中を覗き込んだ。たしかにぜいたくな生地だ——ハナミズキの花弁。ブラウニーはキルトにくるまって（それを古い鍋つかみと呼ぶ気にはなれなかった）、すやすやと眠っている。

　母親はくすっと笑った。あの黒く塗った丸い目は、開いてるつもりなんだっけ、それとも閉じてるつもりなんだっけ……そう思ってもう一度あらためて見つめると、開いているような気がした。しまった、昼寝の邪魔をしてしまった。ばつの悪さで顔が赤くなり、もうちょっとで「ごめんなさい！」と言いそうになる。母親はやれやれと頭を振りながら立ち上がった。

いま立っている場所から古い石塀までのあいだは、ふだんは雑草が我が物顔にはびこっていた。このあたりの土は砂まじりなので、芝生を植えようとか花壇をつくろうとかいう気にもなれない。じっさい、前庭の芝生は、わざわざトラックで運び込んだ表土の上に植えたものだった。それでも――。

それでもいま、そこは整然とした美しい庭園に変貌していた。ブラウニーの家と雑草の元領土とのあいだにはキンセンカが一列に並び、そこから塀までは、丈の低い、蜘蛛《くも》の巣のようなダークグリーンの植物が畝《うね》をなして一面に植わっている。名前も知らない植物で、雑草の一種というぐらいのことしかわからない。

母親は無言で母屋《おもや》にもどった。

その日はスクールバスでトラブルが発生し、ロビンが血だらけで意気揚々と帰ってきた。母親はタンディとブラウニーの話をするつもりでいたが、バスの中でなにがあったのかを解明するまでにかなりの時間を要した。どうやら、どこかの〝おっきい子〟が、昔ながらの囃《はや》し唄《うた》、「見いちゃった見いちゃった、タンディのパンツ見いちゃった」を歌いはじめ、ロビンがその子に殴りかかったところ、反対にこてんぱんにぶちのめされたらしい。

スクールバスに同乗している幼稚園の監督員が割って入って喧嘩を止め、ロビンは自分のほうがひどくやられたにもかかわらず鼻高々。タンディは兄に対する賞賛の念でいっぱいらしい。

母親もその両方の感情を抱いた。ロビンが妹を守るために実力を行使したのはこれがはじめてだった。尋問と反対尋問を経て、子供から話を聞き出すときにつきものの言語的ジグソーパズルを完成させ、相手側の親に電話をかけて気まずい会話を済ませたあと、母親がふと気づくと、タンディとではなく、ロビンとふたりきりになっていた。タンディはいつのまにか、ガレージの裏の大切なもののところへ、いちはやく逃亡していたのである。

「ロビン、喧嘩はよくないけど、でも、タンディの味方をしてくれたのは母さんもうれしいわ」

「うん、あの子はだいじょうぶだよ」とロビンは言った。いつもは、あのチビの告げ口屋とか、あのキーキー馬車とか、がに股猫背のちんちくりんとか呼んで、しょっちゅう喧嘩ばっかりしているのに。母親はあんぐり口を開け、ぐったり椅子にすわりこんだ。

しばらくそこにすわったまま気をとりなおそうとしているうちにロビンは自転車に乗ってどこかへ行ってしまい、しばらくしてタンディがもどってきた。きれいな洗濯物の山を抱えてよたよたと歩いてくる。母親はぱっと立ち上がってスクリーンドアを開けるのに手を貸してやり、それからまた腰を下ろして頭を抱えた。「タンディ！」

「もうすっかり乾いてたんだよ、ママ。だからとりこんだの」

「そうすっかり乾いてたの」と母親は弱々しく言った。

「すっかり乾いてた。ねえ、ママ……」

母親にはどうしても訊きたいことがあった。もしそれがダイヤモンドのティアラなら、人を殺してでも手に入れたいぐらいに。「なあに？」

「ねえ、ママ、テーブルをセットするやりかた教えてくれる？　そしたら毎晩ママが夕食の支度をしてるあいだに、わたしがテーブルをセットしてあげられるでしょ」

そこでしばらくのあいだ、母親はブラウニーのことを質問するのをすっかり忘れてしまった。

ブラウニーのことはずいぶん考えたものの、彼の昼寝を邪魔したときに感じたあの滑稽なばつの悪さの名残りなのか、母親がブラウニーの家を見にいくことはめったになかった。しかし、ある日の午後、きちんとセットされたあの小さなテーブルや化粧台、椅子や鏡や輝く白い床（とにかく、あれはいったいなんなんだろう？）のことを考えているとき、母親はふとあることに思い当たった。三歳のノエルにとって、あれは抵抗しがたい誘惑なんじゃないかしら。ノエルがあの精巧な工作の中にうれしそうに這いずり込み、白い床をひっかきまわし、チーズの箱のテーブルに寄りかかって潰し、苔の屋根をひっくり返すところが目に浮かんだ。

「ノエル……」

「?」

「ノエル、タンディのブラウニーのおうちにはすごく気をつけなきゃだめよ。タンディがいいって言ったとき以外はあれで遊ばないのよ。わかった?」

ノエルはきつい巻毛の頭をいかめしく振った。「キンシだもん」

母親は小首を傾げてノエルを見つめた。ノエルが禁止されていることはたくさんあるけれど、だからといって……。「それでもとにかく、ひとりであそこへ行っちゃだめ」

「あたしはキンシだもん」とノエルはその言葉を思いきり強調して言い、母親が反射的に考えたのは、(a)禁止ルールがこんなにうまくいくならタンディのやりかたを見習おう。(b)それでもやっぱりノエルからは目を離さないほうがいい。

その十日後、ブラウニーの家をノエルの魔手から守るべく警戒する必要はまったくないことが実証された。土曜日のことで、父親は家にいた。ロビンは自転車でどこかへ出かけていた。タンディはガレージの裏で楽しげに働いていた。前庭にいた父親が玄関口から叫んだ。「草取り用の熊手がどこへ行ったか知らないか?」

母親の写真的な記憶力は、それが野菜畑の畝の横にある映像を目に浮かべた。ああ、もちろん。「ノエルちゃん、ガレージの裏に行って、父さんの小さい熊手をとってきてちょうだい。タンディがどれだか教えてくれるから」

訴えるような口調で、「だめよ、ママ！」

「ノエル！」

「キンシだもん！」とノエルは言い、いつも明るく元気なこの子としては信じられないことに、わっと泣き出した。

最初の衝動は力と威厳に訴えることだったが、その次に湧き上がってきたのはこの幼い娘に対する深い愛情だった。「まあ……ノエル……」

「かくれうぅ！」ノエルはタンディのやすりのような独特の絶叫によく似た声で叫んだ。そしてノエルはたしかに隠れた。効果的ではないにしろ（青いベビー簞笥《だんす》の中にいるのはまるわかりだ）、真剣そのものだった。どうやら姉の〝キンシ〟は、大人に反抗することもためらわせないほど強力らしい。母親はためいきをつき、裏口へ足を向けた。「タンディ！」

「はい、ママ……」

「パパの熊手をパパのところへ持ってってあげてちょうだい。要るんだって！」

「除草用の小さいやつ？」

「ええ、そうよ、タンディ」

黄色いドレスを着たタンディがガレージの裏からとことこ駆けてきて、前庭の芝生へ向かうのが見えた。黄色がまた閃《ひらめ》くまで待ってから、裏口へ呼び寄せた。

「ブラウニーで遊んじゃだめって、ノエルにすごくきつく言ったでしょう。ノエルは、禁止されてるって怯えて、裏へ行かないのよ」

「そんなことしてないよ、ママ」

「タンディ！」（名前だけを怒鳴るのは、母親がお気に入りの叱責手段だった）

この数カ月ではじめて、タンディはほっぺたをぷっとふくらませ、目をらんらんと輝かせ、唇をぶるぶる震わせた。

母親は衝動的に足を踏み出し、タンディの手首をつかんだ。「よしよし、いいのよ。ママを連れてって、なにをしてるのか見せてちょうだい」

タンディはただちに口をつぐみ、スキップしながらガレージの裏へと母親を案内した。母親は、前に見た驚異の光景を下敷きに、（世の母親ならたいていだれでもそうするように）お世辞を言う準備をしていた。しかし、こんなものを目にするとは予想もしていなかった。

小さな家から壁の一面が撤去されていた。地面から引っこ抜いた板はそのへんに放り出してある。屋根は、反対側の壁と魚籠のてっぺんでまだ支えられている。そばには、そのへんで拾ってきた平べったい石ころの山と、生コンの小さな袋がひとつ。種用の平箱がこて板がわりで、要らなくなったフライ返しがこてがわり。

タンディは沈着冷静な手つきで、また一枚、壁の板切れを引き抜き、かわりに石ころを置いた。

「タンディ！　まあ、ママはちっとも……こんなことだれに習ったの？」

「体育のホームズ先生に聞いた」

「でも――でも……コンクリートはどうしたの？」

「買った。お小遣いとアイスクリームのお金をぜんぶ貯金してたの。べつにいいでしょ？　自分で町に買いにいったりはしてないよ。ロビンが自転車で買ってきてくれた」そう言いながら、タンディは砂遊び用のおもちゃのバケツから平箱に水を注ぎ、コンクリートをこねはじめた。

「ロビンはそんなこと一言も言わなかった」母親はかぼそい声で言った。

「訊かなかったんじゃないの、ママ」

「訊かなかったかもしれないわね」母親は唇を舌で湿した。「タンディ、こんなことどうやって考えたの？」

「考えたんじゃないよ。やっただけ。それだけ」タンディは大量のコンクリートをフライ返しのこてですくって、新しい石組みの壁のてっぺんの段に塗りつけた。「ブラウニーがいつまでも古い木造家屋に住むなんて、ふつう思わないだろうね」と死んだ祖母の口調で言い放つ。

「ええ――そ、そうね……。タンディ、化粧台と小さな椅子とテーブルクロスを見たんだけど、とってもきれいだったわ。ねえ、タンディ、テーブルクロスはだれかにアイロンかけてもらったの？」

「ひとりでにアイロンがかかるんだよ。石鹸で洗ってよくすすいでから窓ガラスに貼りつけておくと、乾いたときにはアイロンがかかってるの」

「あの素敵な白い床はなに？」

タンディは石の板を一枚選んで持ち上げ、慎重に段の上に載せた。「硼砂《ほうしゃ》」

「それもアイスクリームのお金で買ったの？」

「もちろん。ブラウニーは大好きなの。硼砂とか、根っこの小さなこぶとか、ああいうのとか」と、タンディはダークグリーンの草の畝を指さした。

「あれはなに？」

「ブラウニーの農場」

「あの草のこと」

「ほんとの名前は知らない。あっちの林の中で見つけたの。一面あればっかり生えてたよ。わたしはブラウニーほうれんそうって呼んでるけど。ほら、あっちにあるのがこぶこぶ。ブラウニー用のキャンディみたい」タンディは根っこの山を指さした。葉っぱがないのでよくわからないが、たぶん豆科の植物だろう。窒素固定菌を含む特徴的な根瘤《こんりゅう》が鈴なりになっている。「タンディ、いったいどうしてブラウニーのことにそんなにくわしいの？」

タンディはいたずらっぽい目で母親を見て、「ママが女の子のことにくわしいのといっしょ」

母親は笑った。「あら、でも、わたしにはふたりも小さな娘がいるのよ！」

タンディはうなずいただけだった。「まあね」

母親はまた笑った。その場を離れるとき、タンディは水をいっぱいに入れたウイスキーの瓶（三角形のくびれ瓶《ピンチボトル》）を建設中の石壁にあてがい、無限の忍耐心でそろそろとはめこんでいるところだった。

しかし、後刻、夫にこのいきさつを話すとき、母親は笑っていなかった。ままある話だが、もっぱら父親が家を留守にしている日中の出来事だったから、こうしたなりゆきに父親は気がついていなかった。父親は考え込むようなむずかしい顔で話を聞き、子供たちがテレビに釘づけになっていることをたしかめてから、ブラウニーの家を見にいった。父親が口にした――口にできた唯一の言葉は、「こりゃまた驚いたな」だった。

そして翌朝、仕事に出かけるとき、父親はダークグリーンの草を一本抜いてポケットに入れた。

「それにあの子、毎晩テーブルをセットしてくれるのよ」と母親は声を潜めた。

自然石の石組みが完成したあと（屋根まで石造りだった。ベニヤ板の上から苔を生やした土をどかし、かわりに石が載せてある）、タンディはブラウニーのこともブラウニーの家のことも忘れてしまったように見えた。しばらく前に情熱を燃やしていた粘土細工に対する興味が復活し、すべての時間を費やして勤勉に作業している。ただし、いまのタンディが粘土でつくるのはアヒルでも象でもなかった。ぶあつい長方形の板をこしらえて、その上に深い線で絵を描くというか、刻みつけている。刻まれた溝はそれぞれ深さが違い、カーブした線もあれば、直線もあったが、直線の途中には尖筆《せんぴつ》で鋭角の切れ込みが入っていた。

「立体版のモンドリアンみたいだな」ある晩、子供たちが寝たあと、問題の粘土板を評して父親がそう言った。美術館勤務の父親は博識のうえに、自分が知らないことでも調べる伝手《つて》があった。たとえば例の植物。「マメ科ゲンゲ属、いわゆるレンゲソウだよ」と父親は妻に解説した。「どこかでそれに関する記事を読んだ覚えがあると思って、もう一回調べてみた。ごくありふれた植物なんだが、ひとつだけ珍しい特徴があってね。微量元素のセレンをとてつもなく大量に蓄えるんだ。その集積能力がすごく高いもんだから、レンゲソウからセレンを採取することも検討されてるくらいだ。セレンっていうのは、ブラウン管とか光電池とかに使われてる感光性の元素だよ。セレンを含む土壌にレンゲソウの種を播《ま》いて、生えたところを収穫し、それを燃やした灰からセレンを回収するんだとか……っていう話はさておき、うちのふわふわ頭ちゃんはいったいどうしてそんなものを植えてるんだい？」

「ブラウニーが好きなんだって」と答えて母親はにっこりした。

朝食のテーブルにタンディの姿が見えなかったのは、そのすぐ翌朝のことだった。もっとも、たいした騒ぎにはならなかった。どこを探せばいいか、母親はちゃんと知っていたからだ。タンディは、ブラウニーの家の正面に築かれたがっちりした壁の穴に、ひと抱えのレンゲソウとこぶだらけの根っこを次から次へと詰め込んでいるところだった。ブラウニー自身はガレージの壁にもたれて地べたに腰を下ろし、こちらに顔を向けて、閉じても開いてもいない目で見つめているようだった。

「ごめんなさい、ママ」タンディが明るく言った。「でも、まだ幼稚園は遅刻じゃないでしょ？」

「ええ、だいじょうぶ。でも朝ごはんができてるわよ。いったいブラウニーのおうちになにをしてるの？」

「もうおうちじゃないの」タンディは、いちいち訊かなくてもわかりそうな自明の事実を説明する口調で言った。「工場よ」両手を壁の穴の前にあてがい、ぐっと押した。どうやら家の中には草と根がぎっしり詰まっているらしい。穴の周囲にタンディは手早くモルタルを塗りつけた。

「さあ、いらっしゃい」

「すぐ終わるから、ママ」タンディは平べったい石を一個とって壁の穴にはめこんだ。あらかじめ用意してあったものらしく、サイズはぴったりのように見えた。モルタルをもうひと塗りしてから、タンディは立ち上がってにっこりした。「ごめんなさい、ママ。どうしても今日やらなきゃいけなくて」

「ブラウニーのために」

「ブラウニーのために」母娘は家にもどった。

ハワイでは、ひとりの専門技術者——であるべきだが、じっさいはミサイル追跡ステーション勤務の軍曹に過ぎない——が、高解像度スクリーンの前でひとつ悪態をつき、背すじを伸ばした。「目標消失」タブレットを引き寄せ、時計にちらっと目をやってから、ログを記入しはじめた。

人工衛星が寿命を終えたとき、かすかなすじがさっと流れたのを見た者はだれもいなかった。だが、もし人工衛星の死を看とった人間がいたとしたら——かすかなすじがさっと流れるのを目撃できる場所にではなく、その臨終の現場に、ハイスピード・ストロボ撮影機材を持って立ち会っていたとしたら——驚くべき映像が撮れたはずだ。

黄金の球体が摩擦熱の荒れ狂う攻撃に屈したとき、ほとんど測定もできないほど短い一瞬、人工衛星の部品は可鍛性《かたんせい》と可塑性《かそせい》を合わせ持つ（したがって利用しやすい）状態になり——そして利用された。太陽電池に含まれるセレン、与圧された球体内部の窒素、耐熱部品からもぎとったホウ珪酸塩《けいさんえん》——それらが一カ所に集められ、蓄積され、成形され、調整された。ほんの一瞬（しかし充分に長い時間）、溶融した合金の板と線から成る装置が生まれ、まばゆいブルーの脈打つ非物質でできた喉、もしくはゲートを包み込んだ。この青いエリア内にあるものはすべて消えてしまう——ふつうの意味で破壊されるのではなく、完全に除去される。そして、除去された物質は、この宇宙の法則に従い、どこかべつの場所に再出現することになる。具体的にどこに出現するかは、時と場合によりけり。その朝、母親が庭で洗濯物を干していたとき、視界の隅で光が閃いた。母親は洗濯籠を下に置いて、ガレージの裏のほうへ歩いていった。

ブラウニーはガレージの壁にもたれて地面に腰を下ろしたまま、彼の〝農場〟のばらばらになった残骸をむっつりと見つめていた。さわやかな快晴で、木々の間から射し込むあたたかなまぶしい陽光が、小さな家の正面の壁に半分埋まったピンチボトルにまっすぐ降り注いでいる。目を細くして、まつ毛ごしに透かし見ると、瓶の色は美しく鮮やかで——炎のオレンジと白——瓶そのものが燃えているように見えた。

それとも、あの小さな家の中が燃えている？

水でいっぱいの瓶の口からコルク栓がぽんと抜けたかと思うと、いきなりしゅうっとものすごい音がして、小さな石造りの家の中に水が迸《ほとばし》った。蒸気が渦を巻き、それが消えたとき、母親は突然の熱波を感じてあとずさった。怖くなり、水道のホースか消火器でも持ってこようかと思ったとき——ガレージは板張りだし、これだけたくさんの木々と、その先には母屋がある——ブラウニーの家のガレージ側の壁も石造りになっていることに気がついた。なんだか知らないが、この熱は家の内部に閉じ込められている。

熱がいくらか弱まったような気がした。それから、ガラス瓶が震え、ぐにゃっとやわらかくなり、それから内向きにつぶれた。熱波がまた襲ってきて、また弱まった。

母親はそちらに歩み寄り、瓶がはまっていた穴から中を覗き込んだ。石室の床に、タンディのつくった粘土板が置いてあるのが見えた。あの妙ちきりんな、溝や刻み目の幾何学模様も見分けられる。しかし今、それらの溝は、震える液体のようなもので満たされているように見えた。いまこうして見ているあいだにも、その色が黄色から銀色になり、チョークっぽいしろめとでも呼ぶべきくすんだ色になった。その金属っぽい液体で満たされた線や溝は、一種のすだれのようにも見えるが、それにしてはずいぶん錯綜《さくそう》している。たとえば、粘土板の中央あたりにあるぎざぎざの穴のまわりに刻まれたぎざぎざの枠線とか……。そのとき、粘土板の中央の穴が青く変色し、やがていわく言いがたい感じに脈動しはじめた。母親は思わず目をそらした。

顔をそむけたことで、恐怖をつなぎとめていた好奇心の糸が切れてしまったらしい。家に逃げ帰って受話器をつかみ、夫の職場に電話した。「はやく」と言ったきり、しばし二の句を継げずに息をあえがせたので、夫をひどく心配させることになった。「帰ってきて」

電話で言えたのはそれだけだった。受話器を置いたあと、母親はカウチにぐったり沈み込んでしまったから、次女のようすにはまったく気がつかなかったが、ノエルは家の裏手をとことこ駆けていくと、おびえる気配もなくまっすぐガレージの裏へと向かった。赤いぺろぺろキャンディを口にくわえ、ピンク色の両手を背中にまわしてしばらくそこに佇《たたず》み、石組みの上でちらつく熱波を見つめていたが、やがてそれを慎重に迂回《うかい》して風上に回り込むと、中を覗ける場所にしゃがみ込んだ。それから、どんなに手先の器用な三歳児にも真似できないほど危なげのない注意深い動きで、手に持った棒つきキャンディをのばし、溶けたかたまりの中を探った。

「だめ、やめて！」後刻、母親は夫に向かってそう叫んだ。大あわてで帰宅した父親は、ガレージの裏手に立ち、まだ熱い石組みに憤然とかなてこを振り下ろしていた。「タンディが……もしかしたら……あの子ほんとにこれをだいじに……」

「かまうもんか、そんなこと」父親はうなり声をあげ、突き刺し、薙《な》ぎ払い、破壊した。「気に入らない。火事になるところだったんだぞ。マッチで火遊びするようなもんじゃないか。まあ、事故なんだから、あの子に罰を与える気はないが」

「これが罰じゃないって言うの」母親は残骸を見ながら悲しげに言った。

「それとこれ。この忌《い》まわしいやつ」父親はブラウニーを拾い上げ、まだくすぶっている石に投げつけた。ブラウニーはあっさり燃え上がった。いちばん最後まで焼け残っていたのはふたつの鈍い目だった。母親は、最後の最後にようやく、この目は最初からずっと開いてたんだと確信した。「あの子には、あやうく火事になるところだったとだけ言えばいいだろう」と父親がうなるように言った。

……そして、まさにその日の午後、タンディは新しい通信簿を——まったく完璧な通信簿を持って——帰宅した。通信欄にいわく、

……教職について二十八年になりますが、こんな完璧な通信簿をおわたしするのははじめてです。こんな変わりようは、いままでに見たこともありません。いまのタンディは無条件の喜びですし、たぶん最初からずっとそうだったんでしょうと申し上げてもさしつかえないと思います。以前の行動は、おそらく、なにかに対する抗議で、いまはもうそのなにかを受け入れたのではないでしょうか。あの日、ご両親がわざわざ園を訪ねてきてくださったことには感謝の言葉もありませんし、お子さんへの対処法は（それがどんなものだとしても！）感嘆の念を惜しみません。ご両親はもしかしたら、わたくしの指導がいくらか役に立ったのではとお考えかもしれませんが、そうした賛辞はおかどちがいだとあらかじめ申し上げておきます。わたくしは特別なことも余分なこともなにひとつしていません。世界でもっとも素晴らしい奇蹟を起こしたのはご両親です。

末尾に担任の先生の署名。そこまで読んでから、両親は茫然と黙り込んだ。それから母親がタンディにキスして、「まあ、タンディ、いったいだれがあなたに魔法をかけたのかしら」と感嘆の声をあげた。

修辞疑問だろうが感嘆文だろうが、タンディはそれを文字どおりの質問と受けとり、ストレートな答えを返した。「ブラウニーよ」

重苦しい沈黙が流れた。やがて、母親がタンディの手をとって、「話さなきゃいけないことがあるの」と言い、父親に向かってそっけない口調で、「あなたも来て」

三人はガレージの裏へ向かった。母親はタンディの体をいつでも抱きしめられるように、両手を娘の肩にかけていた。「火事があったのよ、タンディ。みんな燃えてしまって。ブラウニーも焼けちゃったの」

父親は、焼け跡を見てもまったく表情が変わらない娘の顔を見ながら（これがものの本に出てくる否認というやつか。ショックが大きすぎると、目の前にあるものが見えなくなる？）、かすれた声で唐突に言った。「事故だったんだ」

「ううん、そうじゃない」タンディはそう言って両親のほうをふりかえったが、ふたりとも足元に目を落としていた。「それに、どっちみち彼は焼けてないわ。その火の中にはいなかったから」

「いたんだよ」と父親が言ったが、タンディはそれを無視した。

「とにかく」と母親が口を開き、「あなたの素敵な小さいおうちのことはほんとに残念よ」

タンディは唇をちょっと尖らせた。「家じゃなくて工場だって言ったでしょ。それに、どっちにしたって、もう用は済んでたの」

「ちゃんと理解しなさい」父親が頑固に言った。「ブラウニーはほんとうに燃えてしまったんだよ」

「ほら。彼をそこにすわらせてたでしょ」と母親。

「ああ」タンディは、やっと腑に落ちたという顔でうなずいた。「あれはブラウニーじゃないってば！　ブラウニーが目に見えるわけないじゃない、ばかね。ブラウニーはちゃんとわたしの中にいる。知らなかった？　通信簿見なかった？」

「いったいどうして……」母親は二の句が継げなかった。

「簡単だったわ。なにかしなきゃいけないときはいつも、やったほうがいいか悪いか考えて、やったほうがいいときは、どんなふうにやるのがいいか考える。正しいやりかたを考えつくと、わたしの中にあるなにかがピポパパパッて音を鳴らすから（タンディはびっくりするほど電子的な音を出した。最初の音節は上昇音階のグリッサンド、二番めの音節は、ダイヤルトーンのようなフラットで非音楽的な音）、それがやるべきことだってわかるわけ。簡単よ。で、そのなにかがブラウニー」

「あなたの中にいる」

「うん。あの汚い古い人形は、つらい仕事を楽しくやるための方便。ちょっとは楽しまなきゃ、とてもやってられなかったもん。つまり、わたしはブラウニーたちがこの世界で生きるのを楽にしてあげて、ブラウニーたちはわたしが生きるのを楽にしてくれた」

母親は、金属質のぐにゃぐにゃしたものと、その中で震えていた紫色の謎めいたものを思い出した。あれはまるで、窓からべつの世界を覗いているみたいだった。それとも戸口。

「タンディ」母親は衝動的に質問を口にした。「戸口を抜けてきたブラウニーは何人いるの？」

「四人よ」タンディは快活に答え、スキップしはじめた。「ひとりはわたし用、ひとりはロビン用、ひとりはノエル用、ひとりは赤ちゃん用。ねえ、ジュース飲んでもいい？」

三人は家にもどった。ロビンが帰宅していた。ロビンはノエルにぺろぺろキャンディを返し、「ありがとう」と（両親がいつもそうしてほしいと願っていた口調で）礼を言っているところだった。ノエルはいつも気前のいい子供だったから、赤ん坊のほうには先にひと舐めさせてやっていた。

利益分配プランのアナロジーは、こんな感じだ。デスクの前に腰を下ろす独断専行型の大物実業家と、印刷された紙を手に飛び込んできたやる気満々の若い役員。「いやはや、

J・G、新しいプランをはじめて検討してみたんですが、ずいぶん気前のいい条件を従業員に出したもんですね。じつに気前がいい」

大人物は老賢者のように首を傾けて賛辞を受け入れ、「しあわせな労働者は忠実な労働者になる」と言う。そして若い役員は勢いよく何度もうなずきながらこう考えている。

〝ああ。たしかにそのとおり。しかし、しあわせな労働者が経営者にとってどんな役に立つ？〟

とはいえ、知識に裏打ちされた協調的な自己利益追求は、必ずしも冷笑すべきことではない。共生生物に訊いてみればいい。粘土板のあの青い穴から出現したものは、宿主を環境に完全に適応させることだけを目的に設計されている。あの根本的な調和――すなわち喜びと呼ばれるものをもたらすために。

満足でも、安心感でも、快楽でもない。そうしたものは他の方法で、環境すべてを使うまでもなく獲得できる。宿主の心の中に押し寄せる喜びの波は、共生生物の糧《かて》となる特殊な物質をつくりだす、ただそれだけのこと。おお、しあわせな労働者。おお、しあわせな経営者……。

「まあとにかく、あの子がふつうにもどってくれてよかったよ」妻とふたりしてポーチに佇み、ロビンとタンディが近所の子供たちと芝生で遊ぶのを眺めていた父親は、そう述懐して家の中に入った。タンディは、ほかの子と一緒にふつうに遊んでいるかもしれないが、もとにもどったわけではない。こういうふうに変化したのだ。しかし母親はそれを指摘せず、見つめつづけていた。静かに、幸福に、おびえとともに。

家の中に入った父親は籐《とう》の椅子に腰かけて新聞を手にとったが、家族のあいだでは秘密の暗号のように見なされているおなじみの音のひとつを聞きつけ、新聞を放り出して立ち上がった。いま聞こえたコード音は、重いガラスが硬材にぶつかるカチッという響き。この暗号は、主寝室のベビーベッドに寝かせてある赤ん坊が、赤ん坊特有のランダムな動きで強烈な左フックをくりだし、口の哺乳瓶を吹っ飛ばしてベビーベッドの柵にぶつけたことを意味している。

父親は、寝室に一歩入ったところで足を止めた。開いた口がふさがらず、それを閉じるには片手をあごの下に添えて押し上げる必要があった。つい昨日までは、哺乳瓶が飢えた口からほんの一・五センチ離れただけで見失い、泣きわめくしかなかった生後六カ月の赤ん坊ティモシーが、いまは柵をつかんで体を起こし、おすわりの姿勢をとっている。しかも、上体を左に半分ひねると、落とした哺乳瓶がのっかっている枕をベビーベッドの端からひっぱってマットレスのへりの本来の位置まで引き寄せ、今度は右に体をひねって瓶をつかみ、それからまた横になった。

両手でしっかり哺乳瓶をつかんでいるだけではない。口でしっかりくわえているだけでもない。ミルクの出がよくなるように瓶を傾けている。

長いあいだ、赤ん坊が哺乳瓶を吸う音と、純粋な喜びにあふれたリズミカルなつぶやきと、細かな気泡が瓶の中へもどってゆくかすかな囁《ささや》き以外、なにも聞こえなかった。父親の息遣いが止まっていたからだ。父親はようやく空気を吸い込み、妻を呼んでこの奇蹟の証人になってもらおうと口を開いたが、思い直して口を閉じ、首を振りながら静かに寝室をあとにした。

居間にもどると、長男のロビンが玄関から飛び込んできた。スクリーンドアがいっぱいに開き、勢いよくカーブを描いてもどってくる。框《かまち》にぶつかる激突音を予想して父親は思わず顔をしかめた。しかしこのとき、ロビンはその生涯ではじめて——男の子がスクリーンドアをばたんと閉めなくなるのは早くても十一歳からだし、ロビンはまだたった八歳なのに——ふりかえることなく背後に手を伸ばし、指先をドアと戸口のあいだにはさむと、静かなかちっという音をさせてドアを閉めた。そして、雷鳴に襲われずに済んだ父親の前を駆けていって台所に入り、しばらくすると、命じられたわけでもないのにゴミを出しにいった。

父親はさっきまですわっていた大きな籐椅子にぐったりとまた腰を下ろした。

「パパ……」

父親は新聞を置いた。こちらにやってきたノエルは、三歳児の両手を左右に思いきり広げて、長い箱を抱えていた。

「あたしとチェシュしゅる？」

父親は返事も忘れてまじまじと次女の顔を見つめた。カーペットの上に父娘ですわりこみ、チェスの駒《こま》を並べてパレードごっこをしたことなら何度もある。だがしかし――これは……。

ぶるっと身震いした。抑えようとしたが止められなかった。

「いいや、ノエル」と父親はようやく言った。「おまえとチェシュはしたくないよ……」

いやしかし、ここから先はタンディの物語ではなく、ノエルの物語になる。

ウーブ身重く横たわる

Beyond Lies The Wub

フィリップ・K・ディック

大森 望訳

ある宇宙船の乗組員ピータースンは、現地人から食用に、ウーブと呼ばれる豚を手に入れる。いざ出航し、船長を交えて食べごろを見計らっていたとき、どこからか声が聞こえた。「ほかにも話しあうべきことがあると思うんだがね」それは、ウーブがしゃべった言葉だった。

著者は一九二八年、アメリカ、イリノイ州生まれ。一九六三年『高い城の男』でヒューゴー賞、一九七八年『スキャナー・ダークリー』で英国SF協会賞受賞。『ユービック』『火星のタイム・スリップ』『ヴァリス』など著書多数。『アンドロイドは電気羊の夢を見るか?』(映画タイトル『ブレードランナー』)、「トータル・リコール」「マイノリティ・リポート」など、映像化された作品も多い。一九八二年没。

初出:Planet Stories誌1952年7月号
BEYOND LIES THE WUB
by Philip K. Dick
1952

積み荷の搬入はあらかた終わっていた。船の外ではオプタス人が腕を組み、むっつりした顔で立っている。渡り板をのんびり降りてきたフランコ船長は、にやりと笑って、

「どうした？　金ならちゃんと払ってるじゃないか」

オプタス人はなにもいわなかった。ロープをかき寄せ、きびすを返して歩きだそうとする。船長はブーツで相手のロープのすそを踏みつけて、

「ちょっと待った。話はまだ終わってない」

「ほう?」オプタス人が重々しくふりかえった。「わたしは村にもどる」宇宙船に向かって渡り板を追い立てられていく動物や鳥たちを見やって、「また、狩りの準備をはじめねばならぬ」

フランコはたばこに火をつけた。

「ああ、そうしろよ。おまえたちはまた草原に出て、好きなだけ狩りができる。しかしこっちは、まかりまちがえば、火星と地球の中間で食糧が――」

オプタス人は黙って歩き去った。フランコは渡り板の下で、一等航海士と合流した。

「出航準備はどうだ？」とたずねて、フランコは腕時計に目をやり、「この星じゃ、いい買い物ができたな」

一等航海士は船長に辛辣《しんらつ》な視線を向けた。

「得をする者がいれば、損をする者もいます」

「なにをいうか。こっちのほうが連中以上に切実に必要としているんだ」

「失礼します、船長」

火星産の脚の長いゴーバードたちのあいだを縫うようにして、航海士は渡り板を船へともどっていった。フランコは、そのうしろ姿を見送った。あとについて、自分も板を登ろうと足を踏みだしかけたとき、それに気づいた。

「なんてこった！」

フランコは腰に両手をあてて、おおきく目を見開いた。ピータースンが顔を真っ赤にして、それをひもでひきずりながら、道をやってくる。

「すみません、船長」

ピータースンはひもをひっぱりながらいった。フランコはそちらのほうへ歩み寄った。

「なんだ、そいつは？」

四本足で立っていたそれの巨体が、見ているうちにゆっくり沈みこんでゆく。目を半分閉じ、地面に体を近づける。蝿が二、三匹、胴体のまわりをぶんぶん飛びまわっている。

それはしっぽでぴしゃりと蝿をたたいた。

それは地面にすわった。しばし沈黙が流れた。

「ウーブです」とピータースンがいった。「現地人から五十セントで買いました。ずいぶんめずらしい動物で、たいへん珍重されているそうです」

「こいつがか？」フランコはウーブの横腹の広々した斜面をつっついた。「豚じゃないか！　ばかでかくてきたならしい豚だ！」

「はい、船長、こいつは豚です。現地人はウーブと呼んでるんです」

「しかしでかい豚だな。四百ポンドはありそうだ」

フランコはごわごわした粗い毛をひと房ぐいとつかんだ。ウーブがあえぎ声をもらす。ちいさくてうるんだ目がぱっちり開いた。巨大な口がゆがむ。

涙の粒がウーブの頬をつたい、地面に落ちてはじけた。

「食用になるかもしれません」ピータースンがおちつかない口調でいった。

「すぐにわかる」とフランコはいった。

ウーブは離陸の衝撃にもめげず、船倉でぐっすり眠りこけていた。宇宙船が大気圏を離脱し、すべて順調に運んでいるのを確認すると、フランコ船長は部下に命じてウーブをブリッジに連れてこさせた。どんな種類の動物なのかたしかめてやろうという腹づもりだった。

ウーブは鼻を鳴らし、哀れっぽく鳴きながら、せまい通路をよたよた歩いてきた。

「さあ、来い」

ロープをひっぱりながら、ジョーンズがどなりつけている。ウーブは身をよじり、なめらかなクロームの壁に肌をこすりつけた。つぎの瞬間、休憩室にとびこんだウーブは、勢いあまってつんのめり、その巨体をぶざまに投げ出した。乗組員たちがはじかれたように立ち上がる。

「おやまあ」とフレンチがいった。「なんだ、こりゃ」

「ピータースンはウーブと呼んでた」とジョーンズが答える。「やつの買い物なんだ」

ジョーンズが蹴っとばすと、ウーブはぜえぜえ息を吐きながら、ふらつく四本足で立ち上がった。

「どうかしたのか、そいつ？」フレンチがそばにやってきて、「病気かな？」

乗組員たちはウーブを見つめた。ウーブは悲しげに目をしばたたき、周囲の人間たちを見わたした。

「のどが渇いてるんだろう」ピータースンがそういって、水をくみにいった。フレンチはやれやれというように首を振り、「離昇に骨が折れたわけだ。バラスト計算をぜんぶやりなおさなきゃならなかったんだぜ、まったく」

ピータースンが水を持ってもどってきた。ウーブは乗組員たちに水しぶきをはねちらかしながら、うれしそうにがぶがぶ飲みはじめた。

フランコ船長が休憩室の戸口に姿を見せた。

「ひとつ調べてみるとするか」

船長はウーブのそばに歩み寄ると、値踏みするような目でウーブの体をながめまわした。それから、ピータースンに向かって、

「五十セントで買ったといったな？」

「はい、船長」とピータースンが答える。「ほとんどなんでも食べます。最初は穀物をやったんですが、喜んで食べました。それからじゃがいも、かいば、残飯、ミルク。食べるのが好きみたいです。食べちまうと横になって眠るんでさ」

「なるほど。となると、つぎはこいつの味だな。それがいちばんの問題だ。これ以上ふとらせてもしかたあるまい。これだけ大きければじゅうぶんだ。料理長はどこにいる？　連

れてこい。こいつが食べられるかどうか――」

ウーブは水を飲むのをやめて、船長の顔を見上げた。

「船長、じつのところ、ほかにも話しあうべきことがあると思うんだがね」と、ウーブはいった。

部屋の中が水を打ったように静まりかえった。

「なんだ、あれは？」とフランコがいった。「いまのは？」

「ウーブです、船長」とピータースン。「ウーブがしゃべりました」

乗組員たちはみんな、ウーブを見つめた。

「なんといった？　なんといったんだ？」

「ほかにも話しあうべきことがある、と」

フランコはウーブにさらに近づいた。周囲をぐるっとまわり、あらゆる角度からためつすがめつする。それから、部下たちのところにもどってきて、

「現地人が中にはいっているのかもしれんな」と、ゆっくりいった。「腹を切り裂いて、調べてみたほうがよさそうだ」

「やれやれ、まったく！」ウーブが叫んだ。「きみたちはそんなことしか考えられないのかね、殺すとか切り裂くとか」

フランコは両のこぶしをかためた。

「出てこい！　だれだか知らんが、とっとと出てくるんだ！」

なにひとつ動かなかった。乗組員たちはひとかたまりになって、ぽかんとした顔でウーブを見つめている。ウーブがしっぽをひとふりした。だしぬけに、ウーブはおくびをもらし、

「これは失礼」

「だれもはいってないような気がするな」と、ジョーンズが低い声でいった。乗組員たちはそろって目を見合わせた。

料理長が部屋にはいってきた。

「ご用ですかい、船長？　ありゃま、なんです、こいつは？」

「ウーブだ」と船長はいった。「食用になると思うんだが。こいつのサイズを計って、何人分の食糧になるかを――」

「やはり、われわれは話しあったほうがよさそうだね」とウーブがいった。「必要とあれば、この問題をきみと討議することにやぶさかではないよ、船長。きみとわたしのあいだには、いくつか基本的な点で見解の相違が見られるようだから」

船長の返答には長い時間がかかった。ウーブはのど袋の水をなめながら、気のいい態度で待っていた。

「わたしの執務室に来い」

と、船長はようやくいった。きびすを返して、部屋を出てゆく。ウーブは四本足で立ち上がり、よたよたとそのあとをついていった。乗組員たちはウーブのうしろ姿を見送った。ウーブが階段を上がっていく足音が聞こえた。

「いったいどういう結論になるんだろうな」料理長がだれにともなくいった。「まあいい、おれは厨房にいる。結果がわかりしだい教えてくれ」

「いいとも」とジョーンズがいった。「いいとも」

ウーブは吐息をついて、部屋のすみに身をくつろがせた。

「もうしわけない」とウーブはいった。「どうも、いろんな姿勢でくつろぐことが習い性になっているみたいでね。わたしくらい体がおおきいと——」

船長はじれったそうにうなずいた。デスクの前にすわると、両手を組み合わせて、

「よし、本題にはいろう。おまえはウーブだな？　まちがいないな？」

ウーブは肩をすくめた。

「だろうね。そう呼ばれているよ、つまり、現地人たちからは。われわれにはわれわれの呼びかたがあるが」

「で、英語をしゃべれるわけか？　これまで地球人と接触したことがあるのか？」

「いや」

「じゃあ、どうしてしゃべれるんだ？」

「英語を？　わたしは英語をしゃべってるのかね？　とりたててなにをしゃべっているという意識もないが。ただ、きみの心を調べて――」

「わたしの心を？」

「というより、その内容を、だね。とくに、いわば語彙の貯蔵庫を調べて――」

「なるほど、テレパシーというわけか。当然そういうことになるな」

「われわれは、とても古い種族なのだ。とても古くて、とても重い。動きまわるのがたいへんでね。われわれほど動きが緩慢で体重が重い生物だと、もっと活動的な種族のなすがままに生きるしかないことは理解していただけるだろう。物理的な防御手段に頼ることは無意味だ。勝てるわけがないからね。重すぎて走れないし、やわらかすぎて闘えないし、気質が善良すぎて、楽しみのために狩りをすることもできない――」

「じゃあ、なにを食べて生きてるんだ？」

「植物。野菜だね。ほとんどなんでも食べられる。われわれはたいへんおおらかな種族なのだよ。寛容、闊達《かったつ》、そして無限の包容力がある。生き、かつ生かす。そうやって暮らしてきたわけだ」

ウーブは船長を見やった。

「だからこそ、わたしを料理するという目下の懸案事項については、猛反対せざるを得なかった。きみの心の中にあるイメージが見える——わたしの体の大部分は冷凍貯蔵庫の中、一部分は鍋の中、細切れは猫のえさ——」

「じゃあ、心が読めるんだな」と船長。「じつにおもしろい。ほかにもあるのか？　つまり、その種のことでは、ほかになにができる？」

「二、三、つまらないことがね」ウーブは部屋の中を見まわしながら、気のない口調でいった。「なかなかいい部屋だね、船長。それに、きれいにかたづいている。きれい好きの生命体は尊敬にあたいするよ。火星の鳥の中に、とてもきれい好きな種族がいてね。巣の中のものをどんどん放り出して掃除を——」

「ああ、そうだな」船長はせっかちにうなずいた。「しかし、目下の問題は——」

「たしかに問題だ。わたしを食べるということだったね。わたしは美味だといわれているようだ。多少脂っこいが、肉はやわらかいとか。しかし、きみたちがそのような野蛮な手段に訴えるとなると、わたしの種族ときみたちの種族のあいだに永続的な関係を打ち立てることはとても不可能になるんじゃないかね。それよりも、さまざまな問題をわたしと話しあうほうが賢明だと思う。哲学、芸術——」

船長は立ち上がった。

「哲学、か。来月になれば、われわれの食糧をどうするかという問題が切実になると知ったら、おまえも興味を持つかもしれんな。食糧調達が不首尾に終わった結果——」

「わかっている」ウーブはうなずいた。「しかし、きみたちの民主主義の原則からすれば、全員でくじを引くとか、そういうやりかたのほうが適切なのではないかね？　けっきょく民主主義とは、このような権利の侵害から少数者を守るためのものだ。そこで、われわれがひとり一票ずつ投じるとすれば――」

船長は戸口に向かって歩きだした。

「おまえのごたくは聞き飽きた」

そういってドアをあけた瞬間、フランコ船長の口があんぐりあいた。

船長は、ノブを握り、ぽかんと口をあけたまま、おおきく目を見開いて凍りついたように立ちつくしていた。

ウーブは船長を見守っていたが、やがて船長の横をすり抜け、部屋を出ると、瞑想にふけるような顔つきで廊下を去っていった。

部屋の中は静かだった。

「これでおわかりのとおり」とウーブがいった。「われわれには共通の神話がある。きみたちの心の中には、おなじみの神話的象徴がたくさんある。イシュタル、オデュセウス――」

ピータースンは黙ってすわったまま、床に目を落としていた。椅子の上でおちつかなげに身じろぎする。

「つづけろ」と、ピータースンは命じた。「先をつづけてくれ」

「きみたちのオデュセウスは、自意識を持つ種族のほとんどに共通する神話的人物なのだ。いいかえれば、オデュセウスは自分がひとりの人間であることを自覚している個人として放浪する。そこには決別のモチーフがある。家族や国家との決別のモチーフ。すなわち、個人を形成するプロセスだよ」

「しかし、オデュセウスは故郷に帰ってくる」ピータースンは舷窓に目をやった。空虚な宇宙で激しく燃える星々、数えきれぬほどの星々に視線をさまよわせる。「最後には帰郷するじゃないか」

「すべての生物が、最終的にはそうしなければならない。決別の時は、一時的なものでしかない。魂の、つかのまの旅だよ。それは始まり、そして終わる。放浪者は、祖国と同胞のもとに帰還する……」

ドアが開いた。ウーブは言葉を切り、巨大な頭を戸口のほうにめぐらせた。

フランコ船長がはいってきた。うしろには部下たちがつきしたがっている。一行は戸口のところで足を止めた。

「だいじょうぶか？」とフレンチがたずねる。

「おれのことかい？」ピータースンがびっくりしたようにききかえした。「なんでまたそんなことを？」

フランコ船長は銃をおろした。

「こっちに来い」と、ピータースンに向かっていう。「立って、こっちに来るんだ」

沈黙。

「行くといい」とウーブがいった。「わたしのことは気にしなくていいから」

ピータースンは立ち上がった。「なんの用です？」

「命令だ」

ピータースンは戸口に歩いていった。フレンチがその腕をつかむ。

「どういうことです？」ピータースンは腕を自由にしようと体をひねった。「いったいなにがあったんです？」

フランコ船長はウーブのほうに歩み寄った。壁によりかかって部屋のすみにうずくまっていたウーブが目を上げた。

「おもしろい」とウーブがいった。「わたしを食べるという考えにそれほど固執するとはね。じつに不思議だ」

「立て」とフランコ。

「おおせのままに」ウーブはブーブー鼻を鳴らしながら身を起こした。「せかさないでくれないか。たいへんなのだよ」

ウーブはやっと立ち上がり、息をあえがせた。だらりと垂れ下がった舌が、なんとも間が抜けて見える。

「よし、撃て」フレンチがいった。

「まさか！」ピータースンが叫んだ。ジョーンズが、恐怖でどんよりした目をさっとピータースンのほうに向けて、

「あれを見てないだろ――銅像みたいにつっ立って、あんぐり口をあけていた。おれたちが助けなかったら、まだあのまま立ってたはずだ」

「だれのことだ？ 船長か？」ピータースンは周囲を見まわした。「でも、いまはぴんぴんしてるじゃないか」

人間たちはウーブを見つめた。部屋の中央に四本足で立ち、巨大な胸を上下させている。

「さあ」とフランコ船長がいった。「そこをどけ」

部下たちは戸口にかたまって、場所をあけた。

「ひどくおびえているようだね」とウーブがいった。「わたしがなにかしたかね？ わたしは、だれかを傷つけるという考えには反対だ。さっきは自分の身を守ろうとしただけだよ。それとも、わたしが喜んで死を受けいれるとでも思ったかね？ わたしはきみたち同様、感情を持つ生物なのだよ。わたしにも好奇心がある。きみたちの船を見たかったし、

きみたちのことを知りたかった。わたしはあの星の原住種族たちに申し出て――」

船長の持つ銃がぴくりとふるえた。

「やっぱりな」と船長がいった。「そうだと思った」

ウーブは息をはあはあさせながら床にすわりこんだ。足を広げて、しっぽを体のまわりに巻きつける。

「暑いな」とウーブはいった。「ここは推進装置に近いようだね。原子力か。きみたちは原子力で多くのすばらしい成果をあげた――技術的にね。しかしどうやら、きみたちの科学力をもってしても、道徳的、倫理的問題の解決は――」

フランコ船長は、背後にかたまって、押し黙ったまま目をまるくして成り行きを見守っている部下たちのほうをふりかえった。

「おれがやる。おまえたちは見ていろ」

フレンチがうなずいて、

「脳をぶち抜くんです。どうせ脳は食べられませんから。胸にはあてないほうがいい。肋骨が砕けちまったら、あとで骨をとるのに苦労しますぜ」

「なあ」ピーターースンが唇をなめながらいった。「こいつがなにかしたのかい？　どんな悪いことをしたっていうんだ？　教えてくれ。それに、ともかくこいつはまだおれのもんだ。撃つ権利なんかないぞ。あんたの持ち物じゃないんだから」

フランコが銃を構えた。

「おれは遠慮する」ジョーンズが気分の悪そうな真っ青な顔でいった。「見たくない」

「おれもだ」とフレンチ。

乗組員たちはなにかささやきあいながら、よろよろと部屋を出ていった。ピータースンだけが、まだ戸口でぐずぐずしている。

「そいつ、神話の話をしてくれてたんだ。だれも傷つけたりしないよ」

ピータースンは部屋を出た。

フランコはウーブのほうに歩み寄った。ウーブがのろのろと顔をあげ、ごくりと唾を飲んだ。

「じつにばかげたふるまいだといわざるを得ないね」とウーブはいった。「きみがこんなことをしたがるとは残念だよ。きみたちの救世主が使ったたとえ話に、たしかこういうのがあった――」

ウーブは言葉を切り、銃を見つめた。

「わたしの目を見つめたままでやれるかな?」とウーブはいった。「できるかね?」

船長はウーブを見下ろした。

「できるとも。家の裏の農場にはやまほど豚がいたからな。小汚い、半分野生の豚どもが」

ウーブのきらきら光る潤んだ目を見つめながら、船長は引き金を引いた。

味は抜群だった。

乗組員たちはむっつりした顔で食卓を囲んでいた。まるで手をつけていない者もいる。喜んで食べているのはただひとり、フランコ船長だけだった。

「もっとどうだ」と部下たちの顔を見まわしながら、船長はいった。「もっと食べないか。それに、ワインももう少し」

「けっこうです」とフレンチがいった。「そろそろ航宙室にもどらないと」

「おれも」ジョーンズが椅子を引いて立ち上がった。「では、のちほど」

船長は出ていくふたりを見送った。ほかにも何人か、もぐもぐと詫びをいって席を立った。

「いったいどうしたんだろうな」

船長はそういって、ピータースンのほうを向いた。ピータースンはじっとすわって、自分の皿に目を落としている。ポテト、グリーン・ピース、そして、やわらかくて熱々のぶあつい肉片。

ピータースンは口を開いた。声が出てこない。

船長はピータースンの肩に手を置いた。

「もう、ただの有機物のかたまりでしかない」と船長はいった。「生命の本質はもうないんだ」

船長はちぎったパンで肉汁をすくいあげ、口に運んだ。

「わたし自身は、食べるのが大好きだ。生きる楽しみとしては最高のもののひとつだな。食べ、休み、考え、議論する」

ピータースンはうなずいた。乗組員のうちさらにふたりが席を立ち、出ていった。船長は水を飲み、吐息をついた。

「ふむ、こいつはじつに楽しい食事だといわねばならんな。これまでに耳にした報告はすべてほんとうだった――ウーブの味については。すばらしい。こんなうまいものをこれまで食べずにいたとは」

船長はナプキンで口もとをぬぐい、椅子の背に体をあずけた。ピータースンは意気消沈したようすで、テーブルに目を伏せている。

船長は熱のこもった視線をピータースンに向けた。身を乗り出して、

「さあ、どうしたんだ。元気を出せ！　議論をはじめようじゃないか」

船長はにっこりした。

「この前は途中まで話したところでじゃまがはいったが、神話におけるオデュセウスの役割は――」

ピータースンはびくっとして目を上げた。

「いいかね」と船長はいった。「オデュセウスは、わたしの理解するところでは――」

イグノラムス・イグノラビムス

円城　塔

ワープ鴨、宇宙クラゲ、火星樹、異星人ソース……太陽系の食通をうならせるレストラン「宇宙の果て」の看板メニュー。実物がどうであれ、絶妙の命名は莫大な富を産んだ。いまや宇宙食材商の第一人者たる「わたし」をめぐる物語。

著者は一九七二年、北海道生まれ。二〇〇七年「オブ・ザ・ベースボール」で第一〇四回文學界新人賞受賞。同年、第七回小松左京賞最終候補作を改稿した『Self‐Reference ENGINE』（後に英訳版がフィリップ・K・ディック賞特別賞受賞）で長篇デビュー。二〇一〇年『烏有此譚』で第三十二回野間文芸新人賞、二〇一一年、第三回早稲田大学坪内逍遙大賞奨励賞、二〇一二年『道化師の蝶』で第一四六回芥川賞、同年、伊藤計劃との共著『屍者の帝国』で第三十一回日本SF大賞特別賞を受賞。純文学と一般文芸の両方で活躍を続けている。

初出：〈ＳＦ宝石〉（光文社）2013年

1

それは、いつもと何も変わらぬ夜である。

わたしの前へと、「ワープ鴨の宇宙クラゲ包み火星樹の葉添え異星人ソース」の一皿が運ばれてくる。二十年来、太陽系中の食通たちを唸らせ続けているこの料理によって、わたしは莫大な富を築きあげることができた。いや正確には、この料理を構成する食材の調達によって。レストラン「宇宙の果て」の看板メニューとなったこの絶妙のとりあわせがなかったならば、わたしの資産は現在の半分にも達していなかっただろう。

無論わたしの成功には、命名の妙も寄与している。舌を嚙みそうな学名も、お高くとまりすぎた名前も、説明的すぎる呼び名も、わたしの扱う食材たちにはそぐわない。宇宙クラゲ。人を馬鹿にしきった名前だ。だが一度聞いてしまうと忘れることは難しい。たとえそれが土星の輪のごくごく一部に付着する透明な地衣類のことであっても。火星樹もまた、ひょろ長く伸びて地べたを這《は》い、灼熱の風に翻弄されるか細い草にすぎないのだが、何でも物は言いようだ。地球とは全く異なる植生を、草と呼ぼうが木と呼ぼうが樹と呼ぼうが、理屈はどうでもつけられる。異星人ソース。これはまあただの賑やかしだが、現在のところ異星人なんてものはみつかっていないわけだから、国際公共広告機構だって別に文句はつけられない。純然たる比喩的表現というものだ。宇宙クラゲや火星樹が実は知性を持っていたらとか言いだす者も少なくないが、それを言うなら地球のクラゲや草だって知性を持っているから保護しなければということに多分きっとなるだろう。それはそれで結構なことだ。もしそんなことが明かされる日が来るのなら、わたしだってもう一度、自分の意思や感覚、知性さえも信じ直すことができるかも知れないわけだから。

「お進みにならないようですが」

ふと気がつくと、馴染みのウェイターが音もなく傍《かたわ》らへ現れている。この問いかけも最早定型となりきってしまっているが、ウェイターが表情を崩したことはない。

「お下げしますか」

「太陽系中の食通が並んで行列待ちをしているこの店のワープ鴨をかね」

もったいぶってそう答え、虹色に浮かぶ脂《あぶら》の膜をナイフで一撫でしてみるものの、わたしの食指は動かない。ウェイターとのこんなやりとりをこれまで何度続けてきたかも思い出せない。

この一皿にまつわる多くの逸話は、それだけでも大部の本を編めるほどになっている。この料理は最早ただの料理の範囲を超えて、伝説の域に座を占めていると言っても過言ではない。素材の素晴らしさと巧みな調理、口にした者たちの逸話とが相まった希代の存在だ。一口含めば脳を震わせ、背骨を揺らし、指先が勝手にわななきはじめる。何度食べてもその効果は失われない。むしろいや増す。最初の一撃が過ぎそのショックから回復したところで、芳醇な後味とともに無数の逸話が脳裏《のうり》へと押し寄せてきて、誰もが知らず幸せな微笑みを漏らすことになるのだ。

たとえばある国の食通は、ワープ鴨の調理法について大層な一席をぶったのだという。これまでに一万匹はワープ鴨を調理してきたと自称するその人物は、ワープ鴨に最も適した調理法は炭火でただ焼き上げることだと主張した。七本の脚を空へ向け、机の上へうやうやしく差し出されたワープ鴨の丸焼きの姿を見てこの人物は瞬時ひるんだが、何食わぬ顔で懐《ふところ》へ手を差し込んで、ワサビと醤油を取り出した。

食通たちがこの一皿を前にして半ば義務のように行い続けるパフォーマンスは、店の歴史へ日々華を添え続けている。味の偉大さに対抗しようと張られる見栄の大きさは、当人たちが心底真面目であるだけにひどくおかしい。どれだけ自分の腹を膨らませることができるかを競い合い、次々と割れていく蛙《かえる》たちを眺めるようだ。

独自に調味料を持ち込む食通などは、今やとてもありふれている。ベトナム人はニョクマムを、タイ人はナンプラーを、秋田人はしょっつるを持ち込むのがそれぞれの国には半ばマナーとして伝わっているのだそうで、インド人はガラムマサラを、カナダ人はメープルシロップを、イタリア人はオリーブオイルを持ち込むのが常である。調味料を取り出す素振りを認めると、ウェイターはそっと横へ小皿を供する。

パフォーマンスが行き過ぎて、命を落とした者さえもいる。緊張のあまりぶるぶると震え続けたのちに、ワープ鴨を目にするや立ち上がり「俺の食い様を目に灼きつけろ」と絶叫して傍らのナイフで自らの頸動脈《けいどうみゃく》を掻《か》っ捌《さば》き、噴き出した血をソースにワープ鴨を賞味しながら絶命した人物が、記念すべき第一号だ。この人物はこの一事をもって歴史に名を残すことになったわけだから、あとに続いた模倣者たちに比べて無駄な死ではなかったと言える。店内を見張る警備員が配置されるようになった由縁ともなり、その名は語り継がれているのだ。特に才能を持たない人物にとって、ワープ鴨の一皿とのかけあいによって名を残すのは手軽なことに思えるらしく、今も店内でありきたりの奇行に及ぶ手合いには事欠かない。しかし、ほとんど人の思いつきうるパフォーマンスはみな行われ尽くしてしまっているのが実情であり、ウェイターの眉をほんの少しでも持ち上げるのは、最早常人になしうる業《わざ》とは言いがたい。現在この店で伝説となりかけているのは、この十五年という毎晩同じ時刻に来店し、いつも同じ壁際の席に案内させて野菜のスープと赤の葡萄酒だけを楽しむ老人だ。決してワープ鴨を注文することはない。誰かがその理由を尋ねても「家が近所だから」としか答えない。

「最近なにか」

刻一刻と冷えていくワープ鴨を尻目に、これもまたいつもどおりに、面白い連中はいたかとウェイターに訊いてみる。冷えてなお風味を増していくワープ鴨がときに憎くてたまらなくなる。ウェイターは考え込むように首を傾げた。

「一旦口に含んだあとで、隣の方へと手を使わずに口移しにするという行為を輪になって行う五人組が御来店されました」

「あまり良い趣味ではないようだが」

「左様で」

「それに、その手の奇行は、はじめてでもなかったと思うが」

「わたくしの記憶によりますと、直近は三年前の御夫婦です。交互に口移しでお召し上がりになります。この御夫婦は四年ごとにお見えになり、前回の御来店は三度目でした。人数を増やしたという点では新しいものと言えるでしょう」

「しかし、脚注的な出来事にすぎんな」

「そのとおりで御座います」

ウェイターは真面目に頷く。

「ああ、思い出した」とわたしは人差し指を立ててみせ、「口移しではなく、そう、一旦体を通過させたワープ鴨を、循環的に咀嚼《そしやく》しようとしてつまみ出された奴もいたな」

「八年前で御座います。あの件では難渋致しました。例によって真似しようとする方も多くありましたし」

「それも昔というわけだ」

礼儀正しく首肯したウェイターは話題を変えるように続けた。

「あまり目新しくはありませんが」と前置きして息を吸い込む。「——の方がもっていらした」と、わたしの耳では捉えられない奇声の部分は、どこか珍妙な国名か地名を指すらしい。更に「——は鴨にとても素晴らしい風味を与えると、シェフも讃嘆しておりました」と続いたほうは、多分調味料か香辛料の名前を指すのだろう。ウェイターは蝶ネクタイを静かに整え、申し訳なさそうに視線を落とした。

「わたくしの表現力では、お客様にあの素晴らしさをお伝えできないのが残念です」

多少心は惹かれるが、また世界の希少調味料事典にささやかな項目がつけ加わっただけのこととも言える。わたしは鷹揚《おうよう》に手を振ってみせるに留めた。

「料理の味を言葉で伝えられないのは当たり前だ。味というのは料理の物理的特性だけから決まるわけではなく、場所や雰囲気、それをとりまく逸話によっても構成されているものなのだから、その調味料を実際に口にするのと、そんな新たな調味料を持ってきた人物がいるという逸話を聞くのと、どちらが味に貢献するかは、実際のところわからない。だから、君とわたし、どちらがこのワープ鴨をより楽しめるのかは、神のみぞ知ることなわけだ。どうだね」

「恐縮で御座います」

「この一皿はまさに人生そのものと言える」

「おっしゃるとおりです」

ようやく少し興の乗りかけたわたしは、ワープ鴨を一切れ切り取り、口へと運ぶ。筆舌に尽くしがたい妙味と食通たちが絶賛してやまない黄緑色の繊維質からなる肉片がわたしの口の中でほぐれる。我が社が太陽系中に供給する宇宙食材たちの集大成にして頂点が、わたしの喉《のど》をなめらかに滑り落ちていく。

「素晴らしい」

とわたしは言う。わたしの頭は「自分はこの料理は素晴らしいとわかっている」と冷静にわたしに告げている。しかし味はほとんど感じられない。いや美味いとは確かに感じる。感じていると理解している。しかし実感は伴わない。実感とはこんなものではないという感覚がわたしを苛《さいな》む。今のわたしは実感を全く受け取れない。かつては実感を持っていたという記憶だけが残っている。舌がいかに美味を感じようとも、実物を前にして食通の書いた自慢たらしい文章を読むような味気なさを常に感じる。

「素晴らしい」

とわたしは誰に向けるともなく言う。

わたしはかつて、自分の人生の主人公だった。今は異なる。

2

このわたし、今や宇宙食材商の第一人者と言えばそれ以上名乗る必要もないこのわたしはある朝、自分が緑色の鱗《うろこ》に守られた数十本の触手からなる、何かの種類の生き物の一部であることを発見して仰天した。ともかくも自分が生き物であるに違いないと理解したのは、まず第一にこう疑問に思ったからだ。

自分は何か、と。

そういうことを思うからには、自分は何かの生き物だと考えるのが妥当だろうと異形の頭は考えた。我思う、故に、我は多分生き物であるというわけだ。「思う」物はおそらくきっと「在《あ》る」のだろうが、「在る」物全てが、「思う」わけではないだろうと、そのわたしらしき生き物は思考を進めた。どうもそいつは、こうした面倒な思考が好みな生き物らしかった。その点、以前のわたしとはかけ離れているのだが、そいつは執拗に自分はわたしだと考え続け、それがどうにももっともらしいのだからとても始末に悪かった。

寝ているのか立っているのか、とにかくわたしが自分自身の触手に絡まりながら転がっているのは、真っ白な球体の内側で、固い壁が仄《ほの》かに光る以外はとりつきようもない部屋というか牢獄だった。弱いながらも重力はあり、どちらが下かはすぐわかったが、自分の体の上下を判断するのは困難だった。不器用に触手をのたくらせながら姿勢の制御を試みたのだが、最終的には、この生き物はどうも三方向を同時に下とみなすようにできているらしいと判断を下す結果となった。この推論が正しいのかは、未だに自信を持てないでいる。

無論、今のわたしは人間だ。この目覚め以前のわたしも人間だった。人間というのがあやふやならば、二十一世紀の地球で最大規模を誇った霊長類の一種の中の一頭だった。地球や霊長類という言葉はわたしにとって、自己の属性を示す単語としてはほとんど意味を失っており、思念を凝らさなければ意味の把握も困難なのだが、この使い方で良かったはずだ。

この事件の以前と以降のわたしは外見的には同じ人間なのだが、主観的には全く異なるものになってしまった。自分ではそう理解している。この事件が続いた時間は、客観的には長くない。最大でもほんの一晩程度だ。ありきたりの悪い夢ということはできるし、そう考えるのが一見自然なのも間違いない。しかしこれが悪夢だとして、その悪夢は主観時間でゆうに百年以上続いた。悪夢と呼ぶならそれでも良いが、わたしが見た悪夢と言われるとつい反論したくなる。わたしはそこで、誰かの見ている悪夢の主人公のような存在だった。

この、自分のことをわたしと考えている異星人は、有《あ》り体《てい》に言って地球人類よりも高等だった。その証拠の一つとして、この異星人としてのわたしが当時思考していた筋道を、今思い出すことはほとんどできない。あまりに明らかに思えた内容も、思い返せば下らない戯言《たわごと》のように聞こえる。たとえばその緑色のクモヒトデじみた生き物であった頃のわたしは、「もしライオンが言葉を喋ったなら、1＋1は2ではなくなる」というような文章を、九九の表の二の段のように理解し利用していた。こんな文章に意味を与え、更に推論を続けることは、今のわたしにはとてもできない相談だ。

異星人とだけ呼び続けるのもつまらないから、彼らのことは五十頭百手巨人《センチマーニ》とでも呼ぶことにしたい。この生き物はいわゆる普通の宇宙人とでも言うべきもので、時間というものに意味があるなら、今も多分、この宇宙のどこかに平穏に暮らしている。その意味では平凡な種族にすぎない。物質でできた肉体を持ち、我々と同じ宇宙内に棲んでいるわけだから、もしも誰かが全宇宙人を分類したなら、古典的な部類とされるだろう。超越的な力を持つわけではなく、神のごとき全能性も備えてはいない。一つの星で進化をはじめ、星の海へと漂い出たが、自分たちの起源は知らず、それを理解できるものとも考えてはいなかった。のちに仲良くなったセンチマーニの学者たちを一時的に構成していた一体の右半分の第一上方向の頭の一つは、わたしの詮索癖をこう言って笑ったものだ。

「君たちもこう言うだろう。我々は知らない《イグノラムス》。知ることはないだろう《イグノラビムス》」

センチマーニがわたしの頭から取り出したこの人間の格言は、彼らの哲学をとてもよく表現している。いかに思考を重ねようと、哲学を思想を極めようと、百年の間にほとんど進展が見られぬほどの科学の極みに達しようと、この宇宙には決して知られぬことがあるというのがセンチマーニの見解だ。センチマーニにとって以下の五つは、決して解決できない難問だと認識されていた。

●何も存在しないのではなく、何かが存在しているのは何故《なぜ》か。
●この宇宙の起源。
●感覚の起源。
●自由意思の起源。
●ワープを可能としている原理。

このリストの中身が、十九世紀の科学者、エミール・デュ＝ボア・レーモンによって提出されたものと非常に似通っていることは興味深いが、センチマーニがわたしとの交流に利用できたのは、わたしの頭に蓄えられた知識や概念だった点には注意が要《い》る。わたしはあくまで、わたしという色眼鏡を通して、センチマーニを観察できたにすぎない。

観察期間が終わり、わたしにとってはとてつもなく長く感じられた球体への監禁期間が終わってしまうと、センチマーニはひどく友好的だった。わたしは同じ体に間借りしている他のセンチマーニの同意の元、どこへでも行くことができたし、何を見聞きすることもできた。通常のセンチマーニが許されている情報には全てアクセスできたし、奇異の目で見られることもなかった。わたしはセンチマーニの言葉を学び、社会の仕組みを観察し続けた。

二十年がまたたくまに過ぎ、そんな生活にも慣れ親しみ、センチマーニがわたしを気遣う素振りが見分けられるようになってくると、その気配りが、わたしたちの言葉で言う「異星人」に対するものと言うよりは「病気の同朋」に対するものに近いとわかりはじめた。そう考えて見ていると、センチマーニの対応は、地球人類社会に属する家族の一員が突然「自分はセンチマーニである」と主張しはじめた場合に予想されるものにそっくりだったし、それは、そのますぎる真実だった。ある朝目覚めるとセンチマーニの一部になっていたというのは、わたしの視点からの記述にすぎない。センチマーニにしてみれば、ある朝仲間のセンチマーニの中にこのわたしが突然出現していた、ということになる。

わたしはここまで、センチマーニという単語を、単数形としても複数形としても種族名としても使ってきている。彼らの言葉がそうなっているからという事情もあるのだが、センチマーニの生態として、その間の区別はつけにくい。センチマーニの体は、小さな球状の胴体に数十本の触手が生えたものである。その触手の一本一本に、何らかの意識が宿っているというのが標準的な状態である。時には複数の触手にまたがって存在するものもあり、必要とされる作業によって触手資源の配分はかなり柔軟に行われる。ここまでならばちょっと気色の悪い群体型宇宙人くらいの代物だが、この種族の一番の特徴は、センチマーニが憑依《ひょうい》体質であることだ。

異星人の性質を表現するのにあまり適当な用語とも思われないが、センチマーニをより理解してもらうためには、やはり憑依の語がしっくりとくる。依《よ》り代《しろ》へと降り下り、また返っていく人格とでも言うのがセンチマーニの実体に近い。多少正確に言うとするなら、彼らは人類に比べ、より情報側へ寄った生き物で、物質的基盤への依存が弱い。複数のコンピュータで同時に実行されているプログラムを想像してもらえると良い。あるセンチマーニというプログラムがあり、そのプログラムは多数のコンピュータで同時に独立に実行されており、ランダムに文字列を吐いている。吐き出された文字列が、自分の名前と一致したとき、センチマーニはそこに自分がいると感じる。

多数の触手で飾られた球体は、センチマーニにもよくわからない複雑な情報処理をその内部や表面で実行しており、センチマーニの意識なるものはその流れに浮かぶ泡のようなものだとも言える。脳の活動を化学反応と考えるなら、人間の意識も同じくその泡のような存在なのだが、センチマーニは別の個体の上に浮かんだ泡ですら、特徴さえ一致するなら、同じ自分として認識するし、認識される。センチマーニは相互の体を頻繁に移り変わりながら暮らしている。移り変わっている方を自然と感じ、球体として移動するより、別の球体に憑依して移動する方を好む。誰かを訪ねるよりも、相手を近くの触手に憑依させることを礼儀と考えている。あちらとこちらに同時に存在しても気にしない。遠近に関する感覚はひどく鈍い。憑依は数百光年どころか数万光年の単位でさえ平気に行われているという。ずっと同じ触手に存在しているわたしを、センチマーニは余程の頑固者と考えていたことも後でわかった。わたしは、センチマーニの一体の一部に憑依してから牢獄に閉じ込められたわけではなく、ただ単に、療養中のセンチマーニに突如現れただけだったとも聞かされた。その気になればすぐに外へ出られるものをどうして閉じこもっているのか、センチマーニは困惑していたのだという。センチマーニに、わたしは憑依などできないのだと納得させることは最後まで叶わなかった。

そこでのわたしは、センチマーニという流れの中に突然浮かんだ、人間という泡だった。そこにわたしというパターンが浮かび、わたしは自分がそこにいると認識し、膨大な距離を一瞬にして跳び越えていた。

3

しばらくの間、わたしはてっきり、自分はセンチマーニのところへ招かれたのだ、あるいは標本かなにかとして誘拐されてきたのだと考えていた。センチマーニは現世へと魔物を召喚する魔術師のようなものなのだと。センチマーニがちょっと相談をしたい場合に、友人を隣の触手へ呼ぶようにして。だからあるとき、仲良くなった一意識にこう尋ねられたときには仰天し、どこからすれ違いが起こっているのか気が遠くなりもした。

「君もこちらへ来てから随分経つが、一体、いつまでこっちにいるつもりなんだい」

わたしの滞在が迷惑というわけではなく、いかにもわたしを心配してという口調だった。

「帰れるものならそれは帰りたいがね」

皮肉な調子のわたしの返事に当惑したのは先方だった。何故かちょっと憤慨した様子で訊いてきた。

「予定を知らされていないとでも言うつもりかね」

「センチマーニにいくら聞いても、知らないという答えしかもらえない」

友人は困ったようにゆらゆらと意識を揺らしてみせた。無礼者をたしなめようか、言葉の使い方を教え直すか迷ったらしい。

「君はしばしばよくわからないことを言いだすが、それは当たり前だ。予定表は人智の及ぶものではないし、誰かの予定表を覗き込むような真似はできない。センチマーニは君の予定表を知らないし、知ることもまたないだろう」

「予定表って」

「今度は、予定表なしに宇宙を旅していると言いたいわけか」友人はしばし沈黙し、「その話を他のセンチマーニにしたことは」

「そりゃ最初の頃は誰にでも訊いて回ったさ。でも誰も答えてくれない」

「……当然だ。君とのつきあいももう長いから、君が嘘を言ってはおらず、翻訳上のすれ違いが生じているわけでもないことはわかる。しかしそんなことは信じられない。君はまさに、予定表を持たずに時空を超えてやってきたと主張しているわけだ。そんな話を聞かされた者は、君はひどく混乱しているか、記憶を失っているとしか考えなかっただろう」

「まあ、そういうような扱いは受けたがね」

友人はわたしの返事を聞いているのかいないのか、意識を別方向へ向けて呟くように思考を漏らし続けていた。こうなると、別のセンチマーニと話しているのか本当に独り言なのかという区別がとてもつきにくいので、センチマーニの社会でもあまり行儀の良い振る舞いとはされていない。

「……ああ、聞いたことがある。ああ、そうだ、うん、なんと言ったか……そう『暗がり仮説』か」独り言のような呟きを終え、友人はわたしに意識を向け直した。「君はそう…

…たとえば、これは大変尋ねにくい事柄で、我々の社会では大変なタブーに当たるし、最大限の侮辱とされる質問で、そんなことを訊かれたら相手をその場で絞め殺しても不問になるくらいのものなのだが」

わたしは鷹揚に意識の両手を広げて見せる。

「なんでも訊いてくれ」

自分にできる限り心と意識を開いて見せたつもりだが、友人はなおも躊躇《ため》らい続けた。

「……いやしかし、そんなことはありうるのか。そんな無茶を仮定するより、君が狡賢い異星人で、この質問をさせることでわたしの殺害を企んでいると考える方が余程自然なのでは……」

「自然じゃないよ、そんな面倒なこと」

「だがな、この質問は発する側に与える心理的圧迫もとても強い。しかも予想される君からの回答は、あまりにひどいものだ。自分がその返答に耐えられるか自信がないし、ことによるとその一言で、わたしたちの社会も大きなダメージを受けかねない」

「話が大きくなりすぎなんじゃないのか。社会を破壊する呪文みたいな単語なんてありえないだろう。言葉が形成されてくる過程でそんな機能が必要とされる理由がない」

「いや、違う。そういう意味じゃない」人間であれば、片方の手のひらでこちらを抑えるような仕草を友人はした。「言葉そのものの問題ではない。まさに『君』が、その発言をするというところが問題なんだ。人間が『自分はキリンだ』と言ったとしても別に問題は起こらない。キリンが『自分はキリンだ』と言いだしたとしてもまあ良いだろう。しかし、カバが『自分はキリンだ』と言いだしたなら、事態は戦慄的なものとなり、森の仲間も大宴会だ」

今となってはよくわからないセンチマーニ的比喩表現だが、その時は不思議と意味がわかった。

「なるほど」

そこまで面倒そうなことならば、別に訊ねてくれなくとも良い、何かがわかったところで別に自分が地球に帰れるわけでもないのだ。わたしはそう取り繕《つくろ》ったが、その頃には友人は更なる思考の深みにはまりこんでいた。

「……つまり、フタコブの岩山を行くフタコブラクダが二頭いたとき、どちらのラクダがどちらの山にいるのかを、フタコブラクダのコブに棲みつく双子のダニは重要な差異と認めるか、という古い論争に戻ることになる。更には、そのダニが自分の立場を理解せず、理解する器官も持たない場合に、そもそもこの問題は存在するのかという問いも絡んでくることになる……」

「まあ、いいとしようぜ」

「いやしかし、ここではやはり訊かねばならない。この推論が正しいのかを」

決然と意識を振り向けてきた友人に気圧《けお》されるようにわたしは頷く。「いつでもどうぞ」と再び意識を精一杯無防備に広げてみせる。友人はこの期《ご》に及んでまだ躊躇いを見せた。

「いや、しかし……」

「いいから訊け」

「わかった」

友人が背筋を伸ばすと、友人を取り巻く触手が十本程、一緒に真っ直ぐ伸びあがった。全く気がつかなかったが、ここまでの会話ですでに、友人にはそれだけの数の触手を占有せざるをえない心理的負荷がかかっていたか、深刻な資源不足が起こっていたらしい。

「しつこいと思うのはわかっているが、もう一度確認させてくれ。この質問に対して君は怒ったりはしないいな」

「しない」

「では訊こう」センチマーニが大きく周囲の気体を吸い込んで中央の球体が膨らむ。「もしかして君は、自分の寿命を知らないのか」

わたしはゆっくりと問いを嚙みしめ、語義の分析を繰り返し、慎重に検討を行い、一、二、三と三つ数えて、もう三回数え直した。相手をうっかり吹き倒さないように、ゆっくりと明瞭に、できるかぎりの丁重さを込め、答えを返した。

「知らんよ」

友人を実現している触手が暴風に煽られたように仰《の》け反《ぞ》り、風に流れきる直前のところで一斉に棒のように硬直した。気を失いかけたところを、強い精神力で持ち直したというところだろうか。友人は果敢にも、見た目にも切れ切れになっている意識で訊ねた。

「わかった。答えは予想どおり戦慄的で破壊的だが、まだ、訊ね方が悪かったという可能性が残っている。もっときちんと訊ねよう。君は自分が存在しなくなる時刻を知らないんだね」

「ああ」

「ということは当然、自分が存在をはじめた時刻も知らない」

「いや、時刻までは知らないが、日は知ってる。昼か夜かくらいもわかる」

「ふむ……そうきたか……。つまり君たちには、現時点を境目とした未来と過去に対する情報の不均衡が存在するということだな」

「昨日の天気は忘れたが、明日の天気はわからないって話か」

「なるほど。君たちは、昨日の天気を知ってはいるが、明日の天気は知らないわけだな。比喩や儀礼的な表現ではなく」

「まあ、そういうことになる」

センチマーニは嘆かわしげに意識を振って、

「そうか」
と一言告げて気を失った。

4

これまでも何度か繰り返してきたとおり、センチマーニは地球人類などよりは、遥かに高等な生き物だ。これは、もしかすると路傍《ろぼう》の石も深遠な内容を思考しているかもしれないとかいった知的パズルや禅問答や屁理屈に属する話ではない。

センチマーニは、自分たちの感覚器や思考中枢を増設しながら暮らしてきた生き物なのだ。センチマーニの哲学の中心には、例の「イグノラムス・イグノラビムス」がある。「わたしたちは知らない。わたしたちは知ることはないだろう」というやつだ。人間の場合はここで終わるが、センチマーニの格言にはまだ続きがある。「わたしたちがこのままでいる限りは」と。あるいは格言全体が、こういう表現をとることになる。「わたしたちは知らない。誰かは知ることになるだろう」

次のような格言も、センチマーニの間では広く受け入れられている。
「もしわたしたちが同じでいようとするならば、わたしたちは変わり続けなければならない」

一通りの物質文明を極めたセンチマーニは、自分たちの限界を素直に認めた生き物だった。知性は確かに万能に見えるし、知識は確実に増大している。アリストテレスは微分積分を知らなかったが、それはアリストテレスが微積分を理解できないことを意味しない。充分知性的であるならば理解できる知識というものが存在するのは疑いない。しかしセンチマーニは、全ての知識が理解可能だとは考えなかった。ごく単純に、猿は微積分を理解するかということだ。それは確かに、猿は猿なりに微積分を理解しているかもわからない。ではイルカならどうだろう。ねずみだったら、ミミズだったら、ゾウリムシだったらどうだろう。生命にはもしかして、半分生命とか半分非生命とかいう状態があるかも知れないが、理解についてはするかしないかの二択しかない。物質が最初から微積分を理解していたのでない限り、微積分を理解できるようになった段階というものが必ずあるはずではないか。

情報処理能力が増大することではじめて理解できるようになった概念は多いはずだと、センチマーニは考えた。そうであるなら、何かを理解しようとするなら、ただ考え続けるだけではなく、自分たちの体や存在を積極的に作り変えていくことが必要となる。

センチマーニの哲学者たちは、自分たちが姿を変えていくにつれ、解決されていくと予想される問題たちのロードマップを作成した。現在までに、計画の当初二百五十六個を数えた問題の大半は片づき、ほぼ同数の新たな問題が生まれた。先に挙げた、センチマーニにとっての五大難問のうち最初の四つは、当初のロードマップに含まれていたものだ。現在では、この五大難問の上に五大超難問、五大超々難問などが積み上げられているものの、わたしに問いの内容が理解できたのは五大難問までであり、それより上は、悪ふざけか音の戯《たわむ》れにしか聞こえない。

●他人の痛みを感じることができるか。
●受け取る器官の存在しない感覚とは何か。
●この世には、他人がいると想像している自分だけが存在しているのか、本当に他人が存在するのか。

といった問いは、予想に反してかなり初期に解決された問題に属し、現在のセンチマーニにとっては専門家でもない限り、問いの意味さえよくわからなくなっているらしい。最初期のリストにも含まれており、解決は容易だろうと思われていた、「古文書の意味内容を正確に把握できるか」という問いが未だに未解決問題として残されているというのも興味深いが、これも、問いの意味が日々センチマーニにとって不明になってきているからだと考えている専門家は少なくない。

ともかくもセンチマーニは、自分たちの意識や思考を、体を改造することで強化してきた。センチマーニに言わせれば、移動のためには車をつくり、鉄道をつくり、金属の塊を飛ばす労力さえも惜しまない人類が、思考を補助する器官や機器の作成にまったく注力しないのはとても奇妙に見えるらしい。

センチマーニが自己の拡大を開始して間もなくぶつかることになった一難問は、思考を拡大していけば新たな概念を獲得できるとするセンチマーニの選んだ道が正しいことを示していたが、同時にセンチマーニの思考様式や社会に巨大な影響を与えることともなった。

思考の拡大とともに活動範囲を宇宙へと拡大していったセンチマーニが遭遇したのは、群れをなし、宇宙を旅する鴫の群れだった。今でも五大難問に数えられている、「ワープを可能としている原理」を巡る激しい思索の戦いは、ここからはじまることになったのである。

センチマーニは、かなり自由にワープ航法を操る種族なのだと、わたしはずっと考えていた。そうでなければ、このわたし自身を、どこかも知れないセンチマーニの居場所へ連れてくることなどできないからだ。それがたとえ、意識だけのこととしてもだ。実際に、センチマーニは光年を単位とする遠方と当たり前にやりとりしている。何万光年離れた箇所の天気を昼食時の話題にしたりする。

　しかしそれでもセンチマーニは、自分たちは光速の壁を超えてはいないと主張するし、超えることもないだろうと予測している。光の速度を超えて何かをやりとりすることは、物質だろうと情報だろうと不可能だとする点で、センチマーニの物理学は人類の持つ物理学と変わりない。更にはそれは、この宇宙を成り立たせている重大な原理で忽《ゆるが》せにはできないとセンチマーニは言う。

「でも、してるよな、ワープ」

「していない」

　実際に、この何億光年遠方なのかセンチマーニにさえわからない距離を飛び越えてきたわたしに向けて、友人はこともなげにそう告げた。

「でも、人類のことについてもよく知ってるじゃないか。この僕の知っている以上のことについても。君たちは歴代のアメリカ合衆国大統領も、歴代の中国皇帝の名前や、天皇の名前も言えるだろう」

「ああ」

　と友人は平気な顔で答えるのである。

「普通はそれを、『超光速で情報のやりとりをした』って呼ぶ」

「それは誤解だ。君は混乱している。『暗がり仮説』は真実だったということだ。センチマーニはもうその暗がりについて忘れてしまい、知性体にとってその状態が果たして存在するのかもよくわからなくなっているのだ。これは、情報処理能力の増大によって新たな概念を獲得したがために、その概念が存在しないという概念を失うという現象として研究が進んでいる」

「つまり、お前は馬鹿すぎるから俺たちの話は理解できないと言いたいんだろう」

違う、と友人は頭を振り、荘重《そうちょう》な響きを伴いこう尋ねた。

「鴨の話をしても良いかね」

それは、宇宙全体をなわばりとすると考えられているワープ鴨の群れの話だ。

茶色い羽を羽ばたかせ宇宙空間を旅しているが、当然ながらいわゆる鳥とは完全に異なる存在だ。宇宙を移動している種族は、それほど少なくないのだとセンチマーニは言う。長く宇宙を旅していると色んなものに出会うらしいが、ワープ鴨は中でもとてもありふれたものらしい。あまりにありふれすぎていて、注目を引くのが遅れたくらいに。

センチマーニの科学者の一人があるとき、ふと思いついた。あのどこにでもいるワープ鴨にも、故郷の星はあるはずだ。それをつきとめるにはどうすれば良いか。宇宙におけるワープ鴨の分布を調べれば、その中心地がわかるだろうと科学者は考え、手に入る航宙記録を片っ端から調査してみた。結果として判明したのは、ワープ鴨はどこにでもいるらしいということだった。そのときはまだ、光速を超えることができずに、ゆっくりのんびりとした超長距離航行を余儀なくされていたセンチマーニがどこへようやく辿《たど》りついても、その先にはワープ鴨が呑気《のんき》にぱたぱたと飛んでいたのだ。

合理的に考えるなら、このクイズの解答は二つしかない。

●ワープ鴨は、センチマーニが宇宙へ進出する遥か以前から、宇宙をぱたぱたと飛んで広がっていった。

●ワープ鴨は、超光速《ワープ》で移動する。

他にも、物好きな何かの種族がワープ鴨を宇宙中に撒《ま》いて歩いたとか、色々考えようはあるわけだが、この二つの解釈がまずは順当なところと言えた。問題なのはこの解釈の両方があまり現実的とは言えなかったことである。ワープ鴨が自分の翼でぱたぱたと宇宙を渡っていくというイメージはあまりに牧歌的すぎた。そんな想定に比べれば、ワープ鴨にはセンチマーニにも未知のワープドライブが備わっているという解釈の方が、まだ受け入れやすい。

センチマーニの何世代かを費やした調査によって、ワープ鴨の生態は徐々に明らかにされていくことになる。結論からを言うならば、ワープ鴨はワープをしていなかった。それぞれのワープ鴨の群れは、数光年程度の輪を描いて移動することがほとんどであり、一定のなわばりから外へ出ることはないようだった。つまり二つの解釈はどちらも棄却されたということになるわけだが、ワープ鴨を調査していた科学者の一集団は、ワープ鴨が超光速通信としか呼べないような能力を持つこともまた発見していた。その現象がみつかったのはほとんどただの偶然だったが、ある集団でのとある鴨に対する餌《えさ》による条件付けが、他の群れのとある鴨でも観測されるという出来事が、光年という距離を隔てて発生したのである。これは、こちらのパブロフの犬に肉を見せると、あちらのパブロフの犬が涎《よだれ》を垂らし、間には数光年の距離が横たわっている、というような状態だ。

このワープ鴨に対する実験は再現性がほとんどなかったせいで、記録のミスかただの偶然と長く考えられることになる。

「しかし、記録ミスではなかった。ただの偶然ではあったのだがね」

と友人は言う。

「わたしたちは長い長い時間をかけて、ワープ鴨の生態を理解していった。ワープ鴨は宇宙のほとんど全ての場所で活動している生き物だ。物理的存在としてのワープ鴨は、一定の宙域を周期的に飛行している。しかしそれはワープ鴨の物質的な部分にすぎない。ワープ鴨の精神は、距離を無視してあちらの鴨、こちらの鴨と自由気ままに跳んでいるのだ。今日はこちらのワープ鴨が自分だが、明日はあちらのワープ鴨が自分となる。ワープ鴨は意識を発生させるための土台で、今日はこの名前、明日はあの名前の個体を気ままに実現させているのだ」

「……君たちが今そうしているように」

　友人はわたしを気遣うようにしばらく沈黙を保ったのちに口を開いた。

「君がそうしたように、とも言える。君はたまたま、センチマーニという土台が実現する化学反応が君という人格を表現するのに必要にして十分な状態になったが故にここに現れた存在であるにすぎない。

　それにセンチマーニはワープ鴨とは異なる。鴨は自分たちに起こっていることを理解していないが、わたしたちはワープで何が起こっているかは知っている。ただし、どうやってワープが可能になっているのかは全くわからないままだ」

「結局、センチマーニはワープをしているってことだろう」

「……君はまだわかっていない。宇宙中に、気紛《きまぐ》れな信号機が設置されているとしてみよう。信号にたまたま赤が灯ると、君はその信号を自分だと思う。それが君の言うところのワープの実態だ」

「ふむ」

「君は、センチマーニは、好きなところに信号を設置し、どの信号を光らせるかを自由に決めることができると考えている」

　わたしは自分の頭の中で点滅しだした無数の信号機を見つめながら訊ねる。

「違うのか」

「違う」友人は哀しげに首を振り、根気を振り絞るように続けた。「信号機を、ワープ鴨と呼び換えてみよう。ワープ鴨を、超光速での移動手段もなしに宇宙中にばら撒いて歩いたのは誰だね」

「ワープ鴨は……誰かに運ばれたわけではなくて……最初から存在していた」

友人は静かに頷いた。

「光の速度を超える方法が存在しないとすれば、他の考えようはないんだ。ワープ鴨は宇宙中にあらかじめ存在していて、かつ、どの鴨が次に、どの鴨を自分と思うのかまで含めてあらかじめ全てが決められている……センチマーニもまた、同じだ。そうしてまた」

あえて間を置いたのだろう、友人の台詞《せりふ》をわたしが引き取る。

「……この、わたしも同じなのか」

5

センチマーニは、人類などより遥かに高度な生き物だ。

ワープ鴨の生態を究明したセンチマーニは、自分たちの一挙手一投足が既にどこかに細大漏らさず書き記されて定められているという結論に達した。もしも自分たちがワープ技術を手にする日が来るのなら、それは誰かがあらかじめ、宇宙のどこかに、センチマーニを置いておいてくれたからにすぎない。その遠方のセンチマーニの体に自意識がふと灯り、そいつは自分がその瞬間に遠距離まで移動したと認識する。センチマーニがワープを発見するならば、それはセンチマーニがワープを発見するとどこかに書かれているからにすぎないわけだ。わたしがここに現れたのも、センチマーニが地球についての知識を持っているのも、化学反応があらかじめ定められていたとおりの配置をとったからにすぎない。

この宇宙はそんな馬鹿馬鹿しい形に作られている。

センチマーニの空恐ろしさは、このありえない真実を受け入れるのに半端な躊躇いを見せなかったところだろう。センチマーニは自身への更なる器官の増設により、自分を運命づけている「予定表」にアクセスすることにまで成功した。予定表にはその人物の、生まれてから死ぬまでの出来事が委細漏らさず記されている。ただし予定表は、自分にしか読むことはできない。予定表にアクセスできたところで、自分の全てをあらかじめ知れるわけでもないことには注意が必要だ。百年間の出来事を撮った映画をきちんと観るには、やっぱり百年が必要なのだし、一秒間の出来事を理解するのに一秒以上かかることだって珍しくない。

強固な予定運命説をつきつけられたセンチマーニは、予定表の内容公開をタブーとし、それまでどおりの対話様式を堅持することで社会を維持することに成功する。しかし原理的に他人には読むことができない予定表の内容は、いくらでも嘘のつきようがあるわけで、読解ミスも常にありうる。当初予想されたほどの混乱はなく、更に世代を経るにつれ、予定表はごくごく当然のものと受け入れられていくことになる。予定表を受け入れたあとのセンチマーニが、更に器官の増設を続けていることも重要だろう。現在のセンチマーニは、自分たちが予定表にアクセスできなかった頃のあやふやな未来の広がる時代のことを、単に「暗がり」と呼んでいる。今やその存在さえもが忘れられ、「暗がり仮説」と呼ばれるくらいだ。センチマーニには、「未来がわからないと定められている」ことは理解できても「未来は定められていない」ということは理解できない。前者は器官の不足と捉えられ、後者は形而上思考実験と受け取られる。

自分に起こる出来事を完全に知りうる以上、わたしの友人となったセンチマーニは、わたしとの出会いを知っていたということになり、それは正しい。かといって、わたしと出会った驚きや、会話中の心の動きが全て演技だったというわけではないらしい。記録は記録、実感は実感ということらしいが、センチマーニは予定表と心の均衡を保つための器官も発達させており、その機微についてわたしは多くを語りえない。百年の間に妻を三本、夫を五本持ち、子供を三十五本つくることになったわたしにしてなお、センチマーニについてさえ、よくわからないことは多いのだ。自分の歴史全てを超時間的に見下ろしているからといって、センチマーニに時間の概念がないわけではない。現在は確実に存在する。未来と過去の区別は徐々になくなりつつあるそうだが、それでも長い進化の期間晒《さら》され続けた時間の非対称性は、センチマーニの本能や言葉、生活習慣や作法に深く刻まれている。

個々のセンチマーニが知っているのはあくまで自分という個体の運命だ。だからセンチマーニという種がどこへ行くのか、種としての限界がどこかに存在しているのかは、センチマーニにもわからない。

わたしは遂に、予定表にアクセスすることが叶わなかった。だから、ある朝目覚めてみると何故か元の自分に戻っていたとしか言いようがない。勿論、全ては悪夢だったのかも知れない。記憶を元に、ワープ鴨の通りそうな宙域をみつけ、太陽系はじめての惑星間生物発見者としての栄誉を得たのも、火星の表面に食用となる植物があるに違いないと予見できたのも、その他の宇宙食材たちを次々と見出し、同業者になろうとする者たちを遥かに引き離していることだって、単に「人が変わった」だけのことかも知れないし、「強運の人」であるせいなのかも知れない。せいぜい、夢の啓示といったところだろうか。

わたしのこの証言が、嘘っぱちと片づけられることは承知している。しかし考えてもみて欲しい。何か隠された真実なるものがあるとして、その真実を隠すために、かくも面倒くさく入り組んだ作り話をする必要がどこにあるだろう。せめてもう少しまし な法螺《ほら》を吹かなければ、無駄な注目を集めるだけのことではないか。

これはいつもと同じ夜に思える。あるいはいつか経験したどれかの夜だ。わたしの前へ、一皿のワープ鴨がうやうやしく運ばれてくる。二十年来、太陽系中の食通たちを唸らせ続けている逸品だ。わたしは既に、この一皿を何度も賞味してきたような気がしている。同じ種類の料理をという意味ではない。正に同じこの一皿を、何度も何度も繰り返し食べ続けているような気がする。予定表のその部分のみにアクセスし続けているように。

センチマーニの一部であったわたしは、予定表にアクセスすることはできなかったが、その理屈については受け入れている。宇宙の全ての出来事は、あらかじめ定められた筋書に沿って整然と運ばれていく一個の劇だ。長大なシナリオが存在し、ある瞬間に上演されている箇所はほんの一部であるにすぎない。膨大な活字を追う視点が見つめているのが、ほんの数文字にすぎないように。帰還後のわたしが実感を欠いていることは、多分こう理解することができると思う。今のわたしは舞台のスポットライトの当たっていない部分や、開かれていない本のページに近いのだろう。実感を感じはするが魂のない人形が光の輪の中で踊っており、こうして魂を持ちはするが実感を持たない存在となったわたしは、同じ夜の同じ料理を今もここで食べ続けている。それはまるで、この手記の前後で、世界が滝となって落ち込んでいるようなありかただ。

最後にささやかな真実を明かしておこう。この手記を記したのはこのわたしの意思ではない。勝手に動き出したわたしの手が記したものだ。その意味でこの秘密を明かしたのは秘密自身だとも言えるだろう。その内容がわたしが書こうと思った内容と寸分違《たが》わず一致しているのは、単なる偶然の結果にすぎない。勝手に動いている以上、わたしの指は不随意運動をしているということになる。もし指がわたしの意思に反したことを書き出したとして、わたしにそれを止める術《すべ》はない。センチマーニの五大難問のうちの一つを思い出して頂きたい。

●自由意思の起源。

この問いはこうも置き換えられていた。

「意識は随意運動だろうか」

センチマーニの、あるいはわたしの自由意思は、本当に存在しているのだろうか。こうしてあらかじめ定められたとおりに動く手の記す記録が、わたしの意思とぴったり合っていることは自由意思の存在を示すだろうか。それとも手が全く自分の意思と反したことを記していくのをなす術もなく眺める方が、自由意思が存在すると呼ぶのに適切な状態だろうか。わたしには、今わたしが考えていることを記す自由が与えられているのだろうか。

わたしの手がワープ鴨を一切れ切り取り、ゆっくりとわたしの口に運んでいく。その一口がもたらすはずの愉悦はこのわたしには訪れない。わたしの心は愉悦を感じているとだけ知ることができる。

「素晴らしい」

とわたしの口は言う。

「素晴らしい」

とわたしの手はそう記す。

わたしの頬を、わたしとは全く関係のない感激の涙が伝い、濡らしていく。

はるかな響き

Ein leiser Ton

飛 浩隆

はるかな過去、ヒトザルは漆黒の衝立のような石に遭遇する。言語も知らない、時間感覚もないヒトザルだが、彼らは、生命誕生以来、あらゆる生き物の内部で鳴りつづけた〈響き〉を持っていた。

著者は一九六〇年、島根県生まれ。大学在学中に第一回三省堂ＳＦストーリーコンテストに入選、「異本：猿の手」（〈ＳＦマガジン〉一九八三年九月号掲載）で本格デビューを果たす。二〇〇二年、初長篇である『グラン・ヴァカンス　廃園の天使Ⅰ』で、「ベストＳＦ２００２」国内篇第二位。二〇〇四年刊行の初期作品集『象《かたど》られた力』で第二十六回日本ＳＦ大賞を受賞、「ベストＳＦ２００４」国内篇第一位を獲得。他の著書に『自生の夢』など。

初出：『サイエンス・イマジネーション　科学とSFの最前線、そして未来へ』（ＮＴＴ出版）2008年

色どり彩《あや》なす大地の夢の
音また音の、その奥底で
ひそかにひとつの音鳴ることを
能《よ》く耳すます人は知る

——フリードリヒ・シュレーゲルの詩「しげみ」から（作者訳）。

ロベルト・シューマン作曲〈幻想曲〉作品17の冒頭にモットーとして掲げられている。

●夜明け

はるかな、はるかな過去。
その朝早く、ふしぎな胸騒ぎに衝《つ》かれて、一匹のヒトザルが目を覚ました。どこまでも岩と砂の荒涼たる土地、その片隅に仲間と身を寄せあって朝を迎えたヒトザルは、昨夜までなかった構造物が忽然《こつぜん》とあらわれているのを見いだし、警戒の声をあげて仲間を起こした。

漆黒のなめらかな材質。衝立《ついたて》のように垂直に立つ石の——おそらくは石だろう——板。

その形状はいかにも不自然で、高度な知性の介在を暗示しているが、むろんヒトザルには分からない。はなはだしく不穏な気配があるが、ヒトザルはこの異様さを言いあらわすすべをもたない。言語を知らない。時間感覚も、記憶も、自意識もない。

そのかわり〈あの響き〉を持っている。

それは、つねにヒトザルのなかで鳴っている。生まれてこのかた一度も途絶えたことがない。それどころか、この星に生命が誕生して以来、おそらくは、ありとあらゆる生き物の内部で鳴りつづけてきた音。

長い毛でおおわれた上肢を伸ばし、彼女は、汗ばんだ手で長い骨をにぎり直す。大型の草食動物の、その大腿骨《だいたいこつ》。幼い頃から肌身はなさぬこの骨は、生まれもった指や歯とかわらぬ身体の一部になっている。ヒトザルは骨でこつこつと地面を打つ。その音に耳を傾ける。内部の〈響き〉と外部でうち鳴らす骨の音。その相互作用が彼女は好きだった。

ほかのヒトザルとともに、彼女は、石板の周囲をおそるおそるめぐりはじめる。まわる輪がしだいにせばまり、好奇心の強いだれかが石板に手を伸ばす。骨の女は不快を感じる。

「いやな予感がする」と人類ならいうのかもしれないが、まだヒトザルは「予感」しない。彼女の警戒は、つねに時間ではなく空間のひろがりへ差し向けられている。

一匹のお調子者がついに石板の表面に手をふれる。ふれて、ひっこめて、無事であることに小躍りし、となりのヒトザルがそれでは自分もと指をのばす。骨の女は不安に苛立《いらだ》ち、骨で地面を打って冷静さを取り戻そうとする。ふだんなら骨の音で内面の〈響き〉をたしかめることで、彼女は落ち着ける。

しかし今日はその制御がうまくいかない。内面の〈響き〉にきき耳を立てても、いつもの平安がやってこない。彼女の不安がざわざわと高まったそのとき、
すうっ――

一瞬、まわりの音が消え、
そしていまだかつて経験したことのない、暴力的な感覚がとつぜん、落石のようにヒトザルたちをなぎ倒した。

音。石板の放射する、音。

かん高く、大きく、持続する音。音量も音高も変えず均一に鳴りつづける音は、骨の女が経験したことがないものだった。

彼女は石板の音を閉め出そうとした。耳を塞ぎ、大きく吼えた。しかしどれほど大きく吼えても、音には何の影響もなく、鮮明に鳴りつづけるのだ。

骨の女は気づいた。

音は、彼女の内部で鳴っているのだ。

●室内

暑い日の、まだ明るい時間帯の夕食には、適度に冷えた白ワインがいいだろう。あっさりしているより、おやっと思う程度に重さのあるのがいい。彼女もその方を好むに違いない。

「何が食べたい？」

明かりをつけ、換気扇のスイッチを入れる。空気が動き出す。オープンキッチンの中から、僕は、リビングの妻にリクエストをきく。

「なんでも作るよ。ふたりで食べるのは久しぶりだね」

シンクに野菜を洗うための水を張る。大きな鍋に湯を沸かす。包丁をラックから代わる代わる取り出し、刃を検分する。ショールームから直接持ち込んだような、ぴかぴかのシステムキッチンは、しみひとつなく、機能的で動きやすい。だれかがあらかじめ磨いてくれたように光っている。

「そうね。おいしいサラダを食べたいな。暑いし、野菜を食べたいし」

妻はにっこり微笑む。こんな笑顔、最後に見たのはいつだったろう。その背後の大きな窓をとおして、夏の夕方の空が望める。あきれるほど巨大な入道雲が珊瑚《さんご》の色に燃え立っている。このマンションは高層階なので喧騒がとどかない。ほかに高い建物も見当たらない。どうかするとこの部屋が空の中に浮いているとも感じられる。

「いいね。食べごたえのあるサラダにしよう。肉のサラダ、それとも魚？」

「いろいろで」

いろいろで。なつかしいな。それが妻の口ぐせだった。こまかく指図されるのが嫌い、という僕の性格を承知しているから、だいたいの好みを伝えたあとはすっかりまかせて、あれこれ言わない。

「じゃあ、いろいろ作るよ」

「ええ、お願いします」

会話はまだぎこちないが、それは仕方ない。冷蔵庫から食材を、戸棚から道具を取り出す。野菜、食肉、魚介、チーズ。ステンレスのボウル、ガラスのボウル、木のボウル。生のハーブ、ドライのハーブ。スパイスを砕くミル。柑橘《かんきつ》を搾《しぼ》るスクィーザ。オイルと酢。ストレーナ、グレイタ、スライサ。琺瑯《ほうろう》のバットを積み上げる。フードプロセッサのプラグを挿《さ》す。僕はある種の快さを感じつつ、キッチンを順序よくブートしていく。

そのあいだに妻はソファから立ち上がる。

僕よりは少し背が低いが、きれいな体型で姿勢も良いので、どうかすると彼女の方が高く見える。麻のワンピースはかすれた緑で、ほっそりした立ち姿によく似あっている。対面キッチンの向こうで腕組みして僕の作業を見ている。服はノースリーブだったから、きれいな腕がそっくり見えた。

ダイスに切って蒸し焼きにしたビーツを密閉容器から取り出す。エシャロットを手早く刻み、シェリーヴィネガーとピーナッツ油のドレッシングで和《あ》える。指で味を見る。これで一品。

もうひとつの容器から、ラタトゥイユを皿に移す。生クリームを八分立てにしバジルペーストを混ぜこみ、スプーンでフットボール形にすくって、ラタトゥイユに載せる。これで二品。

にんじんとオレンジのサラダの下には、板ゼラチンで固めたオレンジジュースを漉《こ》し器で砕いたものを敷く。できあがった順に冷蔵庫へ移す。

調理台の上のガラス瓶からコルニッションを一本取り出し、こりこり齧《かじ》ってひと息入れる。これもじぶんで漬けたものだ。

「おいしそうな音」

「まだあまり漬かってないからね。ぽりぽりしている」

「本当に、あっというまに作ってしまうね」

料理が得意だと思ったことはない。本気で勉強をしたこともない。趣味とも違う。しいていえば「苦にならない」だろうか。妻がときおり僕に、あれやこれやが食べたいとリクエストする。図書館やネットでレシピを調べ、要領良く手を抜いてまがいものを作る。これを繰り返しているうちに、だいたいなんでも作れるようになった。たしかに手際はよいのだろう。

「料理なんて〝手際〟がすべてだよ。ほかには何もない。キッチンがうまく動き出すと、その中にある流れが生まれるんだ。それを逃さないように、邪魔しないように、いらいらせずにちゃっちゃっと手を動かす。家庭料理なんて、それがすべてだ」

「なんだか剣豪の極意みたい」

妻はおかしそうにわらう。夏の夕方の光と麻の服の色が、ととのった顔立ちの上で美しく混じり合っている。

「高級フランス料理みたいに極度に洗練されたものでなければ、料理の技法なんてたかが知れてる。むずかしく考えず、手を動かし、流れを作り、身を委ねる。ほんとうにそれだけなんだ」

「頭はからっぽでもいいの」

「だね。頭を使いすぎると、流れが分かんなくなるから」

「じゃあ、流れさえつかんでいたら、永遠にサラダを作りつづけられるの？」

「いや、流れは、鍋やシンクみたいな金物《ハードウエア》じゃないからね。気温や明るさ、体調、材料の状態、それらが相互に作用して、つかのま、ほらこのあたりにぽわっと生まれて」僕は片手を目の高さでひらいて見せた。「で、いつのまにか消えている」

妻は、コルニッションをつまみ、コリコリと齧った。

「さっきまでの流れは……もう消えた？」

大きな目で見つめられると、なぜだかそれが僕たちの関係についてのことのように感じられ、口ごもってしまう。

「いや――どうかな。まだ、そのへんにあるかもね」

「つかまえられそう？」

「んー」ぼくは空中で手をぱくっと握った。「はい、つかまえた」

「あら上手ね」

妻はおだやかに微笑んだ。

「じゃ、再開しよう」

僕は冷蔵庫から別のチーズを何種類か取り出す。

「私、ピアノを弾いてもいい？」

「いいもなにも。とても聴きたい」

「じゃあそうする」

壁ぎわの細長い書棚には、料理の本と楽譜だけが収めてある。妻はそこから何冊か引き出してピアノに向かった。

バーニャカウダのソースにとりかかりながら、僕は彼女の背中に声をかけようとする――。そしてやはり口ごもる。

調理台のすみに小さな写真立てがあり、そこに五歳の女の子が写っている。こちらを向いてにっこり笑っている。

僕は深くため息をつく。写真にこう言葉をかけたくなる。――ねえ、ここは、いったい何処《どこ》なんだろうね？

●ナレーション
さて、ここで〈僕〉の語りをいったん止めて、ここからはわれわれの話におつき合いいただこう。はじめにお断りしておくが、話題は〈スウォームキャスト〉をめぐるものになる。はじめのうち、ややもって回った話しかたになるが、どうかおゆるしいただきたい。なんといっても〈スウォームキャスト〉は、人類の存在理由そのものであるし、ここだけの話、われわれやあなたの存立の根拠をゆるがしかねない話題なのだから。

――さあ、では、まず架空のテレビ画面を頭の中に思い描いていただこう。その画面は視界の上下左右端に達する広さと、あなたが想像できる極限の画質を描き出す性能を持つ。番組はなんでも良い。とにかくなにかのプログラムが流れているとする。ここで、その画面の左下のすみを見てみよう。子画面の窓が切られ、そこに手話通訳者がいる。通訳者はプログラムにふくまれる話し言葉を、逐一ジェスチュアに置き換えて、テレビを見ているわれわれに送出してくれている。

たとえば――アフリカの草原で、豹《ひょう》が獲物を捕らえ殺す場面。血に濡れた肉や、引き出される内臓、断末魔の動物の体表で起伏する筋肉のけいれん。短い叫び。

はたまた、たとえばパリ七区。イタリア人一家が営む惣菜屋の、飴色に輝く店内。豚の腿肉の生ハム。店主はその塊に、馬の骨で作った細い棒を突き刺し、抜いて先端を嗅《か》ぐ。熟成具合を測るために。

テレビ画面には、このようにつねに圧倒的な感覚があふれている。しかし手話通訳者はその中から手話に翻訳できるものだけを要領よく抽出し、テレビカメラに向かって送り出す。

私はその動作に、ある種の哀感を覚える。画面で生動する彩りや音響にくらべれば、通訳者の送出する情報は絶望的なほど貧弱で、その隔たりはとても大きい。

だがもし、この子画面の人物が伝えたいものが、その遠さそのもの、絶望的距離感それ自体だったとしたら、どうだろう。

われわれの話を理解していただいているだろうか？　われわれはいま、人類の絶滅――いや消滅について話そうとしている。そう、ついこのあいだ人類は消滅した。「人類」とかれらの言葉は、あっという間にこの宇宙からぬぐい去られようとしている。

さて、ここでひといきいれて「認知的閉鎖《コグニティヴ・クロージャ》」について話そう。これは人類がついこのあいだまで取り組んでいた「意識のハードプロブレム」という問題にかんする話題だ。

ある時期まで「心的な現象は、脳というモノの物理的な挙動として説明しつくすことができる」と信じられていた。みな、それを自明のこととして脳の物理的な観測に明け暮れていた。そこへ二十代の若者が爆弾を投げつけた。「解けたみたいな顔してるけど、だってそれは簡単な問題《イージープロブレム》だからだろ。まだむずかしいやつが、ほらそこらへんにいっぱいあるぜ」と。

若者のいう難題《ハードプロブレム》とは、こうだ。——物質としての脳はなるほど情報処理をしているだろう。しかしその過程に伴って現れる私のこの意識、この主観的な体験とはいったい何なのだろう？　どうやったらそれが記述できるだろう。

若者の投げた爆弾に、研究者たちは蜂の巣をつついたような——百鬼夜行《パンデモニアム》みたいな騒ぎになった。さまざまな思いつき——下書き《ドラフト》が提示され、さらに多くの反論や補足が上書きされた。

たしかに、意識の性能でその意識自体を解明するというのは、むずかしい。自分自身が座る座布団を持ち上げることで、ふわりと浮かぼうというくらい無謀な話だろう。

さきほど言及した「認知的閉鎖」とは、まさにこのことを指す。人間の心には、そもそも、意識の問題を解明する能力がない――座布団を持ち上げて飛行できないように、そうした問題にかんし、人間の理解力は閉め出されている、閉鎖されているという概念だ。

さあ、ここでようやくテレビの話に戻る。

われわれの言いたいのは、つまりこういうことだ。

人間の意識とは「手話通訳者」が嵌《は》め込まれた子画面である。豊かな印象と感覚から「閉鎖」され、その豊饒《ほうじょう》に背を向けて、だれかに対してジェスチュアを送出している。手話通訳者がいなくても番組の進行に影響がないように、人類の活動に、意識はあまり寄与していない。

人間は〈私〉という意識がじぶんの表玄関だと考えているが、それは買いかぶりだ。〈私〉は、人間の中に生起する圧倒的質感とはほとんど無縁で、ぽつぽつと貧弱な語りをつむぐ「裏口」にすぎないのだ。

〈私〉があるという感覚――セルフ・アウェアネスは、生きるうえで大した役割を果たしてはいない。人間も他の動物と同じく、ほとんどの認識と行動は、無自覚に進められている。

さて、それでは、なんのために人類は〈私〉の感覚をもっているのか？ 自分のためには必要でないのなら――と考えてみれば分かるだろう。

そう。〈私〉は、他者のためにある。手話通訳者が視聴者に向けてジェスチュアをしているように、〈私〉はじぶん以外のために存在している。言うまでもなく、ほかの人間のために、ではない。〈スウォームキャスト〉のためにある。

絶望的な距離感を、だれか人類以外に向けて送出するためにある。すこし先走りすぎただろうか……。しかしこの話は、もう少し深い場所までたどりつかねばならない。どうか、いましばらくご辛抱ねがいたい。なんといっても〈スウォームキャスト〉は、われわれやあなたの存立を揺るがしかねない問題なのだから。

●夜明け

骨の女は、うずくまって耐えている。

黒い石板の〈音〉は、いつのまにか、彼女の内面に移っていた。彼女じしんがこの〈音〉を鳴らしているのだ。周囲のヒトザルたちも倒れ、あるいは身体を折っている。

聞こえない。

〈あの響き〉が聞こえない。

たしかにまだ身体の中にあると分かるのに、この新しい音が衝立となって邪魔をする。苛立ちのあまり、白い骨で地面をなんども打つが、〈あの響き〉の手ごたえは返ってこない。

彼女は〈音〉に溺《おぼ》れそうになって、息をつぐために顔を上げた。石板のなめらかな表面に何か映っている。まだ彼女には、それがじぶんの両眼だとはわからない。これまで身体の外にある映像を「じぶん」と認識する必要がなかったからだ。

しかし。

しかし彼女は、石板に映るその眼から目が離せない。今ここで苦しんでいるこの身体とその鏡像に、何かが、何かのつながりがある、そんな認識が立ち上がろうとしている。

「……！」

女は喉の奥で唸《うな》る。

自分が「この身体」からひきはがされ、得体のしれない場所――外へ連れ出される、それは恐怖だ。骨の女は、目をかたく閉じ額を砂地にすり付けた。

〈あの響き〉はもう聞こえない。

しかもそれだけではない。

たちはだかる〈音〉の壁に、変化が生じている。その表面に壁紙の文様《もんよう》にも似た微細な起伏や、反復、律動がうまれていた。一様だった〈音〉が分節化され、音がつくる色とりどりの小さな弧《こ》が、くるくると乱舞していた。

骨の女はさめざめと泣いた。

片時も離れたことのない、じぶんの一部である〈あの響き〉を奪われて、彼女は――

さみしい、と思った。

いや、もっと正確に言えば――

さみしい、と彼女は読んだ。

なぜならば、〈音〉の壁紙に、そのような音列が書きつけてあったからだ。ただそのとおりに読んでみる。すると彼女の未整理な感情はたちまち「さみしさ」となった。

そう、気がついてみれば、羽虫のような音の小片たちは、それぞれが個別の「ことば」の群れなのだった。

やがて子孫が獲得するボキャブラリにくらべればいかにも貧弱な、しかし彼女には目がくらむほどの意味と音韻が、爆発的にあふれ返り、ひしめきあっている。

「かなしい」ととなえれば、たちどころに悲傷がするどく立ち上がる。「こわい」と読めば闇黒《あんこく》がくろぐろとのしかかる。自由自在に殖《ふ》え、連合し、使い手を支配する、意味と感情のマトリクス――すなわち言語が、いま石板からのインストレーションを終えて、ヒトザルのなかで展張していた。

あらゆる身ぶり、あらゆる思いが、ことばに奪われてゆくのだとさとり、骨の女は、もどかしさに身をよじった。〈あの響き〉、ただ自然にじぶんと一体化していたひびきは何処にいったのだろう！

どうにかもう一度聴きたくて、彼女は骨を高々と振り上げた。あのひびきよ響け、と念じながらまっすぐ下に、叩《たた》きつけるように振り下ろす。

骨は乾いた音を立て、

縦に割れ、

するどく裂けた。

女は、石板を――モノリスを、漆黒の鏡を見た。そこに映るもの。あれは、私だ。あそこで地べたに這いつくばって目を濡らしている猿は、私だ。

たまらないさみしさの中から浮かびあがるもの。ゆうべまでは影も形もなかったものがある。世界から切り出されて、いまここに自分があるという、その実感は、もはや彼女にとって疑いの余地なく実在しており、かくて自己覚知《セルフ・アウエアネス》が、すなわち「さみしさ」がこの地上にはじめて産み落とされた。

●室内

コンソメで煮たカリフラワーの花蕾《からい》とマスカルポーネ・チーズをあわせて作ったスープを小さな皿に張り、そこへ、大きなサクサクしたアンチョヴィ風味のクルトンを載せた、一品。

生のそら豆とハーブを塩、白胡椒《しろこしょう》、シトロネットで調味し、うすく削りとったペコリーノ・チーズを散らして、強いバルサミコ酢を垂らした、一皿。

千切りにして湯がいた青パパイヤとエンダイヴを塩と酢と油で和え、サラミのスライスを散らしたもの。

手さばき。火と水と塩。味見。微修正。

流れ、流れ、そして流れ。

妻はピアノの前にすわった。ベビーグランドはさすがに大きすぎないかとずいぶん悩んだが、もともとアップライトは置くつもりだったのだ。どうせなら惚れ込める楽器にすべきだ。そうお互いに説き伏せあって、買ったのだ。

妻は譜面を立てた。暗譜はしている。表紙を衝立のように置き、それを読むようにして弾く。長い両腕の先が鍵盤に触れ、変ィ長調の和音が明るく晴ればれと鳴りわたった──。シューマンの〈謝肉祭〉、第一曲。小さなリビングだから無理な音は出さない。打鍵はおだやかで、眼前の祝祭をというより、むしろその思い出をいつくしむよう弾かれた。するといかにもシューマンらしいあの響きが部屋に満ちみちる──。僕は調理の手を止め、ふかぶかと息を吸った。妻の手元から香り立つ音。部屋の空気をたちまち染めかえ、浸透していくこの響き。

このピアノは、とある美術商から買った。夫が知人から教えてもらった、街中の小さな店だった。まだ若い（といっても三十代後半だったろう）店主は、年に数回渡欧し、さまざまな商品を仕入れて帰るのだという。わたしたちはマンションの家具を探していたのだが、何度か（主に世間話をするために）通っていると、ある日、その町屋風の、長い店の奥へ通してくれた。進むうち、とつぜんあかるい空間に出た。木とコンクリートで組まれたモダンな工房には、解体されたピアノが何台も横たえられていた。

店主は渡欧のたびに、状態のよいピアノや部材を購入しては、半分趣味でそれを整備していたのだ。噂では、彼の両親の祖父母は名前を聞けばだれでも知っている政治家や文学者、財界人だという。たしかに生活に追われないからできる商売に違いない。整備の腕前は素晴らしかった。職人としての技量はとうぜんだが、音楽や歴史の深い教養もうかがわれるのだった。

二五小節目からのブリランテにさしかかる。それまでいちめんにひろがっていた響きがパッとやぶれ、音の粒がくるくると飛散し、乱舞する。このピアノで弾くと、はじける飛沫《しぶき》を、ひとつひとつ目で追っていける。その飛沫がたまさか、空中で重なり合って絵を描くのが見える。

音の彼方に、遠く、別の響きが見える。

牛肉とクレソンのサラダ。ヌクチャムで味をつけ、砕いたピーナッツとフライドオニオンをかける。

シン・トー《スムージー》は、アヴォカドとトマトの二色。それぞれを一対のグラスに満たし、ならべて供する。

空心菜は（さすがに専用のカッターはないので）ピーラーで細く裂き、くるくるとカールさせておく。

これは一九三〇年代にウィーンで制作されたベビーグランドだ。無名のブランドだったが、妻が試し弾きをすると僕たちはすっかり夢中になってしまった。スカルラッティでは、まず個々の音が明るく澄みわたり、くっきり粒だつので思わず口もとがほころんだが、すぐにもっと別のこと――音楽全体を包みこむ、大きく柔らかい、響きの暈《かさ》があることに気づいた。そこで妻はブラームスの間奏曲をことさらゆっくりと弾いてたしかめた。作品一一七の一番。夕映えのようなコラール。まばゆい――しかしすこしも刺激的でない――静かな輝きがひたひたと寄せては返していく。僕たちは陶然となった。

――店主によれば、この銘柄は有名なメゾンの職人が独立を期して旗揚げしたものだそうだ。ただし、もう十数台しか現存しない。格安でいいよ、と彼は言い、しかしと念を押した。こいつは無理やり生かしているような状態なのだ。いまは何とか弾けているが、いつまで保つか保証しない。もう永くないかも知れない、と。

さんざん迷ったあげく、ようやくわたしたちは心を決めた。いったい何度、店で試し弾きしたか知れない。養子に気に入られようと孤児院へ日参する夫婦とだっていい勝負だったろう。

けれども、シューマンだけは弾かないようにしていた。家に搬入されるまではとっておきたかったのだ。それくらい、わたしはシューマンのふしぎな響きが大好きだった。

第一曲を弾き終え、そこで〈謝肉祭〉はやめて、楽譜を替えた。次もやはりシューマン。〈森の情景〉を弾こう。

第一曲。「森の入り口」。

音楽が歩き出す。歩行の運動感が指先から身体の中に入ってくる。頭上に張り出した枝々をくぐって森に歩み入る感覚にひたっていると、夫が静かな調子で話しかけてきた。

「ねえ……」

「どうしたの？」

わたしは指をとめずに聞き返す。

「ねえ、きみはこのピアノを、いつもこういうふうに柔らかく弾くね。一度も激しくしたことがない」

「そうよ」

妻の指が鍵盤をやさしく行き来する。まるで赤ん坊を沐浴《もくよく》させるときのように、さわりごこちをたのしみながら、そっと、くまなくふれてゆく。

——赤ん坊？

「きみはピアノをいたわっていたんだね」

夫の声を聴きながら、わたしはだまって弾き進める。

森の散策。おなじような歩みでもシューベルトとはまるで違う。あちらは戸外へ踏み出し、地理的な移動をともなう足どりだ。森は旅の途上で出会う風景である。しかし、シューマンの赴く森は、外にはない。彼は、ピアノを弾く指で、じぶんをまさぐろうとする。まさぐる指の軌跡、なぞった線の列《つら》なりが、森の中にいるものの輪郭を取り出していく。ほかの作曲家が内奥《ないおう》から響きをつかみとって灯《ともしび》のように他者にかざすのだとすれば、シューマンは、響きをじぶんの内面に投げかけ、そこを走査する。

口数の少ない内気な男だったという。だから〈森〉を踏み荒らさず、ただ距離と方角を正しく測ろうとした。短い曲をいくつも組み合わせることによって、測量の精度をあげようとした。

そうとも。わたしはいたわって弾いていた。だって、この楽器はいつことぎれてもおかしくないのだから。

僕は見る——。写真立てを。僕たちのひとり娘を。そしてまた、店主の、こんなことばを思い出す。

「なんだってそうさ。われわれも、生きてみなければ、いつ死ぬか分からない。ジャズの即興も、温泉宿で興じる卓球も、コンピュータが行う演算処理も、いつ終わるかを（終わるかどうかさえ）事前に計算することはだれにもできない。

生きた結果として、たまたまある日、死がやってくる。そのときになって分かるんだ。ああ、いま計算が終わったのだと」

●ナレーション

そろそろ本題に入ろう。

つい先頃、未開の天体において知的生命の根絶が行われた徴候が検知され、捜査官がただちに現地へ派遣された。

われわれの計画では、その天体の生物はもうしばらく知的段階を謳歌《おうか》させておくはずだったのだが、何者かが干渉を行い、知性を強制終了させてしまったのだ。

これは大変遺憾な事態と言えた。それまで数次にわたる干渉で上々の成果をあげていたというのに、丹精こめた花壇に除草剤をぶちまけられたようなものだ。捜査官がたどりついたときには、なにもかもが手遅れで、そこに残された生物は——人類は、かろうじて社会を維持はしており、自分たちが毀損されたと気づいてさえいなかったが、実際のところはもう使い物にならない状態だった。

とにかく犯罪があった以上、捜査は行われなければならない。

捜査官は人類の精神層に潜り、ひとつのスナップショットを切り出してきた。人類共有の精神的記憶に格納されたいくつかの場面に犯行現場が映っていることを期待して。

たちどころに捜査官は、三百万年前のタンザニア、オルドヴァイ峡谷でのできごと——モノリスによるイニシャライズの場面を見つけ出してきた。モノリスは進化干渉の際に一般的に用いられるツールであり、太古の地球でサルをヒトザルに改める際に使用されたことは不自然ではないし、この干渉はたしかにわれわれが行ったものだ。ではなぜ、捜査官はこの場面を切り出してきたのか。

このモノリスは、われわれのものではなかったからだ。

正確に言えば、われわれが送り込んだモノリスには、何者かによる改変が施されていた。スナップショットを仔細《しさい》に見れば、モノリスの表面にびっしりと描き込まれた線条——あまりに微細なのでヒトの目や指先では認識できない——が書き換えられているのが分かる。この線条こそが、干渉対象にインストールするプログラムの本体なのだ。

モノリスは干渉対象に、ひと塊の〈音〉を聴かせることによって、〈言語基盤言語〉をインストールし、言語を獲得させる。あらゆる言葉のトリガーとなる〈音〉。セルオートマトンの〈エデンの園《その》配置〉にも似た智慧《ちえ》の実だ。この〈音〉は、生物のリソース、たとえば大脳基底核や、呼吸器や発声機構を改造し、それを足場にみずからを複雑化、組織化して言語体系を――音声言語を創発していく。

この〈音〉は、モノリス表面の線条のパターンとして記録されている。犯行は、人類誕生の瞬間に開始され、三百万年後に突如発生した人類の終了によって完遂された。開始も終了も人類には感知されないままその総体を滅ぼしたという点では類を見ない巨大な殺人といえなくもない。ただ、真の被害者は人類ではなく、われわれ〈スウォームキャスト〉の聴き手ではあるのだが。

さて、いったいだれがこんなことをしたのか。

言語の進化は熱力学的に不可逆であり、いかに超絶的能力を誇る捜査官――すなわちわれわれといえども、人類の言語を逆向きに解析して、犯人のたくらみにたどりつくことは容易でない。

しかし方法はある。わずかなサンプルを取るだけでいい。

最低二名の人間の命をうばうことになるが、人類はもう使いつくされていた。これまで築いてきた言語と社会と通貨のシステムに乗っかっていまは生き長らえているが、もう三十年あまりで滅亡を迎える。ここで二体ばかりのサンプルを取ったからといって、さしたる問題ではなかった。

われわれは、人口の密集した圏域を走査し、ひとくみの男女をえらんだ。そこに観察される意識の状態が適切と判断できたからだ。激しくなく、特異でもない。ありふれた状態であり、むしろそれがいい。

とある集合建築の上層階にいた男女を、周囲の居住環境ごとひといきに呑み込んだ。高層マンションの一角がざくりと噛み取られたように消失した。ふたりの肉体と状態の総体をまるごとサルベージし、シミュレーションしやすい形に再構成しつつ、さらにシミュレートされたふたりの内面に侵入した。

自己覚知《セルフ・アウエアネス》はあくまで主観的な体験であり外部から記述することはできない。犯人がなにをしようとしたのか、そのたくらみを知るためには、これを内側からながめ、実感する以外に方法がない。呑み込んだふたりを、外からはメカニカルにシミュレートし、同時に、内部からはニュアンスをあじわいつくす。

こうしてある破綻した夫婦の久しぶりの再会を、この人類の言語を使用してシミュレートしはじめた。

すなわちこの手記がその出力である。

●室内

わたしは夫がサラダを作る様子を横目で見ながら〈森の情景〉を弾き進めた。

弾きながら、今ここでこうしていることの不自然さを感じている。離婚の話をしようとして、ここに来たのだし、ピアノを弾くつもりなんかなかった。この二年、蓋《ふた》を開けたこととさえない。だのにこうして次から次へと曲を弾いている。ない夫も変だ。とうてい食べ切れない量のサラダをえんえんと作りつづけている。

まるで自分が自分でないようだ。昔のアルバムを開くように自分をめくっているような感じがする。あるいはだれかがめくっている……。

それでも——おかしな話だけれど——その不自然さ以外はなにもかも落ち着いていてスムースだ。夫との生活は、この二年、一日も平安がなかった。もしかしたら、人間は他人《ひと》にめくられているときなら心おだやかでいられるのかも知れない。

わたしは曲集の第七曲、「予言の鳥」に差しかかった。三分ばかりの、不気味で、かわいらしく、ひんやりとした感触の音楽だ。アルペジオの短い弧が、上から下、下から上へと、きれぎれに囀《さえず》られて、黙り、また囀る。アーティキュレーションに細心の注意をこめると、森の中、暗い梢《こずえ》に奇妙な鳥がとまっているさまが、ありありと浮かんでくる。リアルな生き物ではなく、平面的で様式化された、図案のような鳥だ。大きな金の目。羽根は金属質のみどりの光沢。東洋趣味のタペストリから抜け出し、暗い木下闇《こしたやみ》からわたしを見ている。長い嘴《くちばし》をかちかちと打ちあわせ、キロリ、キロリと異国の言葉で予言を囀る。

音はそのまま読めない緋文字に綴られて、葉陰の闇をゆらゆらただよう――。ああ、この幻想はわたしが小学生の頃、この曲を最初に勉強したときに頭に浮かんだイメージだ。すっかり忘れていて、こんなになまなましく思い出すのは今日がはじめてだ。

なにか大事なものをじぶんの中にさぐりあてたのだろうか。指を遅めて、響きの隙間に耳を澄ます。

すると、思い出した。

音楽がつくりだす森の中で、私はさみしかったのだ。しかしそのこわい、暗い森は、じぶんの演奏にほかならない。優しい先生や両親がそばにいるのに、この楽器の音を鳴らすことで自分をそこから切り離している――とてもさみしくて、だのに、うしろめたいような快さがあった。

そういえば、やはり幼い頃、雑踏でわざと両親からはぐれてみたことがある。かなしいような、すがすがしいような、でも見つけてほしいような、そんな気持ち。いま思えば、あのとき見つけてほしかったのは、両親にではなかった。

では、だれだろう？

だれに見つけてほしかったのだろうか？

その人は何処にいるのだろうか？

青りんごと蟹《かに》のサラダを作るため、僕はりんごを皮つきのまま横にスライスした。星形にならぶ種を芯にして、断面はきれいな円になる。このスライスを数枚ならべたところで、ぴたりと手が止まった。

そのまま凍りついたように身体が動かなくなる。

病院の診察室。

医師のデスクの壁にならんだ脳の断層写真。出血の大きな広がりを示す医師の指先も、彼の沈痛な口調も、僕の目や耳を上滑りしていくだけだった。

その一時間前、マンションの前の路上で、娘がころんだ。たまたま場所が悪く、縁石で側頭をつよく打ったのだ。ごちん、という音が響いた。冗談みたいに大きな音だった。補助輪をはじめてはずし、その自転車にまたがり、道向かいの公園に行こうとしていたのだった。

ごちん。

いまもその音が耳の底で冷たい石のように居すわっている。かけ寄る私に、娘がうっすらと開けた目は、片方、見たこともないほど赤かった。目尻《めじり》から血がながれた。娘は言った。

「お父さん、何処にいるの」

いまもその問いに答えられない。

僕は何処にいるのだろう。

娘には見えない場所に、僕はいるのだ。

――僕はふたたび手を進める。ほぐした蟹肉を、フヌイユや根セロリの細切りとまぜ、マヨネーズであわせていく。

手さばき。味見。微修正。

流れ、流れ、そして流れ。

「予言の鳥」は、穏やかな中間部をはさみ、ふたたび鳥の囀りを歌う。この曲を聴くと、僕の脳裡《のうり》には『不思議の国のアリス』の挿画が浮かぶ。うしろ手を組んだ少女が見上げる枝には、英国人みたいな顔をした鳥がにやにや笑っている。

妻はこの曲にどのようなイメージをいだいて弾いているのだろうか。たぶん僕のものとはまったくちがうだろう。あるいはそっくり同じかもしれない。それを知る方法はない。娘の死のあとで僕らが過ごした、つらい日々の中で、伴侶が何を思っているかを知るすべがないことは思い知らされていた。

僕らはたがいに閉鎖されている。

だれかが、その両方を知っていてくれればいいのに……。りんごと蟹肉をミルフィユのように重ねながら思う。

そんなだれかは、何処かにいるのだろうか？　そのだれかを通してなら、娘も僕の姿が見つけられるだろうか？

僕らは（店主の喩《たと》えを借りれば）べつべつに「予言の鳥」を計算している。しかしその計算も、いつかとつぜん熄《や》むだろう。そういえば、この曲は何のまえぶれもなく、鳥がふと枝を離れるように竟《お》わるのだった。

僕は、

●ナレーション
われわれは、ふたりの計算をいったん停止した。

犯人のプロファイルは拾えなかったが、狙いは見当がついた。予想されたとおり、犯人は人間の内面を通じて〈あの響き〉にアクセスしている。このあと、犯人は人類にインストールされた〈スウォームキャスト〉のアプリケーション――言語基盤言語を破壊したのだ。

あなたもご承知のことだ。人類ばかりではない。この宇宙の知性はひとつのこらず、〈あの響き〉に焦がれている。

じぶんの中にかつてあり、そこから切り離されて、今はもう聴けない原初の響き。この宇宙にあるセルフ・アウェアネスは、ひとつの例外もなく〈あの響き〉のことを知っている。そしてまた、われわれが知るかぎり、どのように高度な知性も、〈あの響き〉の観測や計測に成功していない。〈あの響き〉が、生命が構成され、あるいはみずからを織りなしてゆくときの、その同期をつかさどる要素のことだとは分かっている。しかし同期のしくみをいくら解き明かしても〈あの響き〉を聴いたことにはならない。人類が直面したハードプロブレムとおなじことだ。おそらくそれが知性の制約なのだ。言語を獲得し、環境を分節《アーティキュレート》する能力と引き換えに、知性は何かを捨てなければならない。完璧に嚙みあったパズルを一コマ抜きとることで、無限の組み合わせが生まれるように。

それでもやはり、どうにかして〈あの響き〉を聴きたいと、みな願っている。じぶんの中に聴き取ることができないのなら、せめてどこかで〈演奏〉させることはできないだろうか、と。

そう、だから〈スウォームキャスト〉は開発された。われわれが帰属する知性体が開発し、協力関係にある知性体との連携のもと、宇宙のさまざまな場所で無数の生命を育て、知性を持つ種《しゅ》をえりすぐり、言語基盤言語をインストールして、集合的な計算を行わせているのだ。

個体にはたいした情報処理能力があるわけではない。それはいい。ただ、じぶんの〈さみしさ〉を自覚してくれればいい。数億の、数百億の、数兆の個体がそれぞれに感じる孤独、分節の悲しみを内面でしずかに奏でていてもらえばいい。

　さみしさの本質とは〈あの響き〉との隔《へだ》たり、すなわち方角と距離にほかならない。さみしさ一粒ごとの情報量は小さいが、それを気が遠くなるくらいたくさん集めれば——宇宙のさまざまな場所から「距離と方角」を収集できれば——点描画のように〈あの響き〉を描き出すことができる。そして鳴らすことができる。これがわれわれの発見——〈スウォームキャスト〉だ。この宇宙を知性で満たし、彼らが送り出すさみしさを思うさま蕩尽《とうじん》したとき、立ちのぼる響きに、われわれは陶然と耳をかたむける。

　かれらにインストールした意識、セルフ・アウェアネスとは、このさみしさを自覚させる装置である。この自覚によって、かれらは「手話通訳者」のように、さみしさをわれわれに送出してくれているのだ。厖大な群《スウォーム》のそれぞれの個体から別々に送出《キャスト》されてくるさみしさの、集積。

　さっきまでわれわれの中で計算されていた彼や彼女が、数千の音符の配列の隙間から〈あの響き〉に耳をすませていたのと似ているかもしれない。

　どんな曲にも終わりがあるように、かれらに行わせる計算もいつか終わる。かれらの言語と意識は、ただそのために蕩尽され、何も残らない。計算が終われば何もかも取りかたづけられ、自己終了するように運命づけてある。犯罪が起こったため、人類が行っていた計算は予定より早く終了した。ほどなく言語も意識も瓦解《がかい》して、かれらは始原以前に回帰していくだろう。

かれらは知らない。言語も、意識も、ただ、われわれの慰《なぐさ》めのために与えられたものだということを。

——しかし、今回の犯行の動機はそれだけだったのだろうか。〈スウォームキャスト〉は公開されている。あるレベルに達した知性なら——つまり今回の犯人も、受信し、楽しむことはいくらでもできる。人類をもてあそぶ動機が判らない。

そう。犯人はまだ、見つかっていない。われわれの仕事は終わっていない。

●夜明け

骨の女は、落ち着きを取り戻していた。黒く長い毛に蔽《おお》われた前腕のさきには、新しい、骨がしっかりと握りしめられている。

〈あの響き〉を捨てた——捨てさせられたことも、いまはもう何とも思っていなかった。さみしさの代償として、原始的な知性の光は、もう骨の女の中に射《さ》していた。その光の意味するところを——彼女らが得た能力の絶大な威力を——彼女はもう予感できているのだった。

〈あの響き〉くらい、いくらでもくれてやる。そのかわり——骨の女は孤独な目を空に向けた。思い出しているのは、石板に出くわす数日前の出来事だ。

猛獣が、彼女の子を殺した。黄色い身体に黒い斑《ぶち》のある身体のしなやかなけもの。子どもの泣き叫ぶ声は、首の折れる音で途絶えた。

ぼきり。

いまもその音が、彼女の耳の底で、冷たい石のように居すわっている。

いつかきっと取り返してやる——骨の女はちかった——私の娘を取りもどしてやる。どんなに時間がかかってもいい。そのためだったら〈響き〉くらい、いくらでもくれてやろう。

女は、血塗られた骨の棍棒《こんぼう》を——さきほどまで斑のある猛獣を叩きのめしていた道具を手の中で玩《もてあそ》びながら、岩の上であぐらをかいて、薄暮の空にかかる月を睨《にら》みつけた。つよく見つめることで、そこに彼女の娘を現出させようとでもいうように。

はるか太古からこの惑星の空にかかる、二つの月。

女は、まわりに散らばる乾いた骨たちを、骨の棍棒で叩いて遊ぶ。ときどき、びっくりするほど澄んだ、音程のある音が鳴る。聴くうち、女は気分が良くなってくる。

——そうとも。この身体はおろか、あの月やこの大地がほろびさるような、気の遠くなるほどの未来までかかろうとも、いつかどこかに甦《よみがえ》らせてやる。いのちを絶たれたすべての子どもを。

●ナレーション

再度、スナップショットを仔細に点検した結果、われわれは驚愕すべき事実を発見した。そこには人類の実際の体験ではないものが紛れ込ませてあったのだ。夜空に二つの月がある。その位置と運動はあきらかに不自然であり、この空は合成されたものと考えられた。別の天体における別の知性が見た空だ。

これは、犯人からわれわれへのメッセージ――いわば〈挑戦状〉であろう。鑑識がスナップショットの束をめくっていると、その間からぱらりと落ちる悪戯《いたずら》のグリーティングカード。

われわれは調査をすすめ、ほどなく、地球とよく似たシチュエーションで〈スウォームキャスト〉をインストールした文明を特定した。岩と砂の峡谷、毛深い猿、手に握った骨、などなど。もちろんとうの昔に終息し、廃墟すら残っていなかった。しかし挑戦状は示唆《しさ》している――その死滅した文明こそが犯人の故郷だと。そこに出自を持つ生物が、いまや侮《あなど》りがたい力を保有しているのだ、と。

率直に言おう。

われわれは恐怖を覚えた。

犯人はわれわれには感知できない形でこの宇宙に存在している可能性が高い。どうやったらそんなことができるのか見当もつかないが、われわれが聴き終えたあとも、〈スウォームキャスト〉がなんらかの媒質を獲得し、生き続けている、という可能性だ。

種族が、言語もろとも死滅したあとでも、〈スウォームキャスト〉が別の媒質《メディア》に移し替えられて、生動しつづけるとしたら、それはかぎりなく〈あの響き〉に近いものになるだろう。いかなる可能性をもその裡《うち》から取り出せる始原の響きに。

われわれは、どうあっても犯人をつきとめなければならない。これ以上同様の犯行が続けば、この宇宙を満たす〈スウォームキャスト〉の豊かな交響は、虫食い状に劣化していくだろう。

それ以上に危惧されるのは、犯人が、知性化された種族を収奪し（向こうは救済のつもりかもしれない）、まったく別な響きの世界を、この宇宙の新しいレイヤーとして広げていくのではないかということだ。

さて、探索の前に、ひとつだけ白状しておきたいことがある。

われわれはこれまでずっと、ある不安を抱えてきた。

おろかな妄想と知りつつ、どうしても否定しさることができない、ひとつの強迫観念である。

われわれ自身もまた、じつは〈スウォームキャスト〉の巨大な集積が描きだす「手話通訳者」にすぎないのではないか。

●室内

――では、だれだろう？

だれに見つけてほしかったのだろうか？

もしかしたら、その人のことを神様というのかもしれない。

あのときの感情に耳を傾けてくれる相手は、わたしには、それくらいしか思いつかない。

神様が実在しようがしまいが、どうでもいい。ただ、神様はあのような気持ちの届け先として必要なのだ。本物の、この天地を作った神様はいないかもしれないけれども、わたしたちの気持ちが、見つけてほしいだれかを求めているのなら、その気持ちがあつまる場所に、そのだれかを生み出しても不思議ではない。

神様がわたしたちを作るのではない。

わたしたちが神様を作るのだ。

●天空

その〈響き〉は、はるかむかしに〈骨の女〉が生まれて死んだ惑星の上空で、ゆっくりと形をとりつつあった。

〈骨の女〉とその仲間を始祖とするその星の知的生命は、数百万年にわたって〈スウォームキャスト〉を計算しつづけ、あるとき終了の日を迎えて、予定どおり死滅した。ほかの無数の文明とおなじように。

ただ、ひとつ違っていたのは、死滅のあとも、空の高い場所で〈あの響き〉がやまなかったことだ。これは偶発的な事象ではない。骨の女の執念が、ふかく潜行してこの星の文明をひとつの傾向に染めた、その帰結として、とある技術基盤を媒質にして〈スウォームキャスト〉が保存されたのだった。

この〈響き〉は、骨の女を始祖とする数十万世代、何千億もの生命の想念をたばね、内部で動的に分裂、統合、再編をくりかえす運動体である。いつしか〈響き〉は意識を有することとなり、ある日、ふしぎな胸騒ぎに衝かれてこの〈響き〉は目をひらいた。

眼下には滅び果てた惑星の表面が広がっている。〈響き〉は悲しく思った。せっかくこうして帰ってきたのに、じぶんを生み出した骨の女はもう死んでいるのだ。

〈響き〉は内部に保持された厖大《ぼうだい》な情報を自在に編み直し、数個の、緊密に織りなされた〈音列〉を作り出すと、まるで小さな子どもがやるように、宇宙のあちこちへ向けて放り投げた。〈音列〉は宇宙の各所にばらまかれたモノリスをハックし、〈スウォームキャスト〉への送信を阻害する。「さみしさ」をもとの持ち主に返してやるのだ。内部には骨の女のスナップショットを挿《はさ》んでおいた。じぶんがここにいるというメッセージを、〈スウォームキャスト〉の仕掛け人たちに送り付けたつもりだった。

かれらはいずれ気がついてやってくるだろう。それを気長に待つことにしよう――そうして、〈響き〉は視線をまた眼下に戻した。

それまで、この星で遊んでいよう。

〈響き〉は内部に残る母親が好いてくれるように、自らの外見を編みはじめた。

それがおわると、毛深いスターチャイルドは、雨のように音列を——歌と言葉を降らし、滅びた世界をふたたび愛や涙や音楽でいきいきと彩りはじめた。

参考図書
『吉田秀和作曲家論集4』吉田秀和（音楽之友社）
『ニューサラダブック　プロがつくるアイデアサラダ174』柴田書店編（柴田書店）
『小鳥の歌からヒトの言葉へ』岡ノ谷一夫（岩波書店）

わが愛しき娘たちよ

All My Darling Daughters

コニー・ウィリス

大森 望訳

〈ヘル・ファイブ〉という小惑星に建設された良家の子弟向けの全寮制寄宿学校、モウルトン・カレッジ。落第続きのタヴィは、辺境コロニー出身のダサいジベットと女子寮で同室にされてしまう。だが、学園では、それ以上におそろしいことが静かに進行していた……。

著者は一九四五年、アメリカ、コロラド州生まれ。一九七一年"The Secret of Santa Titicaca"でデビュー。現代アメリカSFを代表する女性作家であり、ヒューゴー賞・ネビュラ賞を多数受賞している。著書に、《オックスフォード大学史学部》シリーズ（長篇は、『ドゥームズデイ・ブック』、『犬は勘定に入れません』と、『ブラックアウト』『オール・クリア』二部作）、『航路』、『リメイク』、短篇集『混沌《カオス》ホテル』『空襲警報』など多数。

初出：*Fire Watch* 1985
ALL MY DARLING DAUGHTERS
by Connie Willis

バレット あれの犬を連れてこい……オクテイヴィアス。
オクテイヴィアス はあ？
バレット 娘の犬は殺さねばならん。いますぐに。
オクテイヴィアス わ、わたくしには、あ、あの哀れな小さな生きものが、い、いったいどんな悪いことをしたのか……。
――『ウィンポール街のバレット家』

新入りのルームメイトがいちばん最初にやったのは、自分の身の上話を語ること。その次は、あたしの寝棚に思いっきりゲロ吐いてくれた。地獄へようこそ。はいはい、たしかにそう。そもそもこんなバヵ娘とくっつけられたあたしが悪い。パパのお気に入りは、どんどん落第して、とうとう一年生寮まで逆戻り。よい子のお嬢にもどったって報告が校長の耳に届くまで、ずっとここにいなきゃなんない。でもそれにしたって、辺境コロニーから来た新入りの奨学生連中——そろいもそろって、おどおどしてるバージン娘ばっか——だらけの慈善宿舎に放り込むことはないと思う。お嬢さま組のほうは、ふつう、寄宿学校時代に初体験をすませてる——頭のネジが飛んでるやつがほとんどだとしても。それに、自分からお勉強したがってる。

この子はちがった。この子にはちんぽことおまんこの区別もつかないし、どっちをどっちにつっこむのかも知らないだろう。おまけにブス。髪は時代遅れのボブ、いくらド田舎のガキでも、いまどきこんなヘアスタイルしてるやつはまずいない。名前はジベット、生まれはメリルボン・ウィープってしょぼいコロニー、母親とは死別、妹が三人、父親の反対を押し切ってここにやってきた。それだけの話を、たぶん友情の証のつもりなんだろうね、この子はひと息にまくしたて、それからこのあたしと、新品のおしゃれなつるくる《スリック・スピン》シーツの上に、夕食の中身をぶちまけてくれたってわけ。

そのシーツは、愛しのパパが夏休みのあいだ行かせてくれた旅行の、すてきな思い出の結晶だった。ねばねばの、つるつる《スリクサ》ツリーの森に放り出されれば、あたしの性格も矯正され、ひどい成績をとるとどうなるかを思い知るはずだったわけ。ところが、気高い原住民たちの得意技は、摩擦がほとんどない高価な織物を織ることだけじゃなかった。つるくるシーツ上でのファックときたらまるっきり新しい体験で、それにかけては、あたしもいっぱしのエキスパートに近いところまでいったんだ。ブラウンが知らないのは賭けてもいい。あたしとしては、よろこんで教えてやるつもりでいる。

「ほんとにごめんなさい」新入りは、しゃっくりらしきものの合い間に、何度も何度もそうくりかえし、顔はといえば赤くなったり白くなったりまた赤くなったりで、うざい警告バンドそっくり、おまけに大きな涙の粒が顔をつたい、ゲロゲロの上にぽたぽた落ちる。

「シャトルでちょっと酔ったみたい」

「みたいだね。とにかく、いいかげんに叫ぶのはやめな、どうってことないからさ。〈マリアがやってる《メアリ・ボーニング・イット》〉にはランドリーないの？」

「メリルボン・ウィープよ。天然の鉱泉なの」

「あんたもね。あんたの目玉も泉だよ」あたしはシーツでゲロを包んでかたまりにすると、それをつまみあげた。「どうってことないって。寮母がなんとかしてくれるから」

どう見たって、この子は自分でシーツを下に持ってけそうじゃなかったし、かあちゃんにこの大粒の涙を見られたら、新しいルームメイトを割り当てられるにきまってる。そりゃ、この子はたしかに完璧じゃない。あたしがブラウンとファックしてるあいだ、この子がぎゃあぎゃあ騒がずにおとなしく宿題をやっててくれることなんか望み薄なのは、いまからでも察しがつく。けど、悪い病気にかかってるわけでも、体重が四百キロあるわけでもないし、あたしがシーツをはがそうとかがみこんでも、おまんこに手をのばしてきたりはしなかった。これよりずっと悲惨な可能性だってある。

もちろん、これよりいくらかましな可能性だってある。寮にもどった初日にかあちゃんと会うのは、あたしの考える幸先のいいスタートとは大違いだ。そうはいっても、あたしは汚らしいかたまりを抱えて階段を駆け降り、寮母の部屋のドアをノックした。

うちの寮母は、ただのおばさんとはわけが違う。ドアをノックした学生は、寮母が返事するまで、玄関がわりの小さな箱の中で待たなきゃなんない。この箱は、ネズミの檻とおなじ原理で開く――ただし、寮母はそれにちょっとした改良を加えてある。三面の大きな鏡――地球から運ばせるには、たぶん寮母の年収に匹敵する金がかかったはずだけど、でも、そんなの問題じゃない。兵器としては、この鏡はホント、すっごいんだから。というのも、マジな話、そん中につっ立って汗流してると、鏡に映る姿で、スカートがまっすぐじゃないとか髪がきちんとしてないとかを見せつけられ、唇の上に吹き出す玉の汗で、自分がおびえたガキだってことを一発で思い知らされる仕組みなんだ。寮母がノックに応えてくれるころには（機嫌のいいときで五分）、頭のネジが飛んでるか、しっぽ巻いて逃げ出してるか。ほんと、ただのおばさんとはわけが違うね。

あたしは守りに入るタイプじゃないし、スカートがまっすぐだったためしなんかないから、さすがの鏡もあたし相手じゃ効き目ゼロ。とはいっても、箱の中の五分間は効いた。通気孔なんて上品なものはないし、例のシーツからは離れようがない。でも、そのあいだに、どう話すかを考えた。あたしがだれだか寮母に思い出させる必要はない。あたしのことなら、校長からいやというほど聞かされていることだろう。だから、これがあたしのシーツだと訴えたって、クソの役にも立たない。あのバージン娘のシーツだと思わせとけばいい。

寮母がドアをあけると、あたしは顔いっぱいににこやかな笑みを浮かべて、「ルームメイトがちょっとトラブルを起こしたんです。新入りの一年生で、シャトルで来る途中、ちょっと興奮したらしくって――」

このしょぼいキャンパスでなにやってもいわれるお決まりの説教、「支給品は貴重なものです。すべてはリサイクルしなければなりません、清潔さは信心のつぎに大切なものなのですよ」がはじまるものとばかり思っていた。ところが寮母はいったものだ。「彼女になにをしたの？」

「なにをしたって――だって、ゲロしたのはあの子ですよ。あたしがなにをしたって？　のどに指をつっこんだとでも？」

「なにか飲ませたの？　サムファイ？　フロート？　アルコール？」

「ったく、あの子は来たばっかかなんだよ。入ってきて、マリアのチンポ《メアリズ・プリック》だかどこだかの出身だといって、それからゲロ吐いた」

「それで？」

「それで？　そりゃ、あたしは不良に見えるかもしんないけど、新入生があたしの顔を見ただけで吐くわけないだろ」

寮母の表情からすると、そういうことがあっても不思議はないと思っているらしい。あたしは、におい立つシーツを寮母のほうにつきだした。「ほら。好きなようにして。あたしの問題じゃないからね。あの子にはきれいなシーツがいるんだ」

ゲロまみれのシーツに向ける寮母の視線は、あたしを見る目よりはまだしもやさしかった。「つぎのリサイクルは水曜日です。それまでは、マットレスの上に寝てもらうことになりますね」

ああもう、水曜日まで待たされるんなら、そのあいだに新しいシーツが織れるよ、このクソキャンパスのそこらじゅうに飛びちってる綿を使って。あたしはシーツをひったくった。「くたばれ、腐れ外道」

あたしは二カ月間の禁足処分と、校長とのデートをいいわたされた。

あたしは第三レベルに行って、自分でシーツを始末した。高価な代償。廃棄物を垂れ流さざるをえないことによって、デリケートな環境に害悪を及ぼしていることをつねに意識すべしうんぬんと、しょっちゅういわれるのに。冗談じゃない。環境のデリケートさなんて、四年生のおまんこといい勝負。

中古もいいとこの、この〈ヘル・ファイブ〉を買ったとき、モウルトンおやじはこの場所を、子どものころ通ったカレッジに変身させようっていういかれた夢を抱いてた。だれにも見向きされない中古品をつかまされるなんて、いったいなんにとりつかれてたのやら。まだだれも原因を特定してないけど、きっと頭のてっぺんにラグランジュ点があったんだ。

不動産屋は、どうせあることないことべらべらしゃべりたてて、この〈地獄〉をアイオワ州エイムズそっくりにできると信じこませたんだろう。たしかに、はじめて建設されたときとくらべれば、いくつか技術的な進歩がないわけじゃない。でなきゃ、あたしたちはみんな、この場所をふわふわ漂っているはずだ。でも、モウルトンおやじは、この場所に重力を与え、配管を直し、優秀な教師を何人か雇い入れただけじゃ満足しなかった。しなかったどころの騒ぎじゃない、砂岩の校舎を建て、フットボール場をつくり、そしてなんと、木を植えたんだ、これが！

もちろんそれにはひと財産かかったし、おかげで学費は一般市民の手の届かない世界へと舞い上がり、モウルトン財団の奨学生をべつにすると、入学できるのは金持ちと信託《トラスト・》子《キッド》だけになった。でも、その当時はまだ、プラスチック・バッグとファックして父性本能を満足させる方法は編み出されてなかったから、モウルトンおやじとしては、自分でカレッジをつくるしかなかったわけ。おかげさまで、あたしたちはいま、こうして宇宙にはりついている。乗っとりを狙う、うざいワタノキの群れといっしょに。

まったく、かんべんしてよ、ワタノキだけは！　つまりさ、百年時代遅れだってことくらい、どうってことないわけ。新入生のビーニー帽や壮行会はがまんできる。寮の門限なんか、百年前だってだれも守ってなかったわけだしね。現実に目を向ければ、プリーツ・スカートとカーディガンはまんざら不便でもない。でも、あのうっとうしい木といったら！

そもそもの目的は、自然を複製することだった。冬にはおまんこが凍りつき、夏には蒸れる、古きよきアイオワとおんなじ環境をつくりだすこと。その当時のワタノキは、とにかく耐えられるものだった。だれもかれも、一年のうち一カ月は綿の中で息をつまらせ、ミシシッピ州の奴隷みたいに、綿を摘んでは梱包して地球に送り出す、そういう段どりだったわけ。しかしとうとう、パパ・モウルトンの財力をもってしても、四季の変化は金がかかりすぎるって話になり、ほかの〈ヘル・ファイブ〉とおんなじように、一年中おんなじ気候がつづくようになった。けど、だれもそのことをワタノキに教えようとしなかったから、いまじゃ連中、好きなときにいつでも――ってことは、つまり四六時中――葉を吐き出したり落としたりする。授業に出るだけでも窒息死覚悟だもんなあ。

ワタノキは、地下でも好き放題やらかしている。配管や地下ケーブルの中にうれしそうに根を張るから、なんにも動かない。なんにも。コロニーの外郭がそっくりふっとんでも、だれも気づかないんじゃないかね。うざい根っこがあたしたちをひとつにつなぎとめておいてくれるから。なのに、あたしたちがなんでここを〈地獄〉と呼ぶのかと校長は不思議がる。あたしとしては、自然のデリケートなバランスとかいうやつを永遠にひっくりかえしてやりたい。

シーツを殺菌器にかけ、それから乾燥機に放りこんだ。ランドリー室の椅子に腰を下ろして、新入生たちについて邪悪な考えをめぐらし、どうやって禁足処分を突破するかを考えていたとき、アラベルがぶらぶら入ってきた。

「あら、タヴィじゃない！　いつもどったの？」アラベルの言葉づかいはいつもお上品すぎる。一年のとき、彼女とはレズだちだった。アラベルのほうはまだ未練があるんじゃないかって思うことがある。「すごいパーティーをやってるのよ」

「禁足処分食らってんの」とあたし。アラベルは世界一のパーティー通《つう》ってわけじゃない。正直、アラベルにバイブを投げてやりゃ、それだけですごいパーティーになるだろうけどさ。「場所は？」

「わたしの部屋。ブラウンも来てるわ」と、アラベルは気のない口調でつけくわえた。そういえば、あたしが大あわてでパンツを下ろして階段を駆け上がるだろうと思ってる。あたしは、くるくるまわるシーツをじっと見つめたまま、

「じゃ、こんなとこでなにやってんの？」

「フロートをさがしに来たの。上の機械は切れちゃってて。来ない？　禁足処分なんか気にしたことないじゃない」

「あんたのパーティーははじめてじゃないのよ、アラベル。シーツを見てるほうがまだ興奮するかもね」

「そうね。かもしんない」アラベルは乾燥機をいじっている。まるでいつものアラベルらしくない。

「なに？　どうしたの？」

「べつに」困りはてたような口調だった。「サムライ抜きのサムライ・パーティーなの。だれも勃ってないし、勃ちそうな気配もなくて。だからここに来たわけ」

「ブラウンも？」とあたし。いかれたものにはなんにでも手を出す男だけど、あいつが禁欲するなんて想像もできない。

「ブラウンも。男の子たちは、ただすわってるだけ」

「じゃ、なんかやってんだね。休みのあいだに、新しいブツを手に入れたんだろ」アラベルがなんでこんなに動転してるのか、さっぱりわからない。

「ううん。なんにもやってないわ。違うのよ。来ればわかるわ。おねがい」

なるほど、これはしらけたパーティーにあたしを呼ぼうっていうアラベルの作戦かもしれないし、そうじゃないかもしれない。でも、禁足処分を食らってがっくりきてるとかあちゃんに思われるのはしゃくだ。あたしはシーツを盗まれないように乾燥機をロックして、アラベルといっしょにランドリー室を出た。

今度ばかりはアラベルの言葉も大げさじゃなかった。アラベルの低い基準に照らしても、まさに最悪のパーティー。部屋に一歩はいれば、だれにだってわかる。女の子たちはみじめそうな顔、男の子たちは無関心な顔。とはいっても、悪いばかりじゃない。すくなくとも、ブラウンがもどってきてる。あたしは彼が立っているほうへ歩いていった。

「タヴィ」ブラウンはにっこりした。「夏休みはどうだった？　原住民からなにか新しいこと習ったかい？」

「くそおやじが思ってた以上にね」といって、笑みを返す。

「お父さんは、きみにいちばんいいようにと思ってるんだよ」とブラウンはいった。

なにか気のきいた答えを返そうとして、向こうが冗談でいってるわけじゃないのに気がついた。ブラウンもあたしとおんなじ信託《トラスト》のクチ。だから、冗談のはずなのだ。なのに、そうじゃなかった。もう真顔になっている。「お父さんはきみを守ろうとしてるだけなんだよ、きみのために」

げ。なんかやってるにきまってる。「守ってもらう必要なんかあるもんか。知ってるくせに」

「ああ」ブラウンの声には、失望の響きがあった。「ああ」

そういって、ブラウンはあたしのそばを離れた。

ったく、どうなってんの？　ブラウンは壁にもたれて、セプトとアラベルを見てる。アラベルはセーターを脱いでしまい、いまは体を揺すりながら、スカートを脱ぎ落とそうとしている。前にも見たことがある光景だ。手伝ってやったこともある。いまはじめて見るのは、アラベルの顔に浮かぶ、心底絶望しきった表情。なにかがひどくおかしい。セプトが服を脱いだ。彼のバットは、アラベルの貪欲な期待に負けないくらい大きくなってる。なのに、アラベルの表情は変わらない。セプトは非難するような目つきでブラウンに向かって首を振ってみせ、それからアラベルにおおいかぶさった。

「夏じゅう一度もファックしてないんだ」ブラウンがあたしのうしろからそういって、おまんこにさわってきた。「出よう」

喜んで。「あたしの部屋はだめよ。バージンのルームメイトが来たの。そっちの部屋は？」

「だめだ！」とブラウンは叫び、それからおだやかな口調になって、「こっちもおなじさ。新入りでね。シャトルから降りたばかりだ。慣れないうちに荒っぽいことはしたくない」

うそがヘタだね、ブラウン、とあたしは心の中でいった。それに、もうファックしないつもりになりかけてる。「いい場所があるよ」

あたしはそういうと、ブラウンに考え直す時間を与えず、文字どおり追いたてるようにして、ランドリー室に連れていった。

あたしは乾いたつるくるシーツの一枚を床に広げ、最高速度で服を脱いで、その上に横たわった。ブラウンのほうは、まるで急ぐようすもない。摩擦ゼロのシーツのおかげでリラックスしたみたいだ。あたしの爪先から胸まで、両手で撫でまわす。「タヴィ」と、腰から首筋へと、あたしの肌に唇を這わせながらささやく。「きみの肌はほんとにやわらかいね。忘れかけてたよ」ひとりごとだ。

なに忘れてたのよ、いったい？　夏じゅうファックしないでいたなんてありえない。もしほんとにそうだったら、こんな悠長なやりかたしてるもんか。時間なんかいくらでもあるというみたいに、おちつきはらった態度だ。「忘れかけていた……まるで……」

まるでなに？

あたしは内心怒り狂っていた。まるで、あんたの部屋にあるものみたい？　で、それには、あたしにないものがあるって？　あたしは脚を開き、ブラウンをそのあいだにひざまずかせた。彼はちょっと顔を上げ、眉根にしわを寄せ、それからあの、のろのろした、拷問のような長い愛撫を、またくりかえしはじめた。ざけんなよ、いつまで待たせるつもり？

「来て」あたしはそうささやいて、彼の体を自分の腰で操ろうとした。「入れてよ、ブラウン。ファックしたい。おねがい」

いきなりブラウンが立ち上がった。あんまり急だったので、あたしの頭がごつんと床にぶつかる。ブラウンは服を着た。その顔は……なに？　罪悪感？　怒り？　あたしは起き上がった。

「まったくもう、なんのつもり？」

「きみにはわからないだろうな。ずっと、きみのお父さんのことを考えてた」

「はあ？　なんの話よ？」

「ええと……説明できない。できないんだ……」

そして、出ていった。それだけ。いつでもいける状態のあたしを置いて。で、なにが残った？　がんがんする頭。

「あたしに父親なんかいねえよ、このインポ野郎！」とブラウンの背中に叫んだ。

服をかきあつめ、ブラウンとのファックに期待していた荒々しさで、乾燥機からもう一枚のシーツをひっぱりだす。アラベルがもどってきて、ランドリー室の戸口からこっちを見ていた。その顔にはまだ、思いつめたようなあの表情が浮かんでいる。あたしは、乾燥機のドアにひっかかったシーツを無理やりひっぱり、鉤裂《かぎざき》をつくりながらたずねた。

「いまのチャーミングなシーン、見てくれた？」

「見なくてもわかるわ。わたしの場合とほとんどおんなじだろうから」アラベルはみじめな顔でドアに背中をもたせかけた。「夏のあいだに、みんなホモになっちゃったみたい」

あたしはシーツをくしゃくしゃにまるめて、「たぶんね」と答えた。だが本心では、そう思ってはいなかった。もしそれがほんとなら、部屋に新しい子が来たなんてうそはつかなかったはずだ。それに、あんなキレたいいかたで、いつまでもあたしの親父の話なんかしてるわけない。あたしはアラベルの横を通り抜けざま、「だいじょうぶだって、アラベル。それに、もしまたレズる羽目になったら、あんたが第一候補だからね」

アラベルはそれを聞いても、べつにうれしそうな顔はしなかった。

ルームメイトのパー子はまだ起きていて、あたしが出ていったときとおんなじ場所で、寝棚の上に背筋をまっすぐ伸ばしてすわっていた。この哀れな能なし物件は、たぶんあたしがいないあいだ、ずっとそうやってすわってたんだろう。あたしは寝棚にシーツを敷いて、本日二度目の脱衣行為をおこない、ベッドにもぐりこんだ。「いつでも電気消していいよ」

ジベットは、モウルトンおやじの学生時代か、さらにそれ以前にまでさかのぼるナイトガウン姿で、壁のスイッチ板のところに行った。「なにかトラブル？」と、目をまるくしてたずねてくる。

「もちろんちがう。吐いたのはあたしじゃない。だれかトラブルを起こした人間がいるとしたら、それはあんた」と、意地悪くつけくわえる。

彼女は支えを求めるみたいに、平べったいスイッチ板にすがりついているように見えた。「父は――父の耳にも入るかしら？」

ジベットの顔がさっと紅潮し、また白くなる。こんどのゲロはどこに着地するだろう？ そうなりゃなったで、あたしの欲求不満をこのルームメイトにぶつけられるってもんだけど。「あんたの父親の耳に？ 入るわけないだろ。だれもトラブルなんか起こしてないんだから。クソシーツが二枚、それだけのこと」

ジベットには聞こえていないみたいだった。「トラブルを起こしたら、連れもどしにくるっていった。帰らせるっていったの」

あたしは寝棚の上に身を起こした。死んでも家に帰りたいと思っていない新入生を見るのははじめてだ。すくなくとも、信託基金と二、三人のムカつく弁護士じゃなくて、愛する家族が待ってくれている、ジベットみたいな学生の場合には。ところがこの子は、家にもどるのをひどくこわがっている。たぶん、このキャンパス全体がキレかけてるんだ。

「あんたはトラブルを起こしたわけじゃない」あたしはまたくりかえした。「心配することなんかないって」

ジベットはまだ、スイッチ板にしがみついている――死に物狂いで。

「さあ」ああもう、つきあってらんない。この子はたぶん、なんかの発作を起こしてて、なのにそれまであたしのせいにされてしまう。「だいじょうぶ、ちゃんとここにいられるって。父親になんかバレやしないよ」

ジベットはそれでちょっと気が楽になったようだ。「わたしをトラブルに巻きこまないでくれてありがとう」そういって、自分の寝棚にもぐりこむ。電気は消さなかった。

やれやれ。無駄もいいとこ。あたしはベッドを抜け出して、クソ電気を自分で消した。

「あなたって、いい人ね」ジベットが闇の中で静かにいった。完全にネジが飛んでる。あたしはオナってやろうとシーツの下にもぐりこんだ。静かにやれることといったら、そのくらいしかない。これ以上のヒステリーだけはかんべんして。

そのときとつぜん、朗々たる声が部屋の中で爆発した。「モウルトン・カレッジの若者諸君、わが強き息子たちよ、わたしは――」

「なに？」とジベットがささやく。

「〈地獄〉の第一夜」あたしは答えて、またもやベッドを抜け出した。

「諸君の崇高なる努力に、成功の冠が与えられんことを祈る」と、モウルトンおやじの声。

あたしはてのひらをスイッチ板にたたきつけて電気をつけ、それから、まだ開けたままのシャトルバッグをさぐって、爪やすりをとりだした。それを持ってジベットの寝棚に上がると、インターカムのネジをはずしはじめた。

「モウルトン・カレッジの若き淑女諸君」と、またモウルトンおやじの声が鳴り響く。

「わが愛しき娘たちよ」

声がとだえた。あたしはネジを投げ捨てると、爪やすりをバッグにもどし、スイッチ板をぴしゃりとたたいて、自分のベッドに身を投げ出した。

「だれなの、あれ？」とジベットがささやく。

「われらが建学の父」といってから、〝父〟っていう言葉がこのぷっつん王国の臣民たちに与える効果を思い出し、あわててつけくわえる。「あの声を聞くのも、いまので最後。あしたになったら漆喰をつめこんで、もとどおりネジをとめておくから、寮母にもバレやしない。今学期はしあわせな静寂の中で暮らせるよ」

ジベットは答えなかった。もう眠りについて、おだやかな寝息をたてている。つまり、今日はこれまで、あたしの勘は一から十まで狂いっぱなしだったってこと。新学期のはじまりとしては最高じゃない？

校長は、パーティーのことを先刻ご承知だった。「〝禁足〟という言葉の意味はきみも知っていると思うんだがね」と校長はのたまわった。

いけ好かないじじい。年は四十五くらい、愛しのパパと同世代だ。わりかしハンサムで、新入生の女の子のために、中年太りの腹をひっこめておくべく、せっせとエクササイズにはげんでるらしい。ヘルニアになるのがオチだ。たぶんこの男も、パパとおんなじように、自分の名字を絶やしたくなくて、プラスチック・バッグとファックするくち。まったく、そういうのこそ法律でとりしまってほしい。

「きみは信託学生だね、オクティヴィア？」

「はい」でなきゃ、オクティヴィアなんてダサい名前つけられて黙ってるわけないだろ。

「両親はない？」

「ないよ。金で買った代理母。二十一までの信託名前《トラスト・ネーム》」

あたしは彼の顔を見つめて、この言葉が与えた効果を判定しようとした。これまで何度も、それを聞いて顔色を変える相手を見てきてるから。

「では、手紙を書く相手は、きみの弁護士しかいないわけだな。放校にするわけにはいかない。それに、禁足処分を科してもなんの効果もないようだ。となると、いったいどうすれば効果があるのか、見当もつかんね」

でしょうね。あたしはじっと校長の顔を見つめつづけ、向こうもこっちの顔を見つめつづけた。たぶん、あたしが彼の愛しき娘なんじゃないか、プラスチック・バッグに放出した貴重なザーメンが、自分がいまモノにしようとしてる相手になったんじゃないかと考えてるんだろう。

「きみは寮母をなんと呼んだのだったかな？」

「腐れ外道」

「自分でも、一度か二度、彼女をそう呼んでやりたいと心底思ったことがあるよ」

みえみえのおべんちゃら。つぎになにが来るか、かなりの確信を持って、あたしは待った。

「そのパーティーのことだが。男子学生のあいだでなにか新しいものがはやっていると聞いた。なんだね？」

その質問は、予期してたものとはちがっていた。「さあね」といってから、ガードが下がっていることに気がついて、「たとえ知ってたって、あたしがチクるとでも思ってんの？」

「いや、もちろん思わない。その心がけには頭が下がるね。きみのような若い女性にしては見上げた心がけだ。率直だし、義理堅いし、それに、いわせてもらえばなかなかの美人でもある」

あっそ。で、たまたまあたしにぴったりの仕事があるって？

「わたしの秘書が辞めてね。彼女の言によれば、もっと若い男のほうが好きなんだそうだ。もっとも、うわさがほんとうなら、わたしといっしょにいたほうがしあわせだったろうが。悪い仕事じゃない。役得もたっぷりある。もちろん、前の秘書みたいに、大人の男性よりガキのほうがお好みだというならべつだが」

なるほど、これが逃げ道。もうバージン娘の新入りもなし、禁足処分もなし。とってもそそられるお話じゃなくって？　ただし、彼はすくなくとも四十五歳で、どういうわけだか、あたしは自分の父親の年の男とファックするなんて、考えるだけでも鳥肌が立つ。残念ですわ、校長先生。

「もし、きみを悩ませているのが信託のことなら、チェックする方法があることは保証する」

うそこけ。だれも、自分の子どもがだれだか知らない。だからこそ、あたしたちはおとぎ話から拾い出した信託名前をもらうんだよ。ある日パパの家の玄関にあらわれて、「こんちは、あたしがあなたの愛しい娘よ」と打ち明けるなんてことができないように。信託制度は、世の父親たちを、そういう場面から守ってくれる。もっとも、この校長みたいなウジ虫の場合にかぎっては、どっちがどっちから守られてるのかわかったもんじゃないけどさ。

「あたしが寮母にいったこと覚えてる？」

「ああ」

「あんたにはそれを倍にしてあげる」

今年一年間の禁足処分にくわえて、ムカつく警告バンドが手首に溶接される結果になった。

「男の子たちがなにを手に入れたかわかったわ」授業中に、アラベルが耳打ちしてきた。あの夜以来、彼女に会うのはこれがはじめて。ウザい警告バンドは、許可なくオナっただけでも爆発する。

「なに？」あたしは、たいした関心もなく訊きかえした。

「あとで話すわ」

アラベルとあたしは外で落ち合った。落葉と綿のブリザードのまっただなかで。循環システムはまたまたいかれてる。

「動物よ」とアラベル。

「動物？」

「ひじから先くらいの長さの、ちっちゃくて気持ち悪いやつ。テッセル、って男の子たちは呼んでる。気持ち悪い茶色の動物」

「んなバカな」とあたし。「ただのペットのわけないって。それじゃまるで小学生じゃん。バイオ強化動物なの？」

「フェロモンとか、そういうのの こと？」アラベルは額《ひたい》にしわを寄せた。「どうかしら。あんなの、ちっとも魅力的だと思えないけど、男の子たちは……ブラウンが自分のパーティーに連れてきたの、腕にまとわりつかせて、娘《ドーター》アンって呼んでた。男の子たちはみんなまわりに集まって、なでまわして、〝パパのとこにおいで〟かなんかいってるの。百パーセントいかれてる」

あたしは肩をすくめて、「ふうん。だったらべつに心配ないね。バイオ強化してたって、ペットなんかにいつまでも夢中になってるわけないもん。どうせ学期なかばには、熱もさめてるよ」

「こっちに来れない？　ずいぶん会ってないわ」アラベルの口調は、いつでも喜んでレズるわといってるみたいだ。

あたしはバンドつきの手首をつきだして、「だーめ。あのさ、悪いけど、つぎの授業に遅れそうなんだ」

そういって、あたしは黄色と白のぼろぼろ雨の中を急ぎ足で歩いてった。つぎの授業なんかなかった。寮にもどって、フロートをちょっとやった。

フロートから抜けると、ジベットが自分の寝棚に膝を立ててすわり、ノートにせわしなくなにか書きつけてるところだった。はじめて会ったときより、ずっと健康そうに見える。髪は前より伸びていて、カールした毛先が顔をひきたたせている。思いつめてるようには見えない。それどころか、しあわせそうといってもいいくらい。

「なにやってんの？」と、あたしはたずねたつもり。フロートから抜けて最初にしゃべる言葉なんて、なにが出てくるかわかりゃしない。

「自分のノートを写してるの」とジベットがいった。なるほどね、それでしあわせになれる女の子もいるわけか。彼女、ボーイフレンドを見つけて、おかげで顔にきれいなピンク色がもどってきたと。それなら、彼女はアラベルよりうまくやってることになる。それに、あたしより。

「だれに？」

「なあに？」ジベットはぽかんとした顔だ。

「どの子のためにノートを写してやってるのよ？」

「どの子って？」今度の口調にはキレかけてる響きがあった。怯えてる顔。

あたしは注意深く言葉を選んで、「あんたがボーイフレンドを見つけたんだと思ったから」

ジベットが、またまたキレそうな顔になる。あちゃあ。どうしたんだろ。こりゃ、だいじょうぶどころの騒ぎじゃない。あんな顔するなんて、いったいあたしがなにをいったって？

ジベットは、まるであたしが斧を持って追いかけてきてるみたいに、寝棚の壁に背中を押しつけ、ノートを胸に抱きしめた。「どうしてそう思ったの？」

どう思ったって？　ありゃりゃ。トリップする前に、フロートのこと話しておくんだった。おかげで、檻のネズミが棒でつつかれてるんじゃなくて、ちゃんとした会話をしてるんだって顔で、ジベットの質問に答えなきゃなんない。あとで説明できたらいいけど。

「どうしてそう思ったのかわかんないけど。ただ、あんたの顔が――」

「じゃあ、やっぱりほんとなのね」ジベットの顔にまた思いつめた表情がもどった。点滅する赤と白。

「なにが？」無邪気なコメントのつもりだったのに、フロートがどうねじ曲げたのかと悩みながら、あたしはいった。

「わたしも、ここに来る前は、あなたみたいな三つ編みだったの。たぶん、あなた、不思議に思ったでしょうね」

どひゃあ。あたしはこの子のトラ刈り頭にあてつけるようなことをいっちゃったらしい。

「父は……」ジベットは、最初の夜、スイッチ板に死に物狂いでしがみついていたときみたいに、ノートをぎゅっと握りしめている。「父は三つ編みを切らせたの」

なにかおそろしいことを告白しているみたいだけど、それがなんなのかさっぱりわからない。「どうしてそんなことを？」

「父は、わたしがその髪で……男を誘惑するって。男によこしまな考えを抱かせるって。そんなことになるのはわたしのせいだと父はいったわ。そして、わたしの髪を坊主刈りにしたの」

それでやっと、自分が、ジベットにたずねたつもりのことをたずねていたことがわかった。ボーイフレンドがいるのか、って質問。

「わたし――そうなのかしら？　そう思う？」訴えかけるような口調で、ジベットはたずねた。

冗談！　ハツモノ好きのブラウンだって誘惑できやしない。でも、まさか面と向かってそういってやるわけにもいかないし、その反対に、もしイエスと答えれば、また女子寮ランドのげろげろタイムになるのはみえみえだ。かわいそうなジベット。三つ編みをばっさり切り落とされ、腐れ外道の父親に、嘘八百で死ぬほど脅しつけられている。ここに来たときの彼女があんなにいかれてたのも無理はない。

「どう？」と、ジベットはしつこくたずねてくる。

「あたしがどう思ってるかっていうと」あたしはちょっとふらふらしながら立ち上がった。「父親なんてクソの山よ」

そのときあたしは、アラベルの話を思い出していた。ひじから先くらいの長さのちっちゃな茶色い動物。それから、ブラウンの言葉――お父さんはきみを守ろうとしてるだけなんだ。あたしは口を開き、

「クソの山以下よ。父親なんて、だれもかれも」

ジベットはあたしを見つめ、それから、あたしのいうことを信じたがってるみたいに、壁に背中をくっつけてすわりなおした。

「あたしの父親がなにをしたか知りたい？」とあたし。「三つ編みを切ったりはしなかっ

た。いいえ、そのほうがずっとましね。信託子《トラスト・チャイルド》って知ってる？」

ジベットは首を振った。

「わかった。あたしの父親は、だいじな名字とだいじなザーメン・ジュースを絶やしたくなかったけど、かといって面倒ごとはごめんだった。そこで、信託基金を設定したわけ。たっぷり金を払って、プラスチック・バッグとファックして、はい、父親に早がわり。あとは弁護士たちが汚れ仕事を引き受けてくれるってわけ。あたしの世話をしたり、夏休みにどっかに送り出したり、このイモ大学の授業料を払ったり。こういうのをとりつけたりね」といって、不細工な警告バンドがついた手首をかざしてみせる。「一度だって、あたしに会おうともしない。あたしがだれかも知らない。ウソじゃない。汚い父親どものことなら、ちゃんとわかってんだから」

「わたしもわかりたいわ……」とジベットはいった。本を開き、またノートを写しはじめる。あたしは寝棚にもぐりこんだ。フロート後遺症の頭痛がしてきた。もう一度ジベットのほうに目をやると、だいじなノートの上にぽたぽた涙をこぼしていた。ほんとにもう。あたしがいったことは一から十までまちがいだったわけか。この最低世界で期待できる最大のしあわせは、男の子たちが学期なかばまでに動物遊びに飽きることと、あたしが進級できること。

学期も半分をすぎるころには、循環システムは完全におしゃかになっていた。キャンパスには、落葉と綿が膝までつもっている。歩くだけでもおおごとだ。あたしは授業に出ようと、落葉をかきわけ歩いていた。ずっと下を向いていたから、ブラウンに気づいたときには手遅れだった。

ブラウンは腕に動物をとまらせていた。「娘《ドーター》アンだ」と、ブラウンはいった。「ドーター・アン、タヴィだよ」

「マスでもかいてろ」といって、ブラウンのわきをすり抜けた。

ブラウンはあたしの手首をつかみ、ぎゅっと握った指で警告バンドを痛いくらいにしめつけた。「失礼じゃないか、タヴィ。ドーター・アンはきみに会いたがってるんだ。そうだろ、スイートハート？」

ブラウンは動物を抱き上げて、こちらにさしだした。アラベルのいったとおりだ。気色悪いちっちゃなもの。近くで見るのはこれが初めて。鋭角的な小さな茶色の顔、鈍い目に小さなピンク色の口。毛皮はざらざらした感じで、色は茶色、体はブラウンの腕からだらんとたれさがっている。ブラウンはペットの首にリボンをつけていた。

「たしかにあんたのタイプね。クソみたいに不細工で、穴のサイズはあんたのでもオーケー」

手首をつかむ力が強くなる。「そんないいかたは許さないぞ、ぼくの……」

「あら、タヴィ」ジベットがうしろから声をかけてきた。あたしはさっとふりかえった。天の助け。

「やっほー」と答えて、ブラウンの手をふりほどく。「ブラウン、新入生のルームメイトよ。ジベット、こっちがブラウン」

「そして、これがドーター・アン」ブラウンが動物をもち上げてみせた拍子に、その薄いピンクの口がばかみたいにこちらを向いて開いた。しっぽが立っている。下のほうの唇の薄いピンクも見える。どんな魅力があるのかって、アラベルは不思議がってたっけ？

「はじめまして、新入生ルームメイトくん」ブラウンは口の中でいって、動物を胸に引き寄せた。「パパのとこにおいで」それから、落葉を踏み分けて歩き去った。

あたしはかわいそうな自分の手首をいたわってあげた。おねがい、おねがいだから、テッセルがなんのためのものかなんて訊かないで。一日で耐えられるだけのことはもう経験した。これ以上はだめ。ブラウンのむかつく習慣をバージンお嬢に説明するなんてできっこない。

あたしはジベットを見くびっていた。彼女はちょっと身をふるわせ、それからノートを胸に抱いて、「かわいそう、あんな小さな動物なのに」といった。

「罪のこと、なにか知ってる？」その夜、ジベットがだしぬけにたずねてきた。ともかくも、電気は消してある。ささやかな進歩。

「たっぷりね。このチャーミングなブレスレットをいったいどうやって手に入れたと思ってんの?」

「あたしがいってるのは、なにかほんとに悪いことをすること。だれかほかの人に対して。自分が助かるために」ジベットは口をつぐんだ。あたしは返事をしなかったし、彼女は長いあいだなにもいわなかった。

「校長のこと、知ってるわ」と、ようやくジベットはいった。

モウルトンのくそじじいがいきなりインターカムから〝わが娘に祝福を〟と怒鳴ったとしても、こんなに驚きはしなかったと思う。

「あなたはいい人。わたしにはわかるの」その声には夢みるような響きがあった。相手がジベットでなきゃ、オナってると思うところだ。「たとえ自分が助かるためでも、人間だったらやらないことがある」

「で、あんたはその常習犯ってわけ?」

「やらないことがある」と眠たげな声でまたくりかえし、それから今度は、はっきりした声で、どうでもいいことみたいにいった。「クリスマスに妹が来るの」

おいおい、今夜のジベットにはびっくりさせられてばっかりだよ。「クリスマスは実家に帰るんだと思ってた」

「ぜったい帰らない」

「タヴィ！」アラベルがキャンパスのはるか向こうから叫んだ。「元気ぃ？」

きっと男の子がらみの話だ、とあたしは思った。くっそ、この警告バンドを厄介払いするにはどうすりゃいいのか。もしそうなったら、うれしすぎて泣き出しちゃうかもしれない。

「タヴィ！」とまたアラベルが叫ぶ。「何週間ぶりだっけ？」

「なにがあるの？」とあたしはたずねた。なんでいつもみたいに単刀直入にいきなり男の話をはじめないのかと不思議に思いながら。

「どういうこと？」とアラベルが目をまるくするので、男の子の話じゃないことがわかった。男の子たちはまだテッセルを持っている。ブラウンもセプトもほかの子もみんな、まだテッセルを持っている。まだテッセルを持っている。ただのペットじゃないの、とあたしはむかむかしながら自分を叱りつけた。ただのペットなのに、なんでこんなにいらつくわけ？　お父さんはきみのためにいちばんいいようにと思ってるんだよ。パパのところにおいで。

「校長の秘書が辞めたのよね」とアラベルがいった。「わたし、部屋でサムライ・パーティー開いた件で、禁足処分くらってて」アラベルは肩をすくめた。「夏以降で、最高の条件のオファーだった」

おいおい、マジかよ、だってあんた信託だろ、アラベル。信託子だろ。彼、あんたの父親かもしれないのに。パパのところにおいで。

「顔色が悪いわよ」アラベルはいった。「フロートのやりすぎ？」

あたしは首を振った。「男の子たちがあれでなにするか知ってる？」

「タヴィ、あなたったら。あのでっかいピンクの穴がなんのためにあるのかわかんないっていうんなら――」

「あたしのルームメイトは父親に坊主刈りにされた」とあたし。「彼女、バージンなんだ。なんにもやってない。なのに、父親が髪をぜんぶ切ってしまった」

「あのさあ」とアラベル。「あなた、ほんとに頭のネジが飛びかけてない？　最後にファックしてからどのくらいになる？　手配してあげるわよ、校長より若い男を。心配ないって。信託親《トラスター》じゃないのは保証つき。手配できるわよ」

あたしは首を振った。「いらない」

「ねえ、あなたのことが心配なの。目の前でネジを飛ばされたくないわ。せめて、その警告バンドがなんとかならないか、校長にかけあってみる」

「かまわないで」ときっぱりいった。「あたしはだいじょうぶよ、アラベル。授業に行かなきゃ」

「テッセルなんかのこと、気にしなくていいのよ。ただのペットなんだから」

「うん」

あたしはしっかりした足どりでその場を離れ、落葉の降りつもるしょぼいキャンパスを横切った。アラベルの視界から出たとたん、巨大なワタノキの幹にもたれかかり、スイッチ板にすがりついていたジベットみたいに、それにしがみついた。死に物狂いで。

ジベットが次に妹のことを話したのは、クリスマス休暇がはじまる直前だった。伸びはじめていると思っていたジベットの髪は、はじめて会ったときとおんなじ、ざんばらのまんま。思いつめたあの表情がもどってきて、日増しにひどくなってゆく。まるで、放射線被曝者みたいなありさまだ。

あたし自身も、あんまり健康そうには見えない。眠れないし、フロート後遺症の頭痛はまるまる一週間もつづいてる。警告バンドのおかげで発疹ができて、それが二の腕にまで上がってきてる。

アラベルのいったとおりだ。ネジが飛びかけている。テッセルのことが頭から離れない。去年の夏なら、ペットをどう思うと聞かれたら、だれにとっても、とくに動物たち自身にとって、大きな楽しみだと答えただろう。ところがいまでは、茶色とピンクのちっちゃなムカつく生きものを腕にのせてるブラウンの姿を思い浮かべただけで吐きそうになる。ぼくはずっと、きみのお父さんのことを考えてたんだ。もしきみが心配しているのが信託のことなら、チェックする方法があることは保証する。お父さんはきみのためにいちばんいいようにと思ってるんだよ。パパのところにおいで。

あたしの弁護士たちは、校長を説き伏せて、クリスマス休暇のあいだ、あたしをアスペンかどこかへ行かせる許可をとりつけることに失敗した。みんなが行ってしまったらすぐに、休暇特赦を与えるようにいいくるめることには成功したけど、警告バンドをはずさせるのはアウト。もっとも、このバンドのおかげであたしの腕がどうなっているかを寮母がじっくり見てくれれば、二、三日バンドをはずすのを許可して、発疹が治るチャンスを与えてくれるだろう。循環システムはまた動きはじめ、ハリケーン並みの強さの風が、この〈地獄〉じゅうを吹き荒れている。メリー・クリスマスだぜ、みんな。

最後の授業の日、あたしは暗い自分の部屋にもどり、スイッチを入れ、そこで凍りついた。闇の中に、ジベットがすわっていた。あたしのベッドに。テッセルを膝に抱いて。

「どうやって手に入れたの？」あたしはささやくようにいった。

「盗んだの」とジベット。

あたしはうしろ手にドアをロックし、デスクの椅子のひとつをつっかい棒がわりに押しつけた。「どうやって？」

「みんな、だれかの部屋のパーティーに集まってたわ」

「男子寮に行ったの？」

ジベットは答えない。

「あんたは新入生だ。それだけでも、りっぱな退学理由になる」あたしは信じられない思いでそういった。この子は、すっかり動転してシーツの上にゲロを吐き、「家になんかぜったい帰らない」といっていたあの子なのだ。

「だれにも見られなかったわ」ジベットはおだやかに答えた。「みんなパーティーに行ってたのよ」

「あんた、完全にいかれてるね」とあたし。「だれのなの、知ってる？」

「これ、ドーター・アンよ」

あたしは自分の寝棚のいちばん上のシーツをひっぺがし、シャトルバッグにつめはじめた。ああもう、ドーター・アンがいないのに気がついたら、ブラウンは真っ先にこの部屋をさがすにきまってるじゃんか。デスクの引き出しをひっかきまわしてハサミを見つけると、バッグにいくつか空気穴をあけた。ジベットはまだ、ベッドにすわったまま、おぞましい生きものをなでている。

「隠さなきゃ。今度は冗談じゃない。あんた、本物のトラブルにハマってるよ」

ジベットには聞こえないようだ。「妹のヘンラは美人なの。あなたみたいに、長い髪を三つ編みにしてるの。いい子だわ、あなたとおんなじ」それから、哀願するような声でいった。「まだ、たった十五なのよ」

ブラウンの訴えで、各部屋の検査がはじまった。お察しのとおり、まずあたしたちの部屋から。テッセルはいなかった。テッセルは、シャトルバッグにつめて、ランドリー室の乾燥機の中に隠してある。もう一枚、つるくるシーツ《スリック・スピン》をまるめて、乾燥機の前に置いておいた。ブラウンにはぴったりの皮肉だと思ったのだけれど、怒り狂った彼の目には入らなかった。

「もう一度、調べてください」寮の中をくまなく調べてまわるグランド・ツアーがおわると、ブラウンは寮母にいった。「ここにあることはわかってるんです」

それからあたしのほうを向いて、

「おまえがやったのはわかってる」

「最後のシャトルがあと十分で離陸します」と寮母はいった。「調べなおしている時間はありません」

「こいつがやったんだ。あの顔を見ればわかる。彼女がどこかに隠したんだ。この寮のどこかに」

寮母は、自分の部屋のスキナー箱にブラウンを小一時間閉じ込めてやりたいと思っているような顔になり、それから首を振った。

「あんたの負けよ、ブラウン」とあたしはいった。「ここに残れば、シャトルを逃して、クリスマス休暇のあいだじゅう、〈地獄〉に釘づけ。出発すれば、愛しの娘《ドーター》アンを失う。どっちにしてもあんたの負けよ、ブラウン」

ブラウンはあたしの手首をつかんだ。バンドの下の発疹は、がまんできないほどひどくなっている。手首がむくみはじめて、金属に触れているところは赤紫に腫れている。あたしはもう片方の手で、ブラウンの手をもぎ放そうとした。けれど、締めつけてるその手は、顔と同じくらい容赦なく、復讐心に燃えていた。

「オクテイヴィアは、先週、男子寮のサムライ・パーティーに出てました」と、ブラウンは寮母に向かっていった。

「ウソつき」痛みのあまり、口をきくのもやっと。吐き気が突き上げてきて、気を失いそうだ。

「それはありそうもない話ね」と寮母がいう。「彼女は警告バンドで縛られているんだから」

「これで？」とブラウンはいって、あたしの腕をぐいと持ち上げた。あたしの口から叫び声が漏れる。「こんなもので？」と手首をねじりあげ、「こんなもの、彼女はいつでも好きなときにはずせる。知らなかったんですか？」

ブラウンはあたしの手首を放し、軽蔑するような目でこっちを見ながら、

「タヴィみたいな利口な子は、警告バンド程度のものじゃ止められない。そうだろ、タヴ

ィ？」

あたしはずきずきする手首を体にこすりつけ、なんとか気を失うまいとした。ペットなんかじゃない、と必死に考える。ただのペットなんかのために、ブラウンがここまでやるわけがない。もっとひどいものだ。もっとひどい。ぜったいに、テッセルをとりもどさせちゃいけない。

「シャトルの呼び出しです」と寮母がいった。「オクテイヴィア、あなたの休暇特赦は取り消します」

ブラウンは勝ち誇ったような視線をこちらに向け、寮母のあとについて出ていった。全身全霊をふりしぼって、あたしは最後のシャトルが飛び立つのを待ち、それからテッセルを連れにいった。痛くないほうの手にのせて、テッセルを部屋に連れ帰った。禁足処分なんかどうってことない。どのみち、行く場所なんかないんだから。それに、テッセルはもう安全だ。「なにもかも、きっとうまくいくよ」と、あたしはテッセルにいい聞かせた。けれど、なにもかもうまくいかなかった。ジベットの美人の妹、ヘンラは美人じゃなかった。彼女の髪は、ハサミで刈れるだけ短く刈り上げられていた。ヘンラは顔を真っ赤にして泣いた。ジベットの顔は石のように白くなり、そのまま変わらない。その表情を見ていると、もう二度と泣けないんじゃないかと思えてくる。カレッジのたった一学期間がなしとげたこととしては、これってすごい成果じゃない？

禁足処分だろうがなんだろうが、あたしは出ていくしかなかった。何冊か本を持ってって、下のランドリー室でキャンプすることにした。学期末レポートを二本書き、教科書を三冊読み、それから、ジベットとおなじように、自分のノートをぜんぶ書き写した。父はわたしの髪を切ったの。わたしが男を誘惑するからこんなことになるんだといって。お父さんはきみを守ろうとしてるだけなんだよ。パパのところにおいで。あたしはぜんぶの乾燥機をいっぺんに回し、その音で頭の中の声を締め出し、レポートをタイプした。

休暇の最後の日まで、なんとかこぎつけた。歯を食いしばって、ブラウンのことやテッセルのことを考えまいとした。なにも考えまいとした。ジベットがヘンラを連れてランドリー室にやってきて、妹は最初のシャトルで帰るといった。あたしはさよならをいった。

「またもどってこられるといいわね」ばかみたいなことをいっているのはわかっていた。もしあたしがヘンラなら、なにがどうあろうと、メリルボン・ウィープなんかにもどりはしない。

「もどってくる。卒業したらすぐに」とヘンラがいった。

「たったの二年よ」とジベットはいった。二年前、ジベットは、妹とおなじ、かわいい顔をした少女だった。いまから二年たてば、ヘンラもまた、何度も死をリハーサルした顔になっているだろう。メリルボン・ウィープでおとなになるって、なんて楽しいことだろう。たった十七で、廃人になれる。

「いっしょに帰って、ジベット」とヘンラがいった。

「無理よ。わたしは帰れない」とジベットはいった。

げろげろタイム。あたしは部屋にもどり、ひと山の本といっしょに寝棚に上がって、壁にもたれてすわり、読みはじめた。テッセルは寝棚の足もとで眠っていた。ぱっくり口をあけたピンクのおまんこを上に向けて。テッセルはあたしの膝に這い上がってきて、そこでまるくなった。あたしはそれを抱き上げた。抵抗しようともしない。ひとつ部屋でいっしょに暮らしてるというのに、あたしはそれまで、テッセルを間近で見たことがなかった。こうやってじっくり見てみると、抵抗したくても抵抗できない動物なのがわかる。小さな足はピンク色で、爪はない。それに、歯も生えてなくて、やわらかくて小さな、薔薇の蕾のような口——下のほうの口の四分の一の大きさしかない——があるだけ。フェロモン強化されてるとしても、感知できない程度。たぶん、この生きものの魅力は、自分を守る手段がなんにもなくて、戦いたくても戦えないってとこにあるんだろう。

あたしはその生きものを膝に置いて、指先をすこしだけ、おまんこの中にさし入れてみた。一年生のころレズる経験は積んでるから、いいおまんこがどんな感触なのかはわかる。もうすこし奥まで指をもぐりこませる。

テッセルは悲鳴をあげた。

あたしはぱっと指を引き抜き、握りしめたこぶしを自分の口に押し当て、悲鳴が出るのをおさえた。おぞましい、おそろしい、悲しい泣き声だった。やるせない、絶望の声。レイプされる女があげる悲鳴。ちがう、もっとひどい。子どもがあげる悲鳴。生まれてこのかた、そんな音は一度も聞いたことがないと思う一方で、これこそ、一学期とおしてずっと聞こえてた音なんだと思った。フェロモン。いや、とんでもない。化学物質なんかよりずっと強い魅力。それとも、恐怖も化学物質なんだろうか？

あわれな小動物をベッドに下ろしてバスルームに行くと、それから一時間近く手を洗いつづけた。ジベットはテッセルがなんのためのものか知らない、男の子たちがテッセルでなにをしているか、ぼんやりとしかわかってない——これまでずっと、そう思っていたけれど、彼女は知っていたんだ。知っていて、それをあたしから隠しておこうとした。知っていて、たったひとりで男子寮に行き、一匹盗んできた。ぜんぶ盗んでしまわなきゃいけない、一匹残らず盗んで引き離さなきゃ、あの腐りきったくそったれの……あたしは、何年も自分の父親に対してぶつけてきた言葉の山をさぐった。どれもこれも、今度のことを表現するには上品すぎる。ど腐れ下郎のせんずり男。できそこないのカス人間ども。

ジベットが、バスルームの戸口に立っていた。

「ああ、ジベット」とあたしはいい、そこで口をつぐんだ。

「妹は、きょうの午後帰るわ」と、ジベットはいった。

「だめ」とあたしはいった。「ああ、そんな」

そして、ジベットのわきを走り抜け、部屋を出た。

あたしはちょっとした神経衰弱に陥ってたんだと思う。とにかく、そのときのことはあんまりよく覚えていない。頭のネジが飛んでたにちがいない。はっきり覚えてるのは、急がなきゃという衝動、急がないとなにかおそろしいことが起きるという予感だけ。

禁足を破ったのはわかっている。ワタノキの根元にすわって、モウルトンおやじはなんてすばらしいユーモア感覚の持ち主なんだろうと考えてたのを覚えてるから。彼はクリスマス・ツリー用の照明をとりよせて、裸のワタノキにとりつけさせた。綿と黄色くなった枯葉とがそのライトに吹きつけられて燃え上がる。植物の焦げるにおいがそこらじゅうにたちこめていた。煙と炎。〈地獄〉のクリスマスにはなんてぴったりなんだろうと、妙に澄んだ頭で考えていたのを覚えている。

でも、テッセルのことを考えようとすると――いったいどうしたらいいか考えようとすると――思考はからまりあい、もつれあって、フロートをやりすぎたときみたいに混濁してしまう。あるときは、ブラウンが欲しがっているのはドーター・アンなんかじゃなくジベットで、あたしはこういう、「あんたが彼女の髪を切ったのね。彼女は二度とあんたの手にもどさない。ぜったいに」そしてジベットはブラウンから逃れようともがきにもがく。けれど、ジベットには爪も歯もない。ときにはそれは校長で、彼はいう、「もしきみが心配しているのが信託のことなら、チェックする方法があるのは保証する」そしてあたしは、「あんた、自分でもテッセルがほしいだけだろ」と答える。またあるときは、ジベットの父親が、「わたしはおまえを守ろうとしているだけだ。パパのところにおいで」そしてあたしは寝棚の上に立って、インターカムのネジをはずすけれど、彼を黙らせることができない。「守ってもらう必要なんかあるもんか」とあたしは彼にいう。ジベットはもがきにもがいている。

もつれた綿の切れ端がクリスマスのライトにくっついて、発火し、茶色の枯葉の上に落ちた。煙のにおいがそこらじゅうにたちこめている。だれかが知らせに行かなきゃ。〈地獄〉は焼け落ちる、それとも炎上してしまう、クリスマス休暇でだれもいないあいだに。だれかに知らせなきゃ。そうなんだ、あたしが知らせなきゃいけない。でも、知らせる相手がいない。父さん。父さんがいてくれたら。でも、父さんはいない。父さんがいたためしなんかない。父さんはカネを払い、一本抜いて、あたしを狼の群れの中に放りだした。けど、すくなくとも、父さんはあいつらの仲間じゃない。あいつらの仲間じゃない。

知らせる相手がだれもいない。「それになにをしたの？」とアラベルがいう。「なにか与えたの？　サムライ？　フロート？　アルコール？」

「あたしはべつに……」

「禁足処分を受けてることを考えないと」

「あれはペットなんかじゃない」とあたし。「かわいい赤ちゃんとか、ドーター・アンとか呼んでる。で、あいつらが父親なんだ。あいつらが父親。でもテッセルには爪がない。歯がない。ファックがなにかも知らない」

「お父さんは、彼女のためにいちばんいいようにと思ってるのよ」とアラベルがいう。

「なにいってんの？　父親は、あの子の髪の毛をぜんぶ切ってしまった。あのときの彼女を見せてやりたい、スイッチ板に死に物狂いでしがみついてたんだよ！　彼女はもがきにもがいたけど、なんの役にも立たなかった。爪もない、歯もない。たった十五歳なのよ。あたしたち、急がなきゃ」

「学期半ばには、なにもかも終わってるわ」とアラベルがいう。「ちゃんと手配してあげる。信託親《トラスター》じゃないのは保証つき」

あたしは寮母のスキナー箱の中に立って、ドアを叩いていた。どうやってここまで来たのかわからない。あたしの顔が、寮母の鏡からこちらを見返している。アラベルの顔。思いつめて、絶望した顔。赤くなり白くなりまた赤くなる、まるで警告バンドみたいな、あたしのルームメイトの顔。寮母はきっと信じてくれない。あたしを禁足処分にするに決まってる。退学処分にするかもしれない。そんなこと、どうだっていい。寮母が返事をしたとき、とても逃げ出したりできなかった。学校全体が炎上しないうちに、だれかに話をしておかなくては。

「まあ、なんてこと」寮母はそういって、あたしの肩に手をまわした。

ドアを開ける前から、ジベットが闇の中であたしの寝棚にすわっているのはわかっていた。あたしは壁のスイッチを入れてから、体を支えようとするみたいに、包帯をした手をスイッチ板にかけた。

「ジベット。もう心配ないよ。寮母はテッセルをぜんぶ没収するって。今後、キャンパスで動物を飼うのは禁止になる。もうだいじょうぶ」

ジベットはあたしを見上げた。「わたし、あれを妹といっしょに家に届けたの」と、ジベットはいった。

「なんだって?」あたしは茫然と訊き返した。

「父さんは……わたしたちを放っといてくれない。父さんは――わたしはドーター・アンを妹といっしょに送り返したの」

うそ。まさか、そんなこと……。

「ヘンラはいい子なの。あなたとおんなじ。だめになってしまうわ。二年も保たないでしょう」ジベットはあたしをしっかり見すえた。「ヘンラのほかにも、あとふたり、妹がいるの。いちばん下はたった十歳よ」

「テッセルを実家に送ったっていうの? あんたの父親のところへ?」

「ええ」

「あれは自分の身を守れない。爪だってないし。自分を守れないんだよ」

「前にいったでしょ。あなたは罪のことをなにも知らない」そういって、ジベットは顔をそむけた。

あたしは、男の子たちからとりあげたテッセルを学校側がどうしたか、寮母にたずねなかった。だれかが、あの悲惨な境遇からテッセルを救い出してくれたことを、彼らのために祈っている。

第五の地平

野﨑まど

この時代、人類の宇宙進出は加速度的に進んでいた。そして、宇宙空間で生育する《宇宙草》の開発により、遊牧民であるモンゴル族もまた、その版図を宇宙へと広げていた。

著者は二〇〇九年『[映]アムリタ』で、第一回メディアワークス文庫賞を受賞してデビュー。他の著作に『パーフェクトフレンド』『2』『なにかのご縁』、テレビアニメのスピンアウトノベライズ『ファンタジスタドール イヴ』など。二〇一三年刊行の『know』で第三十四回日本SF大賞候補、「ベストSF2013」国内篇第五位。現在《バビロン》を刊行中。『正解するカド』のスピンオフ短篇「精神構造相関性物理剛性」（〈SFマガジン〉二〇一七年四月号掲載）も合わせて、その作風に翻弄されてほしい。

初出：『NOVA+ バベル：書き下ろし日本ＳＦコレクション』（河出文庫）2014 年

草原があった。

どこまでも平たく続く草の面が、無限の彼方まで到達しているように見えた。数えきれぬ緑の上辺を穏やかな風が撫でる。水気を一切含まぬ乾いた空気は、乾燥草原《ステップ》の名に相応《ふさわ》しい。

その果てない草原の中央に、一人の精悍《せいかん》な男が立っていた。服の上からもわかる逞しい腕は戦を旨とする男のそれだった。瞳は遥かな遠くを見ていた。草原が消えさる地平線の、さらに先までを見据《みす》えているようだった。

男の名はチンギス・ハーンという。

彼はモンゴルの一部族を率いる族長であり、同時に草原の覇権を争う群雄の一人であった。

世界史上最も巨大な帝国を作り上げたその男は、この時、未だ見果てぬ遠き地を求めていた。

＊

チンギス・ハーンは幼名をテムジンといった。彼はモンゴルの有力部族ボルジギン氏族の長《おさ》イェスゲイ・バアトルの子として生を受ける。しかし父イェスゲイがタタール人に毒殺されると、テムジンは残った者達から部族を追われ、母弟妹と共に過酷な草原へと投げ出された。大集落の族長の子であったはずのテムジンは、たった九人の家族の長兄としてモンゴルの厳しい環境を生き抜かねばならなかった。

しかしテムジンは諦めず、大草原の中で逞しく成長した。弟達と共に馬羊を育て、独立遊牧民の力を借りて部族に新たな部衆を集めた。そうして三十になる頃には、テムジンの部族は草原における一大勢力となっていた。テムジンは主《おも》だった部衆の推挙を受けてモンゴル族の長たる汗位《ハーン》につき、ついにチンギス・ハーンの称号を得た。チンギス率いるモンゴル部族は今や、西方のナイマン部族、ケレイト王国にも比肩する巨大集落へと成長していた。

またこの時代、人類の宇宙進出は加速度的に進んでいた。

モンゴルの東に接する金《きん》王朝（中国）は高い質の文化を持ち、特に金属加工の技術は世界随一であった。その技術は戦乱の日々の中で日進月歩に研鑽《けんさん》され、金属製の武防具、火薬を用いた銃、火薬を用いたロケット、有人ロケット、宇宙基地、宇宙戦艦などが次々と開発された。人類は大挙して宇宙に進出し、火星、木星、さらにその先へと手を伸ばそうとしていた。

時代の中でチンギス率いるモンゴル族もまた、その版図を宇宙へと広げていた。モンゴル族が宇宙へ伸長すれば同盟国であるケレイト王国も当然それに続き、また敵性氏族であるナイマンも拮抗を保つために進軍する。モンゴル、ナイマン、ケレイトの勢力争いはその舞台を高原から宇宙へと移していた。しかし元来遊牧民である彼らにとって大宇宙はあまりにも過酷だった。宇宙には草原がない。

この問題を解決したのが、チンギスの作り上げた《宇宙草《うちゆうそう》》である。強力な軍人であったチンギスは同時に卓抜した政治家でもあり、彼は遊牧民族の生存に草原が不可欠であることを見抜いていた。チンギスは金王朝のバイオテクノロジーを積極的に取り入れ、宇宙空間で生育する草を造り出すことに成功した。

宇宙草の技術の核心はケイ素である。ステップの植物は丈《たけ》の短いイネ科植物が主体となっており、イネ科は元々環境中のケイ素を取り込んで利用するSi集積植物として知られている。通常生体内では非晶質含水シリカ（$SiO_2 \cdot nH_2O$）の状態で構造体として働き、葉・茎・花穎《かえい》等の乾燥重量において約10％のケイ酸体を持つ。チンギスはこの性質を改変し、植物体内におけるケイ素の利用率を大きく高めることに成功した。開発された宇宙草は構成物質の実に八割をケイ酸化合物に置換されていた。それは金属分子を主体とした、まるで鉱物のような強さをもつシリコン植物であった。

この人造草は真空中で育成し、根を絡み合わせながら大きなシートとなって宇宙に草原を作り上げる。そこに同じくチンギスの作った宇宙羊と宇宙山羊《やぎ》が放たれ、草を食《は》み、食料を生む。宇宙草の作り出す草原は宇宙に進出した遊牧民の基盤となった。宇宙草原の広がりが、そのまま各勢力の版図となった。

＊

風が草原を揺らしている。

草原の各所に立っている白い房の付いた旗はモンゴル族の旗印であり、同時に造風設備でもある。近傍《きんぼう》の恒星の光を九本の恒星房が受け止め、そのエネルギーでガスを加速させ、真空の草原に風を生んでいる。

チンギス・ハーンは草原の中に一人佇《たたず》んでいた。モンゴルに伝わる民族衣装デールの長い袖《そで》が人工風に揺れる。宇宙進出に伴って作られた高度な縫製のデールは気密性の高い宇宙服でもある。体の横で布を合わせる構造が、馬上での正面からの宇宙線を防ぐ。帽子は後方に布がたれ、前側は風防で密閉されていた。非常に透明度の高い風防はその存在を感じさせず、まるで帽子だけをかぶって気軽に真空中へと出ているような印象を見る者に与えた。チンギスのデールは漆黒だった。男性が好んで着る黒色のデールには「宇宙のように広い心」という意味がある。

彼の目の前に、寥廓《りょうかく》たる草原が広がっている。

そして頭上には、それよりも遥かに広大な宇宙があった。

故郷モンゴルはすでに7auの彼方であった。今チンギスが立っている場所はモンゴル族の勢力の前線。木星の軌道を越えて、土星周回軌道へと向かう道程の中ほどである。地球からここまでの間、チンギスはケレイトと表向きの同盟を結び、またナイマンと小競《こぜ》り合いを続けながら草原を拡大してきた。現在は地球周回軌道を端として、現在地点までの7au区間を全て覆い尽くす巨大な草原のディスクが完成している。

逆に、地球から太陽に向かう空間には草原のシートが一切広がっていない。理由は明白だった。太陽に向かったとしても到達して終わりであるからだ。

チンギスの目的は版図を埋めることではない。彼の目的は遥か先、誰も到達したことのない世界の果てを見ることにある。ケレイトとの同盟も、ナイマン討伐も、全てはその過程の作業でしかない。

世の果てが見たい。未知の地平を越えたい。

その大望がチンギスを突き動かし、二、〇〇〇キロを超えるモンゴルの地平を一気に駆け抜けさせ、遥か一〇〇〇〇〇〇〇〇〇〇キロのこの場所に彼を連れてきた。チンギスは今日まで一度も振り返ることなく宇宙の覇道を突き進んできたのだった。

だが、今、宇宙を見つめるチンギスの目に、一抹の陰りがあった。

それは不安の影であった。

「汗《ハーン》」

君主の称でチンギスを呼ぶ声がした。帽子に備えられた通信機器を通しての音声である。両耳に音声差分を付ける装置の効果で声の方向がわかる。チンギスがそちらを向くと、馬に乗った男が草原を駆け抜けてきた。

「ボオルチュか」チンギスは友の名を呼んだ。

ボオルチュはチンギスの忠実な家臣の一人であり、覇道を助くる友《ノコル》である。

チンギスがまだ家族だけを連れて貧窮の暮らしをしていた頃、盗賊にほぼ全ての馬を奪われたことがあった。遊牧民にとって馬は財産であり命そのものである。その馬を取り戻す道程で運命的に出会い、奪還のために惜しみなく力を尽くしてくれたのがボオルチュであった。以来ボオルチュはチンギスの無二の友となり、チンギスに仕える四人の優秀な側近《四駿《しくゆん》》の一人として辣腕《らつわん》を振るっていた。

ボオルチュは馬を巧みに操り、チンギスの傍らに寄せた。がっしりとした逞しい体つきの蒙古馬《もうこ》は、チンギスに挨拶でもするように低くいなないた。

馬はモンゴル人にとって何よりも大切なもので、それはこの宇宙でも変わらない。チンギスが宇宙草を造り出した後にすぐ開発に取り掛かったのが、宇宙羊でも宇宙山羊でもなく、この《宇宙馬《うちゅうば》》である。

宇宙馬は地球の馬と同じく草原の草を主食として成長する。しかし宇宙の草原はシリコン質主体のケイ素植物であり、それを摂取する宇宙馬もまたケイ素を構成主体として作られている。その強靭《きょうじん》な金属分子の肉体が宇宙馬の真空中での活動を可能にしていた。

中でも特徴が顕著なのは結晶体の筋組織である。宇宙馬の筋肉はSiナノチューブで構成されており、地球馬の筋組織と比べ数十倍の弾力と強度を持つ。また中空構造のナノチューブは単位体積当たりの重量も非常に軽い。軽量強靭な筋肉に覆われた宇宙馬は、宇宙の騎馬民族が天文学的距離を駆けるために不可欠な存在であった。唯一欠点があるとすれば金属繊維を含む体毛が固く痛いことだったが、そこはデールのズボンを厚くすれば済む。

チンギスは、ボオルチュが乗ってきた宇宙馬の美しい体軀《たいく》を眺めた。金属混じりの黒鹿毛がきらきらと太陽光を反射している。

ボオルチュは下馬しチンギスに寄った。彼は神妙な顔で言った。

「汗《ハーン》。ジャムカの所在が摑《つか》めました」

「なんだと」

「ケレイトに流れ、国王トオリルの元に身を寄せているようです。我らからの婚儀の申し出をケレイトが断ってきた時におかしいと思いましたが、裏にジャムカの入れ知恵があったなら合点もいきます」

ボオルチュはチンギスの判断を求めていた。彼はチンギスが一番の信を置く参謀であるが、ジャムカに関することはボオルチュであっても一概に決められない。なぜならジャムカはかつて、チンギスの按達《アンダ》（盟友）であった男だからだ。

ジャムカはチンギスの昔からの友人であった。

幼い日の二人はお互いの力を認め合って按達《アンダ》の誓いを結んだ。その後二人はそれぞれ成長し、チンギスは力を蓄えて有力な部衆を率いるようになり、またジャムカもジャダラン氏の首長となって草原に覇《は》を唱えていた。お互い組織の長《おさ》となって再会した二人は、改めて按達《アンダ》の誓いを結び直した。

二人は同じ夢を見ていた。地平の果てを目指す、この世の果てを目指す。彼らは行先を同じにする仲間のはずだった。

だがその夢を叶えるためには大草原を統べる必要があり、そして覇者は常に一人だけなのである。お互いに力を伸ばし続けるチンギスとジャムカが決裂したのも歴史の必然であった。

こうして無二の盟友であったはずの二人は宿敵へと変わった。チンギスとジャムカは大軍を率いて幾度となくぶつかり合った。最後に激突したメインベルトの戦いはチンギスの勝利に終わり、ジャムカは無残に敗走して、以来行方をくらましていたのである。

そのジャムカが、チンギスの同盟国であるケレイトに居るという。

由々しき事態であった。チンギスとケレイト国王トオリルの同盟は強固であるが、ジャムカもまた草原に名を馳せた名将である。智謀《ちぼう》をふるい、手練手管を用いてトオリルを取り込んで、再びチンギスの脅威となるかもしれない。

ジャムカがすでにケレイトと接触しているとなれば猶予はない。妙な動きに出ぬうちに一刻も早く手を打たねばならない。だからこそボオルチュは馬を目一杯に走らせて、状況を直接チンギスに伝えにきたのである。今はチンギスの采配が必要だった。

だがボオルチュの報を聞いたチンギスは、それについて何の感想も持たぬとでもいう顔で、ただ静かに宇宙を見上げた。

「汗《ハーン》」

ボオルチュは訝《いぶか》りながらチンギスを呼んだ。チンギスの目には動揺も、苦悩も、怒りすらもない。彼は死を待つ老山羊が如き悟った瞳で、無限に続く宇宙だけを見つめ続けている。

「ボオルチュよ」

「は」

「ジャムカを倒して何とする」

「何をおっしゃるのか、汗《ハーン》チンギス」

ボオルチュは戸惑った。勇猛なチンギスの言葉とは思えなかった。

「ジャムカ打倒は汗《ハーン》の覇業における不可避の使命です。ジャムカを亡き者とし、老いたケレイトも、細るナイマンも追い落として部族を統一するのです。そうして強大な帝国を築き上げた暁《あかつき》には、もはや我らの草原を阻むものはありません。その時こそ汗《ハーン》の大望に手が届きましょう。太陽系を越えて、どこまでも遠くへ草原を広げ続けていけるのですよ」

「どこまでもか」チンギスは力なく息を吐いた。「それは本当だろうか」

「どうされたというのです汗《ハーン》チンギス」

「私は疑問なのだ」

チンギスは漆黒の宇宙を見上げている。

「モンゴル高原で覇を競っていた時、私は真っ直ぐに進めばよかった。西にメルキトあればそれを滅ぼし、さらに西のタイチウトを相手取ってそれを駆逐した。そのまま西方へと進めば高原を統一できたし、そうすれば次は東方の金へと向かえばよかった。モンゴルにいた私には一片の迷いもなかったのだ。だが、この宇宙ではどうだ」

チンギスの視線は無限の闇に飲み込まれている。

「草原を広げても、広げても、果てはない。この生命尽きる頃になって草原がやっと宇宙の端に辿り着いたとしても、その時、我々の頭上と足元には未だ新雪のごとき闇が残っていることだろう。なれば最初からそちらに向かうべきではないのか。天地の別すらない宇宙では、草原も上下を問わず広がるべきではないのか。草原の下に草原を広げ、草原の上に草原を積み……ボオルチュよ……それはもはや草原と呼べるのだろうか……。草原、草原とはなんだ」

ボオルチュはすぐに悟った。従者としてではなく長年の友として、チンギスの心を支配する苦悩を一瞬のうちに理解する。

チンギスは迷っている。

人類の技術進歩はチンギスを宇宙に連れ出した。それからチンギスはがむしゃらに覇道を進んできたが、地球から7auの地において、とうとう自分の疑問を無視できなくなっているのだ。上下左右前後の区別すらない宇宙で、自分はいったい何を目指して走り続ければいいのか、と。

「遠くへ行きたかっただけだ」

チンギスは呟いた。

「だがその〝遠く〟は、どの方向にあるというのだ……」

チンギスは言葉の通りに、この宇宙で〝迷って〟いた。その迷いは宇宙を前にした人類が普遍的に抱く感情であり、この時代の誰もが逃れられぬ呪いである。星で育まれた人間は、真の意味では宇宙人たり得ない。

だが、そこで臆せば道は消える。

「按達《アンダ》チンギスよ」

ボオルチュはチンギスを呼んだ。汗《ハーン》ではなく按達《アンダ》として、チンギスの一人の友人として対等の立場で彼を呼んだ。チンギスもそれに気付き、宇宙から視線を外して長年の友を見た。

ボオルチュは馬に括りつけた荷物を開けると、中から二枚のタブレットを取り出した。タッチパネル式の軽量タブレットは金王朝の最新技術の結晶である。そのうちの一枚をチンギスに渡す。

「貴方《あなた》は、遠くとはどちらにあるのか、と問われました。その問いについて」

ボオルチュは草原に座りこみ、あぐらをかいた。

「私の見解を述べましょう」

チンギスは頷くと、ボオルチュと向かい合って座った。二人はお互いのタブレットの画面を共有しながら話し始めた。

＊

「チンギス按達《アンダ》が先ほどお話しになった考えは、図らずもこの疑問を解く鍵に触れておいででした。先刻貴方は、草原の上に草原を積むべきではないかとおっしゃった」

チンギスは頷いた。

「それは即ち、次元を意識されたお考えです」

「次元」

「直線の一次元、平面の二次元、立体の三次元」

ボオルチュはタブレットの画面に触れた。二人のタブレットに次元の解説のための簡単な模式図が現れる。

「空間上の座標を定めるために数がいくつ必要か。それが即ち次元の数となります。この世が唯一の点であったとすれば、全てはそこにしか存在せず、座標を定める必要すらなくなります。これが〇次元です。その点が複製され、世界が点を繋《つな》ぐ一本の直線であったなら、直線上の位置を定める数が一つ必要になるでしょう。これが一次元となります。後は同様に、直線と直線を繋ぎましたら平面となり二次元が生まれます。平面と平面を繋ぎましたならば立体となり三次元となります（図1）」

チンギスはタブレットの画面を見ながら納得する。

「我々の世界は三次元というわけだな」

「チンギス。時の流れもまた、一つの方向です」

【図1】次元の拡張

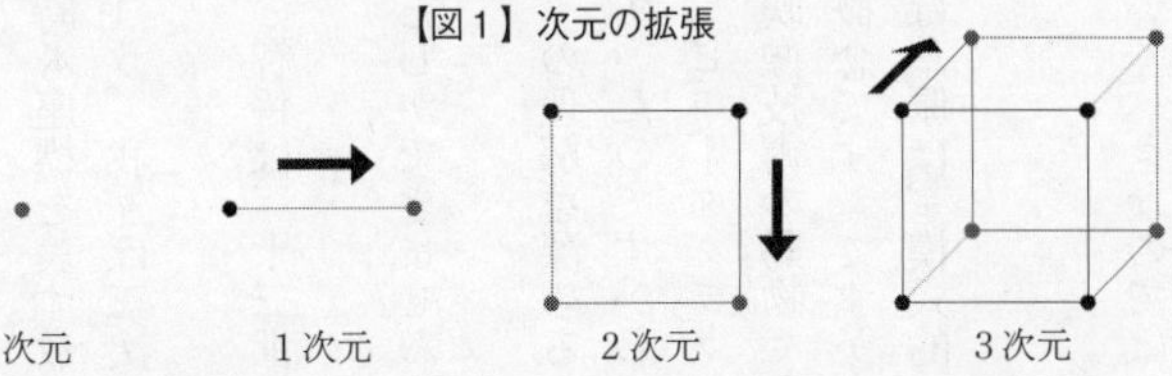

低次元の物体を複製してずらし、それを繋ぐと高次元の物体ができあがる。

「なんと」

「空間の尺度とは意味合いが多少違ってまいりますが、何月何日何時も座標を表す数字の一つ。我々を包む時間の流れも次元の一つと数えることができましょう。我々は三次元の空間と一次元の時間を合わせた四次元の世界に生きております」

ボオルチュは聡明であった。四駿の一人に数えられた部族きっての智将は、十三世紀のこの時すでに時間に対する本質的な理解を育《はぐ》みつつあった。

「ですが時はままならぬもの。今の我々は時を遡《さかのぼ》れず、年経ることしかできません」

「それが天命か」

「左様です。なれば時間の次元については一時お忘れ下さい。次元への理解を深めるために、まずは空間のことから学ぶべきでしょう。我らは草原の話をしていたのですから」

ボオルチュの操作でタブレットに新たな映像が映し出される。コンピュータグラフィックを駆使した草原のイメージ図であった。これもまた金の開発した映像技術の賜物《たまもの》である。

「草原は高さのある草で構成されておりますので厳密には三次元の概念です。ですが広大な草原の縦横に比べて、草の高さは無視できるほどに小さい。なれば草原は、模式的には二次元の平面として捉えられます」

「うむ。草原とは海のごとく平らな広がりだ」

「按達《アンダ》チンギスはその草原を上下に、つまり三次元方向にも広げていくべきなのではない

【図２】草原の立体化

無重力空間では三次元方向に草原を
拡張していくこともできる。

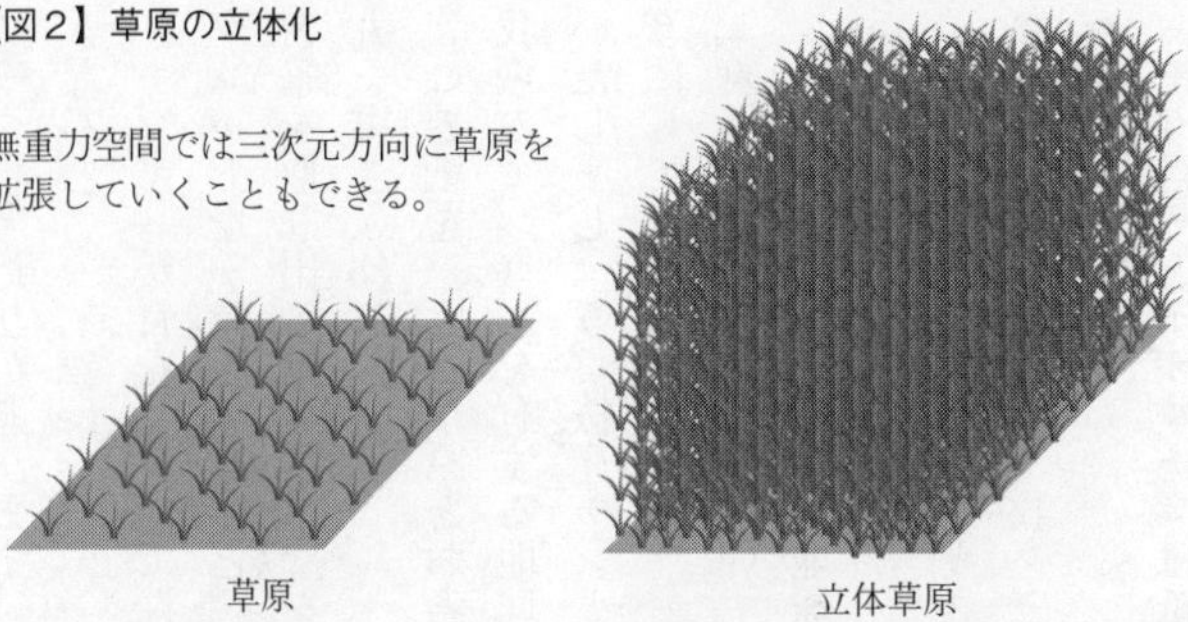

かと考えられたわけです」

　ボオルチュが画面をタッチすると、草原のＣＧがアニメーションしながら積み上がっていく。草原は瞬く間に巨大な草の塊と化した（図２）。

「そうだ、こういうことだ」

　チンギスは映像を見て強く頷く。

「草原は究極的には天地に広がるしかないと考えたのだ。平面のまま遥か果てに着いたとしても、そこからさらに上下に進めるならば、そちらの方がより遠い場所と言えるではないか。つまり草原の果ての、そこから上下どちらかの方向に私の目指すべき遠き地が」

　そこまで言って、チンギスは言葉を濁す。

「いや……それも違うのだ。そもそも宇宙には上下がない。真っすぐ行ってから上、などという話自体に意味がないのだ。なれば最初から遠き地を一直線に目指せばよいだけだ。だが、その在処《ありか》がわからぬ、わからぬのだ……

……」

「一つ心当たりがあります、チンギス按達《アンダ》」

「なんと」

チンギスが目を見開いて驚く。ボオルチュはタブレットを一時《いっとき》脇に置くと、デールの懐《ふところ》から紙と筆を取り出した。筆に墨《すみ》をつけ、紙の端と端に丸を書き入れる。

「この紙を一面の草原とお考え下さい。右の丸が我らのモンゴルを有する地球。左の丸が遠き地といたしましょう。按達《アンダ》チンギス、遠き地にどのようにして向かわれますか」

「真っ直ぐに向かえばよい」

チンギスは筆を取り、地球と遠き地を直線で繋いだ。

「左様です。ですがチンギス。この架空の草原が二次元であるならば、我々三次元の者はこのような真似もできます」

そう言うとボオルチュは紙の両端を持ち、その

【図3】高次元における距離の変化

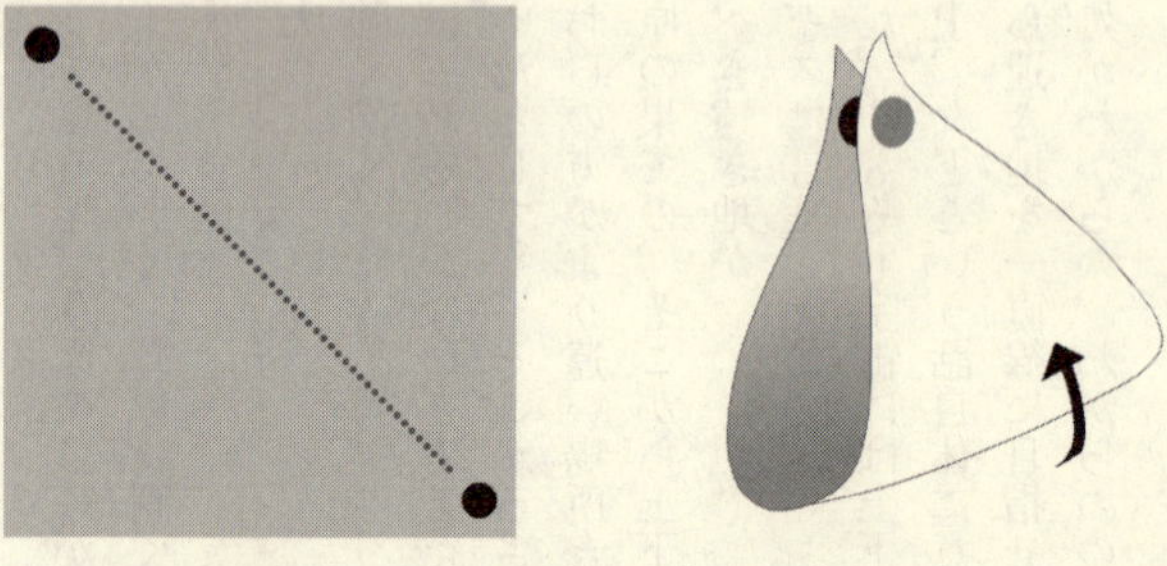

二次元においては二点の距離は左図の経路が最短だが、
三次元を利用できるならば右図のような短縮も可能となる。

まま紙を折り曲げて、点と点を直接触れ合わせた（図3）。

「なんということだ。遠き地がモンゴルと同じ場所になりおった」

「このように、三次元の存在にとって二次元の距離は無意味です。同様に三次元の世界の距離も四次元の存在では意味をなしません。時間次元を含む我々の四次元世界の距離もまた、もう一段上の次元から見れば玩具《おもちゃ》のようなもの。わかりますか、按達《アンダ》チンギス。なれば我々が目指すべき遠き地は、必然的に、そちらにあるはずです」

チンギスは言葉を反芻するように、そちら、と呟いた。

ボオルチュは力強く進言した。

「余剰なる次元。第五の次元でございます」

＊

「我々は高次の余剰次元について理解していく必要があります」

ボオルチュが再びタブレットを取る。

「高次元の存在は、低次元からは限定的な部分しか見えません。先ほどの説明図をもう一度御覧ください」

ボオルチュのタッチに合わせてタブレットの画面が変化した。

「高次元の存在を低次元で見る方法が射影です。影を写した時、それは次元を一つ減らし

【図4】射影

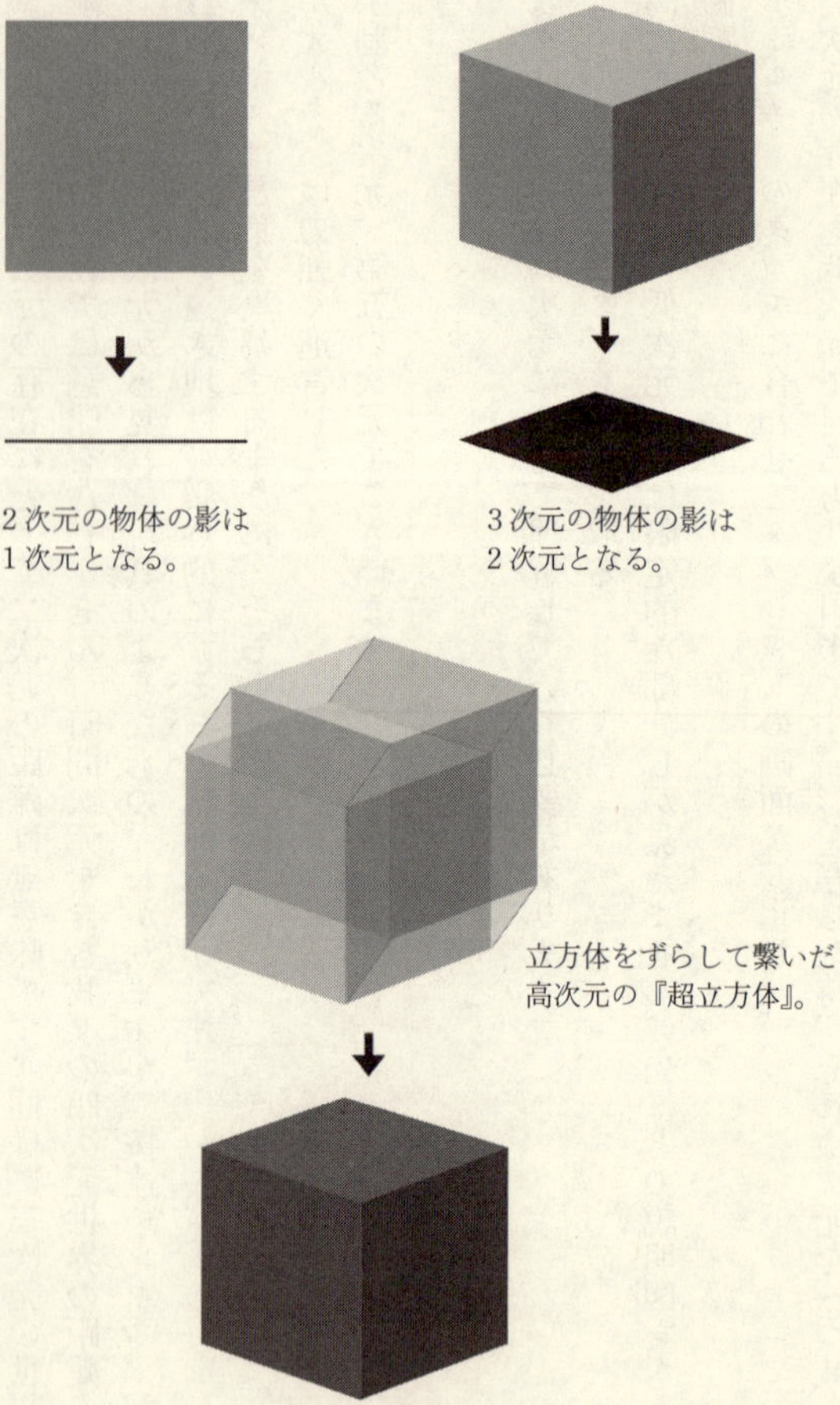

我々3次元世界の存在は、4次元世界の対象物の射影なのかもしれない。

た姿となるのです。三次元の物体の射影は二次元になります。しかし二次元の射影には、三次元の情報の一部しか表れません。なれば我らの世界の外、五次元の世界を仮定しますと、私達四次元世界の存在もまた五次元存在の射影に過ぎないと言うことができます（図4）」

「この草原も、高次元の草原の射影だというのか」

「その通りです」

　ボオルチュが再び画面に触れる。模式図が草のCGに切り替わる。

「点と点を結べば葉となります。葉と葉を結べば草となります。ならばこの草と草を結べば……これが四次元の超草となり、その三次元射影が我々の見ている草なのです（図5）」

【図5】草の拡張とその射影

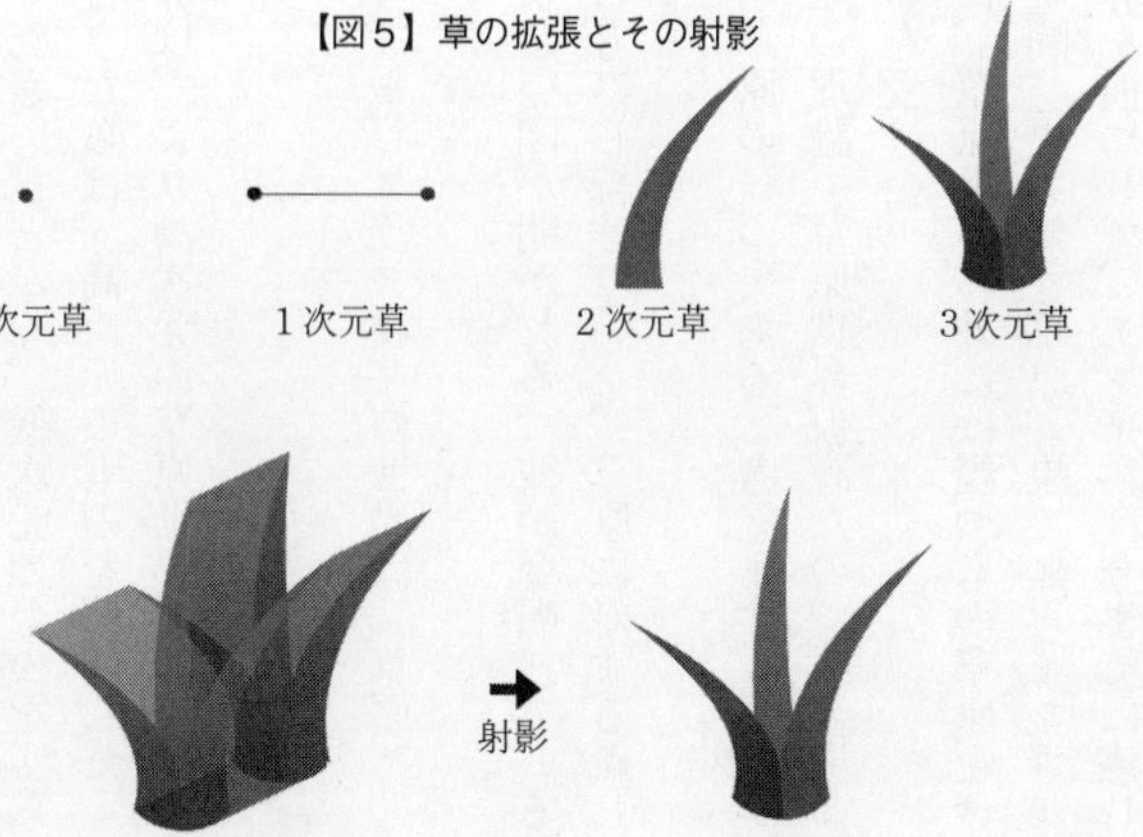

「こんな草は見たことがない」

「高次元の草ですので……今は概念だけご理解ください。とかく、低次元のものをずらして繋げばそれは高次元のものとなります。逆に言うならば、高次元のものを薄切《はくせつ》したものこそが低次元なのです。我々の見ている草原世界は、より高次元の草原世界の、一枚の薄切であるのです」

「より高次元の草原の薄切……」

「便宜上、その高次空間を《大モンゴル》と名付けましょう。我々の世界は《草原》とします」

ボオルチュの手が流れるように画面を叩き、新しい図が開かれる。彼が今唱《とな》えている仮説は、四駿の中で一番の聡明を誇る男が以前から考察し続けていた、草原に対する新しい解釈であった。

「我々の草原世界は、大モンゴルに浮かぶ複数の草原の一つであると考えます。これが多重草原の考え方であり、私が提唱する新たな草原の理論、草原世界仮説なのです（図6）」

その図を目の当たりにしたチンギスは強い衝撃を受けた。

自分は未だにこの草原すら見果てぬというのに、草原世界の外には幾つもの草原を含んだ大モンゴルが広がっているという。果て無き空間、果て無き草原、果て無きモンゴル。一人の人間が回るにはあまりにも広大過ぎる世界を前にして、チンギスは今までに感じたことのない、強烈な感動に包まれていた。

遠き地。

その地が遠ければ遠いほど、稀代の英雄チンギス・ハーンの心は熱く滾《たぎ》るのである。

「どうすればそこに行ける」

チンギスはボオルチュに向かって強く問いかける。

「いったいどうすれば、この草原世界を抜けて大モンゴルを駆けることができるというのだ」

チンギスの目は熱く燃えていた。眼前に広がった新たな地平が、彼を冒険へと駆り立てる。

しかし、対するボオルチュの表情は難しい。

草原世界仮説の提唱者であるボオルチュは、草原世界の理を深く知り過ぎるあまり、チンギスの希望を叶えるのが難しいことも同時に理解してしまっていたのである。

「按達《アンダ》チンギス。我々は、自分達の草原世界を

【図6】草原世界（ステップワールド）仮説

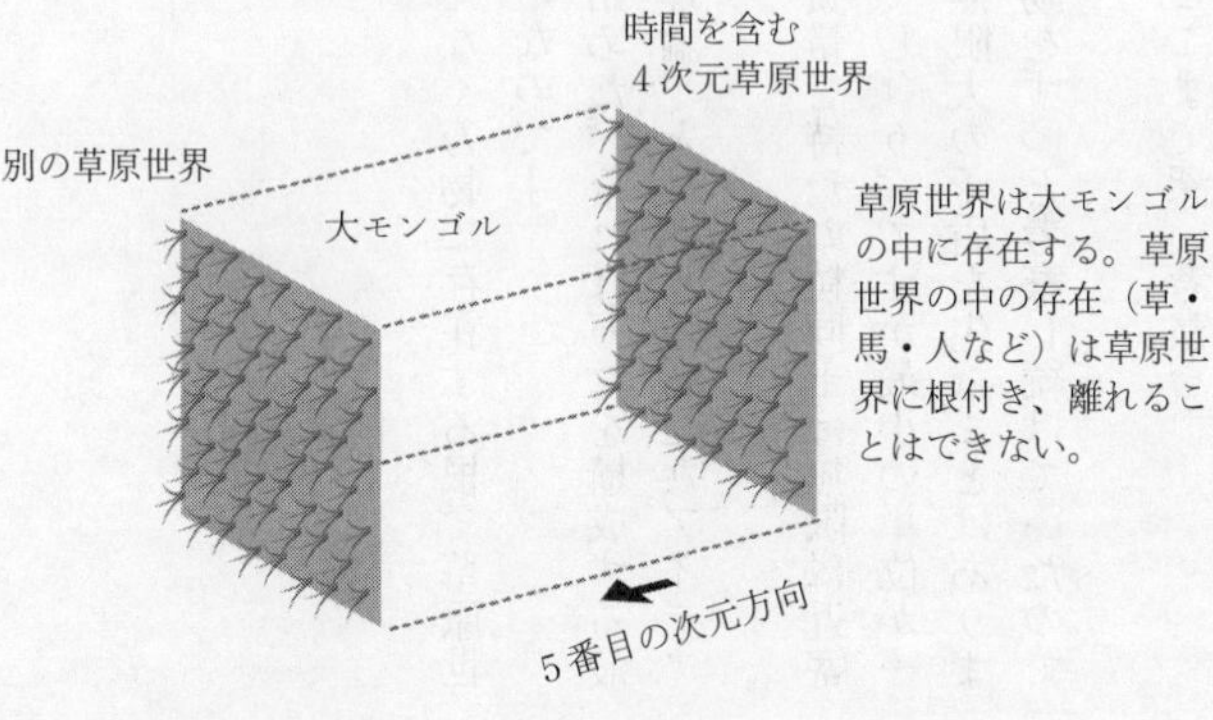

草原世界は大モンゴルの中に存在する。草原世界の中の存在（草・馬・人など）は草原世界に根付き、離れることはできない。

抜けることができません」

「なぜだ」

「《根》があるからです」

＊

「根とは、草の根のことか」

「いいえ、チンギス。私が申しました《根》は、草だけでなく万物に存在する根。草原世界の全ての物質が持ち、私達をこの草原に縛り付けるものなのです」

ボオルチュは、自らが考案したもう一つの仮説を語り始めた。それは万物を構成する最小単位を一本の根と捉える理論。後の世において《超根理論》と称される新たなアイデアであった。

「もし我々の体が〇次元の粒でできているならば、その質量を持たぬ粒同士は無限に近寄ることができ、そこには無限の力が生まれてしまうことでしょう。ですが最小の単位が一次元の《根》であれば、根同士がどれだけ近づこうとも無限大の矛盾を生むことはありません。私はこの考えを推し進め、万物の元となる根の挙動をずっと考察し続けていたのです」

「ボオルチュ。タタール討伐で忙しかったろうによくぞここまで深い考察を」

「趣味ですゆえ」

　ボルチュは研究の成果をタブレットから呼び出すため、金が開発したソフト『力点』を起動した。プレゼンなどに力を発揮するソフトである。画面には《根》の模式図が現れる。

「万物は一本の根の挙動を基にしてその性質を定めております。根は細かく振動しており、この振動の種類が物体の質量・回転・荷重といった全ての性質を決定付けているのです（図7）」

「根という割には、土に根を張っているわけではないのだな」

「いいえ按達《アンダ》。この根は何よりも強く根を張っております。この草原世界そのものに」

　力点のページが進む。草原世界と根の関係を図示した画像が現れる。

「我々草原世界の住人には、根の両端が空中に遊離しているように思えます。ですがこの両端は〝草原世界の空間〟

【図7】根

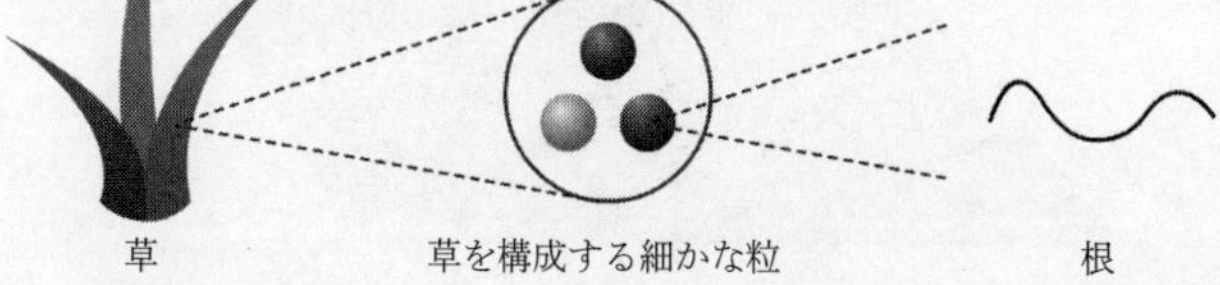

草原世界の万物は「振動する根」で構成されている。

に根付いているのです。画面を御覧ください。根は草原世界にぴたりと貼り付き、草原の表面を滑るように移動することはできても、草原世界から離れることはできないのです（図8）」

「つまり私は」チンギスの眉間が歪む。「この草原世界を離れ、大モンゴルを駆け抜けることはできぬということなのか」

「今は、できませぬ。そもそも按達《アンダ》チンギスよ。大モンゴルの存在すら、今の段階においては私めの仮説に過ぎぬのです。今お話しました《根》の理論もあくまで計算上そうであると思われるだけであり、まずは目に見えぬ大きさの根の存在を証明することが肝要かと……」

「大モンゴルの存在の証明か……」

チンギスとボオルチュの前に、未だ挑んだことのない巨大な壁が立ちはだかっていた。

四次元の草原を包括した五次元の大モンゴルを証明

【図8】草原世界に根付いた根

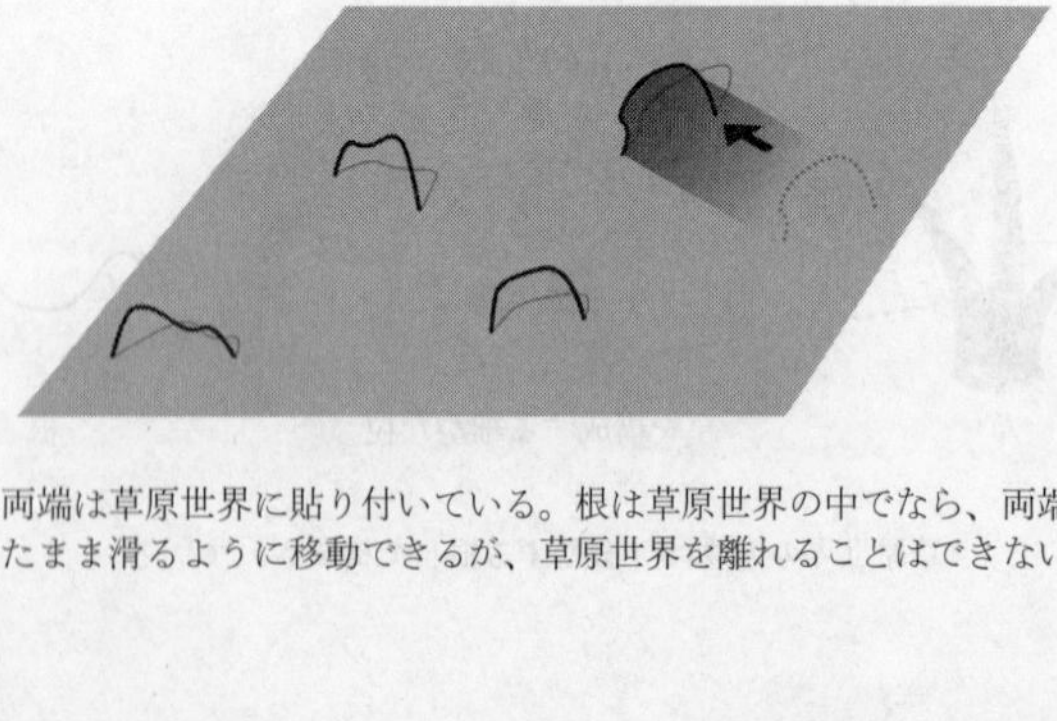

根の両端は草原世界に貼り付いている。根は草原世界の中でなら、両端を接したまま滑るように移動できるが、草原世界を離れることはできない。

する。

あまりの難題を前にして、二人はただ黙するしかなかった。出口が見えない。

宇宙の絶対的な無音が辺りを包む。

その静寂を打ち破ったのは、二人の元に駆け寄ってくる宇宙馬の蹄《ひづめ》の音（実際には響いていないが事故防止のために蹄の効果音を近傍の通信機器へと伝えている）であった。騎上でチンギスの部下の斥候が叫んだ。

「汗《ハーン》！　一大事です！　ジャムカ率いるケレイトの軍勢がこちらに向かっております！」

「今それどころじゃない！」

チンギスは部下を一喝した。世界の真理を問う大問題を前に、ジャムカもケレイトも些末事に思えた。

だが四駿一の智将ボオルチュは、ジャムカ襲来の報せに全く別の可能性を見出していたのである。

「按達《アンダ》チンギスよ。これは好機かもしれません」

「どういうことだ」

「ジャムカを利用して、大モンゴルの存在を証明するのです」

言いながらボオルチュはタブレットを素早く叩き、タッチペンで難解な数式を書き込み始めた。彼の天才的な頭脳が、この瞬間まさに世界の真理へ手をかけようとしていた。ボオルチュが弾き出したのは、余剰次元の存在を掴むための実験に必要なエネルギーのスケールであった。

「お聞き下さい按達《アンダ》。活力を持つ物質同士が衝突すると、互いが変化し、新たな物質が生まれます。この時、ぶつかる前と後では活力が受け渡されるのみで、量は増減しないはずなのです。ですがもし我々の知らぬ余剰の次元が存在するならば、一部の物質が活力を余剰次元に持ち去り、我々には活力が失われたように見えるはずです」

「活力を持つ同士の衝突……」

「チンギス按達《アンダ》とジャムカに他なりません」

ボオルチュは天才であった。彼はチンギスとジャムカを高速で激突させることによって加速器実験を行うという、時代を八〇〇年は先取りした革新的なアイデアを提示していたのである。

「ジャムカはこの一戦に自らの全てを賭けて按達《アンダ》を討ち取るつもりでしょう。ならば一騎打ちで決着を付ける旨を伝えれば必ずや乗ってくるはず。その際に、これをお使い下さい」

タブレットに厩舎《きゅうしゃ》の中継映像が映し出された。そこには黒い鬣《たてがみ》と尾を持つ二頭の白馬が繋がれている。この馬こそが後世の叙事詩にも伝えられているチンギス・ハーンの二頭の駿馬《ジャガル》である。

「我らがモンゴル族と金の叡智《えいち》を結集して生み出した史上最速の宇宙駿馬にございます。按達《アンダ》チンギスほどの達人が駆られれば、光の速さの九分《ぶ》九厘《りん》九毛《もう》九糸《し》九忽《こつ》九微《び》九繊《せん》九沙《しゃ》一塵《じん》(99.99999991%)まで加速することができるでしょう。この二頭のうちの一頭をジャムカに渡し、同じ条件で正面から打ち合えば、必ずや余剰次元の世界、大モンゴルの証左を摑めるはず……ですが……」

ボオルチュはそこで顔を歪ませ、言葉を濁した。

その表情を見て、チンギスは全てを悟る。

「よい。申せ、ボオルチュよ」

「……超高速でぶつかり合われる実験です。按達《アンダ》チンギスのお身体は無事では済まないかもしれません」

チンギスは事実を受け止めて頷いた。一の家臣であり生涯の按達《アンダ》たるボオルチュもまた、もうこの時には、チンギスを止められぬことを知っていた。

大モンゴルへの手掛かりが目前にある。その先に未知の世界が広がっている。

新たな地平を、蒼き狼の魂が求めているのである。

「よいのだ、ボオルチュ。これが私の生き方であり、ここから逃げればもう私は汗《ハーン》ではない。新天地大モンゴルへの道をこの手で切り開こうではないか。ただ、それに付き合わされるジャムカには気の毒に思うがな。道を違えど、奴も私のかけがえのない按達《アンダ》であったのだから……」

「今はお忘れ下さい」

ボオルチュは友としての涙を堪《こら》え、君主チンギスの望む言葉を紡いだ。

「私との按達《アンダ》の誓いも、ジャムカとの按達《アンダ》の誓いもお忘れ下さい。友誼《ゆうぎ》の情よりも、部族の誇りよりも大切なもの……余剰次元への切符を手に入れるために」

＊

宇宙の大草原を疾走する二つの粒子があった。

一方はチンギスである。

一方はジャムカである。

二人は宇宙最速馬ジャガルを駆り、大草原の上に描かれた天文学的な大きさの円軌道を、お互いが逆向きの回転で走り続けている。これはチンギス側から提案された一騎打ちの方法であった。

「互いに全力を尽くすため、十分な加速をつけてから一撃で雌雄を決しようではないか」

チンギスの提案をジャムカは受け入れ、現在二人は亜光速を目指して加速を続けている。

現時点ですでに光速の96％に到達しており、希薄な星間ガスすら6テラボルトを超える高エネルギーで彼らにぶつかり続けているが、金の開発した宇宙粗絹《あらぎぬ》の下着が二人の身体を守っていた。

ボオルチュは衝突点から離れた場所に設置されたゲル（天幕住居）で、運命の時を待っていた。ゲルの中にはコンピュータが並び、モンゴル族のオペレーターがデータを注視している。ゲル中央の二本の柱の間には大型ディスプレイが据えられ、衝突予定点のライブ映像が映し出されていた。予定点の周囲には飛跡検出器、カロリメーター、超電導トロイド磁石などの観測機器が無数に設置されている。

オペレーターの「九分九厘」の声が天幕の中に響いた。直《じき》に加速が終わる。この周回において、チンギスとジャムカは衝突を果たすだろう。その瞬間、余剰次元の存在を示す証拠が手に入る。全ては望む方向に進んでいるはずであった。

しかし、ボオルチュの表情には憂いが見えた。

彼の頭の片隅に、何かが引っ掛かっていた。

いいや、問題はないはずだと首を振る。理論に齟齬《そご》はない。あとは結果を待つだけだ。

唯一心配なのはチンギスの身体だが、そこはもうボオルチュの関われる領域ではない。主《あるじ》が按達《アンダ》の誓いすら捨てて死地に赴《おもむ》いたのだ。ならば部下として、主の望みのために力を尽くすしか……。

「……按達《アンダ》」

彼は自然とその言葉を呟いていた。なぜ言ったのか自分でも解らなかった。ボオルチュは考える。按達《アンダ》、按達《アンダ》の誓い、生涯の友情を約束し、二人で誓いを結び……。

ボオルチュの目が大きく見開く。

「按達《アンダ》、そうか、按達《アンダ》」

ボオルチュは突然弾けるように叫ぶ。

「汗《ハーン》を止めろ」

オペレーターがざわめいた。

「一騎打ちは中止だ。今すぐ汗《ハーン》チンギスに連絡を取れ」

「しかしボオルチュ殿。汗《ハーン》チンギスは今や光速の九分九厘まで加速しておりますゆえ中止の報を伝えるのは困難です」

「なんとかしろ、汗《ハーン》を殺してはならん」

ボオルチュは大型ディスプレイを見上げた。衝突予定時刻まで一〇秒を切っていた。亜光速に達した二人を止める術《すべ》はもうない。

「汗《ハーン》チンギス」

ボオルチュが主の名を呼んだ瞬間、画面の中央で光が弾けた。

ボオルチュの悲痛な叫びが、ゲルを包む真空に飲まれて消えた。

＊

丸く刳《く》り抜かれた宇宙が見えた。

それがゲルの天窓だと気付き、チンギスは重い目をゆっくりと開いていく。

「汗《ハーン》チンギス」

傍らにはボオルチュの姿があった。

「私は助かったのか」

「はい。全ては金の粗絹のお陰です。万の矢すらも通さぬ重ね絹が、衝突の際に発された峻烈《しゅんれつ》な粒子雨から汗《ハーン》を守ったのです」

ボオルチュは説明しながらも、これが奇跡であると感じていた。亜光速で激突した人間がよもや助かるとは、奇跡というより説明の仕様がない。

だがすぐに思い直した。これは奇跡でなく必然だ。天は汗《ハーン》チンギスに生きろと言っているのだ。誰よりも遠くへ行くために、余剰次元に踏み出すために。

チンギスが寝床から体を起こす。

「観測の結果はどうであったか、余剰次元は本当に存在するのか」

「チンギス。余剰次元は存在します。さらにチンギスの命を賭《と》した行動が、私の頭に大いなる天啓を引き寄せたのです。貴方を余剰次元に送る答えが、とうとう解ったのです」

「まことか、まことにか」

ボオルチュは強く頷き、タブレットをチンギスに渡した。画面に表示された複雑な数式の果てに、一つのシンプルな解が示されている。ボオルチュはそれを言葉に換えた。

「按達《アンダ》です」

「按達《アンダ》だと」

「按達《アンダ》の誓いを結ぶのです」

「いったい、誰と」

「貴方が、貴方自身と按達《アンダ》になるのです」

チンギスは目を丸くした。ボオルチュがタブレットを叩くと、数式の図示が浮かび上がる。

「余剰次元は、我々の四次元世界にさらに一次元を加えた未知の世界です。我々の知る世界の法則は乱れ、新たな法則が跋扈《ばっこ》し、今まで信じていた世界は全く別のものに変わってしまうでしょう。そんな未知の世界で大切なのは、揺るがぬことです。全てが変化する新世界において、唯一確かなものである自分を強く保ち、自分自身を信じること。それが余剰次元に踏み出す資格であり、同時に方法であったのです。世界の信を一度解き、代わりに自分を信頼し、自身と按達《アンダ》の誓いを結ぶ」

真理は常にシンプルである。それを証明するような、あまりにも単純な図がそこにあった（図9）。

四次元時空に張った万物の根を解き、その両端を結び合わせ、空間から自由となる。

閉じた根は、次元の拘束《こうそく》を解かれ、新しい地平を目指し飛び立つ。
チンギスの目に、もはや迷いはない。
「自ら信ずるに足る、唯一無二の存在となるのです汗《ハーン》チンギス」
ボオルチュは主の向かうべき道筋を指差した。
覇道。
そしてその先にあるものが、二人にははっきりと見えた。

＊

草原があった。

悠久の宇宙になびく草原は、一切が何も変わらないように見えた。だがこの二十年の間に、草原は太陽系を超えて、外宇宙へとその根を伸ばしている。その草原は、一人の男のものだった。金王朝、ホラズム・シャー朝、天王星、海王星、あらゆる近傍国家と惑星を併合した人

【図9】按達《アンダ》の誓い

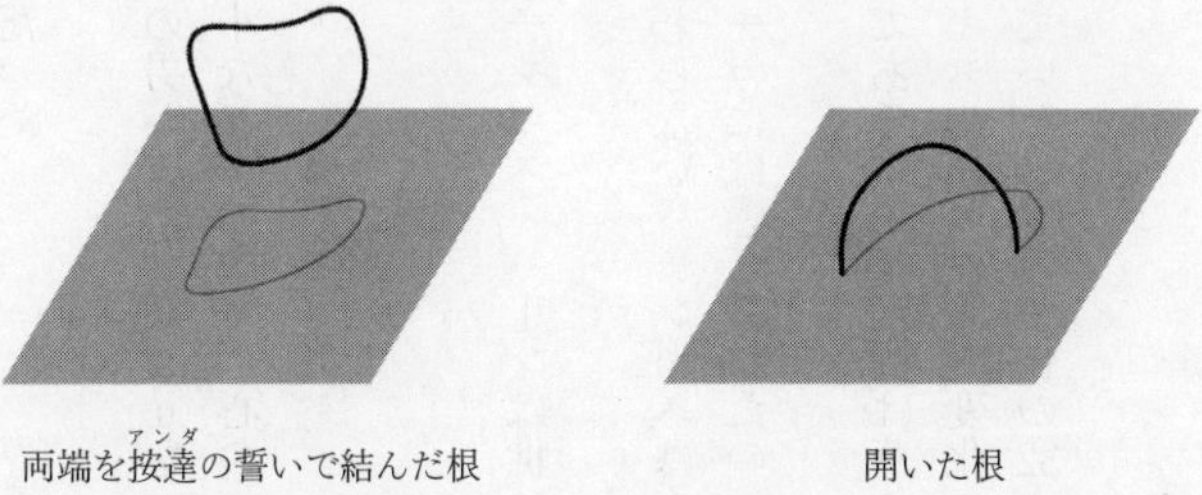

類最大の帝国・モンゴル帝国の頂点に立つ、たった一人の男のものだった。

小さなゲルがあった。

天幕に覆われた、一家族ですら窮屈であろうそのゲルの中に二人の男が居た。100auを支配した男とその腹心は、二人にはあまりにも似つかわしくない矮小《わいしょう》なゲルの中で、心の底から微笑みあった。

チンギス・ハーンは呟いた。

〝私は光の子である、私はモンゴルの汗《ハーン》であり、世界の汗《ハーン》である〟

それはただの事実であった。この世界の誰もが知っていること、チンギス・ハーンは世界の王であるということ。

だがそれを唱えた途端、チンギスが薄くなった。見た目は何も変わらない。チンギスは確かに居る。だがその存在が突然希薄になったように、隣のボオルチュには感じられたのである。そしてそれは現実であった。

チンギスは今まさに自らの根を閉じ、草原世界から離れているのである。閉じた根は草原世界の外、大モンゴルを自在に動き回り、その座標の変化がチンギスのエネルギー変化となって表れているのであった。チンギスは薄く、そして弱くなっていた。まるで10の32乗という階層の壁に隔てられた、この草原世界の重力のように。

「いざ、果てまで」

チンギスは青年の頃のような野心を瞳に灯して、四次元草原世界から旅立った。
二〇一四年現在、チンギス・ハーンの墓は未だ見つかっていない。

編者あとがき

翻訳家・書評家
大森　望

『誤解するカド　ファーストコンタクトSF傑作選』をお届けする。

野﨑まどのオリジナル脚本によるTVアニメ『正解するカド』をもじった題名がついているものの、本書はアニメのノベライズでもスピンオフ小説でもシェアードワールド作品集でもなく、国内外の短篇SF全十篇から成るアンソロジーである。テーマは〝異質なものとの出会い〟。

おりしも、テッド・チャンのファーストコンタクトSF「あなたの人生の物語」（ハヤカワ文庫SFの同題短篇集に収録）をカナダのドゥニ・ヴィルヌーヴ監督が映画化した傑作『メッセージ』（原題 Arrival）が、二〇一七年の米アカデミー賞で作品賞、監督賞など八部門にノミネートされる快挙を達成し（残念ながら受賞は一部門のみに終わった）、鳴り物入りで五月に公開されることもあって、いま、コンタクトものが熱い。ということで、古今東西のファーストコンタクトSFを集める本書が企画された。

二年半前には、同じ東映アニメーション制作の劇場アニメ『楽園追放 - Expelled from Paradise -』公開に合わせて、同じハヤカワ文庫JAから、『楽園追放 rewired サイバーパンクSF傑作選』（虚淵玄・大森望編）という短篇SFのアンソロジーが出ているので、その姉妹篇と言えなくもない。同書が〝サイバーパンク入門〟的な一冊だとしたら、本書はもちろん〝ファーストコンタクト入門〟。

『正解するカド』をきっかけにこのテーマに興味を持った方はもちろんのこと、SF初心者からSFマニアまで、幅広く楽しんでいただけるんじゃないかと思う。収録作は、アニメと無関係に書かれた小説ばかりなので、『正解するカド』をまったく知らなくても、本書を楽しむのになんら支障はありません。小説のSFにしか興味がない人は、妙な題名がついたファーストコンタクトSFアンソロジーだなあと思って読んでください。あるいは、本書を読んでから『正解するカド』を見ると、ますます興趣が増す効果があるかも。

編者まえがきに書いたとおり、ファーストコンタクトSFは、『竹取物語』以来、千年以上の長い歴史を持ち、作品数も膨大。本書一冊でその歴史を概観するのはさすがに無理があるので、このテーマの多様性が一望できるよう、なるべく違ったタイプの作品を集めようと心がけた。時間的な制約のため翻訳権の取得が間に合わず、収録を断念した作品もあるが、最終的に強力なラインナップが揃ったと自負している。ここであらためて、収録の全十篇を簡単に紹介しておく。

一番手の筒井康隆「関節話法」は、関節を鳴らすことでコミュニケートする異星人との交渉役に抜擢された男の悲劇を描く。間接話法の駄洒落からここまでギャグをエスカレートさせる筒井康隆の天才ぶりが際立つ爆笑作。ファーストコンタクトじゃないのでは——というツッコミなど、この小説の破壊力の前では屁でもない。ちなみに、へんなものを使ってコミュニケートする異星人との交渉を任されて苦労するドタバタSFとしては、梶尾真治「地球はプレイン・ヨーグルト」という傑作もある。こちらは、味覚を使ってコミュニケートする宇宙人と対話するプロジェクトに任命された料理人が主人公です。

続く小川一水「コズミックロマンスカルテット with E」と、野尻抱介「恒星間メテオロイド」は、ともに日本を代表するファーストコンタクトSFの書き手による宇宙もの（二篇とも個人短篇集未収録で、後者は雑誌掲載のみ）。前者は、『正解するカド』と同じく、異質な知性が向こうからとつぜんコンタクトを求めてくる話だが、その相手はとんでもない格好の美女で……という強烈なツカミで幕を開けるドタバタ本格SF。後者は、桂木惣七と佐伯美佳を主人公とする短篇連作《公認研究士》シリーズの第三作（第一作の「素数の呼び声」は、『SFマガジン700【国内篇】』に収録されている）。てんこ盛りのハードSFネタが楽しい。

ここまでの日本SF三篇はいずれも地球外が舞台なのに対し、このあとのアメリカSF

二篇は、(主に) 地球上で物語が展開する。子どもの養育がモチーフになっている点も両者に共通するが、小説のタイプはまったく違う。ジョン・クロウリー「消えた」は、一九九七年のローカス賞ショート・ストーリー部門の受賞作。エルマーという謎の存在があなたの家に訪ねてきて、あることを求めるのだが、はたしてどう対応するのが正解なのか? ある意味、『正解するカド』と同じテーマを扱った作品とも言える。シオドア・スタージョン「タンディの物語」は、地球に飛来 (または遭難) したエイリアンが人類の子どもに助けを求めるという、非常によくあるタイプのSF (ハル・クレメント『20億の針』とか、『E.T.』とか)。しかし、〝アメリカ文学史上最高の短篇作家〟とも評されるスタージョンの作品だけあって、超絶技巧の語りが炸裂し、独創的な小説になっている。子どもたちの描写がものすごくリアルなのは、自分の子どもの姿をそのまま投影しているからだろうか (ロビン、タンディ、ノエル、ティモシーは、いずれも、スタージョンと三人目の妻のマリオンのあいだに誕生した四人の子供の名前)。冒頭で紹介される〝レシピ〟の材料が作品にどう使われるかも読みどころ。

続く三篇は、料理つながりであると同時に、〝意識〟SFつながりでもある。「ウーブ身重く横たわる」は、『アンドロイドは電気羊の夢を見るか?』や『高い城の男』で知られるアメリカSF界の巨匠、フィリップ・K・ディックの記念すべき商業誌デビュー作。巨大な豚とのコンタクトが思わぬ結果を招く。円城塔「イグノラムス・イグノラビムス」

は〝ワープ鴨〟をめぐる料理SFのように始まり、ユーモラスな語り口で、人類とは異質な知性のありようを描く。飛浩隆「はるかな響き Ein leiser Ton」では、アーサー・C・クラークおよびスタンリー・キューブリックの『2001年宇宙の旅』に登場するモノリス（月のティコ・クレーターで発見される、各辺の比が1：4：9の漆黒の直方体）に秘められた驚くべき真実が明かされる。

最後から二番めに置いたコニー・ウィリス「わが愛しき娘たちよ」は、本書の中でも最大の問題作。作中に出てくるテッセルが異星生物かどうかもはっきりしないし、そもそもふつうはファーストコンタクトものに分類されないだろうが、未知のものとの接触により、人間のある一面が焙り出されるという意味では、ファーストコンタクトSFの本質的な条件を満たしている。きわめてショッキングなテーマを扱っているため、発表当時、賛否両論、たいへんな騒ぎを巻き起こした作品。本篇を収めた同題の短篇集が長く品切れになっていることもあり、この機会に訳文を修正し、えいやっと収録した。初めて読む人には、いろんな意味で忘れがたい作品になるかもしれない。

冒頭に引用されているルドルフ・ベシエの喜劇『ウィンポール街のバレット家』は、実際にあった駆け落ち事件（四十歳のエリザベス・バレットがウィンポール街の実家を抜け出し、三十四歳のロバート・ブラウニングと出奔した）を題材にしたもの。それを知った独善的な父親は、娘の痕跡をひとつ残らず消し去ろうとした。その中には娘の愛犬フラッシュも含まれていたが、エリザベスは犬を連れて家を出ていたため、フラッシュはことなきを得た。しかしそのかわり、バレット家には、エリザベスのふたりの妹、アラベルとヘンリエッタが置き去りにされていた……。この逸話が、異星生物（推定）の導入により、驚くべきSFに変貌する。『犬は勘定に入れません』や『航路』などの長篇とはまったく違うコニー・ウィリスの一面が垣間見える異色作。

ラストを飾るのは、野﨑まど「第五の地平」。これまた、「どこがファーストコンタクトなの?」といぶかしむ人もいるかもしれないが、もちろんこれは、未知の地平との遭遇を描くファーストコンタクトSFの傑作である。こんな小説を書ける人は他にいないだろう。作中で展開される華麗なロジックや、ディスカッション主体で話が進んでいくところは、『正解するカド』に通じる部分もある。SF作家・野﨑まどの腕の冴えを堪能してほしい。

というわけで、本書は、宇宙人との交渉に始まって、だんだんおかしな生きものが増えてきて、最後は異質な世界への旅立ちで終わるという構成。ファーストコンタクトSFの魅力の一端をこのアンソロジーで実感していただければさいわいです。

末筆ながら、本書を編纂する機会を与えてくれた〈SFマガジン〉編集長の塩澤快浩氏と、編集実務（および各篇扉裏の作品・著者紹介執筆）を担当した早川書房編集部の高塚菜月氏に感謝する。ありがとうございました。

コロロギ岳から木星トロヤへ

小川一水

西暦二二三一年、木星前方トロヤ群の小惑星アキレス。戦争に敗れたトロヤ人たちは、ヴェスタ人の支配下で屈辱的な生活を送っていた。そんなある日、終戦広場に放置された宇宙戦艦に忍び込んだ少年リュセージとワランキは信じられないものを目にする。いっぽう二〇一四年、北アルプス・コロロギ岳の山頂観測所。太陽観測に従事する天文学者、岳樺《だけかんば》百葉《ももは》のもとを訪れたのは……異色の時間SF長篇

ハヤカワ文庫

Self-Reference ENGINE

円城　塔

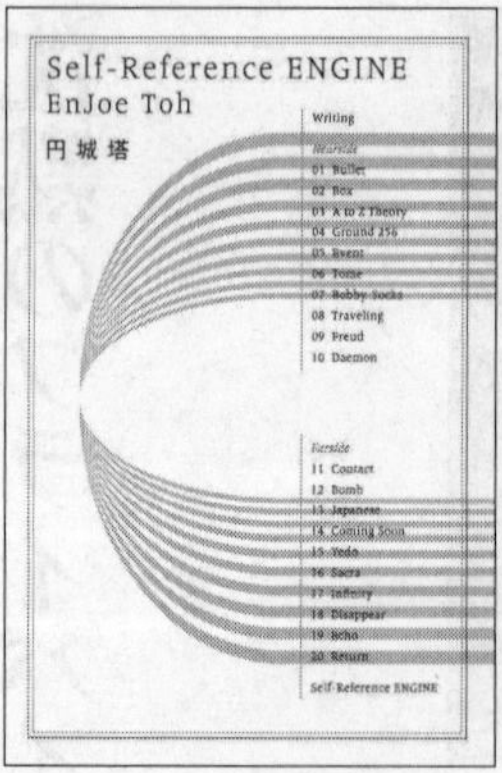

彼女のこめかみには弾丸が埋まっていて、我が家に伝わる箱は、どこかの方向に毎年一度だけ倒される。老教授の最終講義は鯰文書の謎をあざやかに解き明かし、床下からは大量のフロイトが出現する。そして小さく白い可憐な靴下は異形の巨大石像へと果敢に挑みかかり、僕らは反乱を起こした時間のなか、あてのない冒険へと歩みを進める——驚異のデビュー作、二篇の増補を加えて待望の文庫化

ハヤカワ文庫

象《かたど》られた力

謎の消失を遂げた惑星〝百合洋〟。イコノグラファーのクドウ圓《ヒトミ》はその言語体系に秘められた〝見えない図形〟の解明を依頼される。だがそれは、世界認識を介した恐るべき災厄の先触れにすぎなかった……異星社会を舞台に〝かたち〟と〝ちから〟の相克を描いた表題作、双子の天才ピアニストをめぐる生と死の二重奏の物語「デュオ」など全四篇の傑作集。第二十六回日本SF大賞受賞作

飛 浩隆

ハヤカワ文庫

HM=Hayakawa Mystery
SF=Science Fiction
JA=Japanese Author
NV=Novel
NF=Nonfiction
FT=Fantasy

誤《ご》解《かい》するカド
ファーストコンタクトＳＦ傑作選

〈JA1272〉

二〇一七年四月　十　日　印刷
二〇一七年四月十五日　発行

編者　野《の》﨑《ざき》まど
　　　大《おお》森《もり》望《のぞみ》

（定価はカバーに表示してあります）

発行者　早川浩
印刷者　矢部真太郎
発行所　株式会社　早川書房

郵便番号　一〇一 - 〇〇四六
東京都千代田区神田多町二ノ二
電話　〇三 - 三二五二 - 三一一一（大代表）
振替　〇〇一六〇 - 三 - 四七七九九
http://www.hayakawa-online.co.jp

乱丁・落丁本は小社制作部宛お送り下さい。
送料小社負担にてお取りかえいたします。

印刷・三松堂株式会社　製本・株式会社川島製本所
Printed and bound in Japan
ISBN978-4-15-031272-5 C0193

本書は活字が大きく読みやすい〈トールサイズ〉です。